Emma en la noche

WENDY WALKER

EMMA EN LA NOCHE

Umbriel Editores

Argentina • Chile • Colombia • España
Estados Unidos • México • Perú • Uruguay

Título original: *Emma in the Night*
Editor original: St.Martin's Press, New York
Traducción: Antonio-Prometeo Moya

1.ª edición Septiembre 2018

Copyright © 2017 *by* Wendy Walker
    All Rights Reserved
© de la traduccion 2018 *by* Antonio-Prometeo Moya
© 2018 by Ediciones Urano, S.A.U.
    Plaza de los Reyes Magos 8, piso 1.º C y D – 28007 Madrid
    www.umbrieleditores.com

ISBN: 978-84-16517-07-7
E-ISBN: 978-84-17312-57-2
Depósito legal: B-17.638-2018

Fotocomposición: Ediciones Urano, S.A.U.
Impreso por Romanyà-Valls, S.A. – Verdaguer, 1 – 08786 Capellades (Barcelona)

Impreso en España – *Printed in Spain*

Para mis hermanas Becky, Cheryl y Jennifer y mi hermano Grant

*Según la mitología griega, Narciso fue un cazador excepcional-
mente hermoso y soberbio, tan soberbio que rechazaba a todo
aquel que intentaba amarlo. Némesis, la diosa de la venganza,
decidió castigar a Narciso. Lo atrajo hasta un lago en cuya superficie vio su propio reflejo. Narciso se enamoró tan locamente de sí
mismo que se quedó mirando el reflejo hasta que murió.*

1

CASSANDRA TANNER:
EL DÍA DE MI REGRESO

Creemos lo que queremos creer. Creemos lo que necesitamos creer. Quizá no haya diferencia entre querer y necesitar. No lo sé. Lo que sí sé es que la verdad se nos puede escapar, esconderse en nuestro punto ciego, en nuestras ideas preconcebidas, en nuestros corazones hambrientos que anhelan tranquilidad. Pero sigue estando ahí cuando abrimos los ojos y tratamos de verla. Si realmente intentamos verla.

Hace tres años, cuando mi hermana y yo desaparecimos, no había nada más que ceguera.

Encontraron el coche de Emma en la playa. Encontraron su bolso en el interior, en el asiento del conductor. Encontraron sus llaves en el bolso. Encontraron sus zapatos donde rompen las olas. Algunas personas creyeron que había ido allí porque se celebraba una fiesta o en busca de un amigo que no apareció. Creyeron que había ido a bañarse. Creyeron que se había ahogado. Quizá fuera un accidente. Tal vez un suicidio.

Todo el mundo creía que Emma había muerto.

En cuanto a mí, bueno, no era tan sencillo.

Yo tenía quince años cuando desaparecí. Con esa edad, Emma no me habría llevado a la playa jamás. Ella estaba en el último curso del instituto y yo era un estorbo. Mi monedero estaba en la cocina. No se encontró nada mío en la playa. En la casa no habían echado en falta ninguna de mis prendas de ropa, según mi madre. Y las madres saben esas cosas. ¿O no?

Pero encontraron pelo mío en el coche de Emma y algunos se aferraron a eso, aunque había subido a su coche en incontables ocasiones. De todos modos, se aferraron a eso porque, si yo no había ido a la playa con Emma, si no me había ahogado en el océano aquella noche, tal vez al ir corriendo a salvarla, ¿dónde estaba? Algunas personas necesitaban creer que estaba muerta porque hacerse preguntas era demasiado complicado.

Otras no estaban seguras. Su mente estaba abierta a la posibilidad de que hubiera habido una coincidencia increíble. Una hermana ahogada en la playa. Otra hermana huida, o quizá secuestrada. Pero entonces…, los fugitivos suelen llevarse algo de equipaje. O tal vez la habían secuestrado. Pero es que… a las personas como nosotras no les ocurren desgracias así.

No había sido una noche normal y esto dio impulso a las teorías de la coincidencia. Mi madre contó su versión de una forma que cautivó a los telespectadores y despertó suficiente solidaridad para saciar su sed de atención. Podía leerlo en sus ojos cuando la veía en los telediarios y en los programas de entrevistas. Describía la pelea que habíamos tenido Emma y yo, los gritos agudos, los llantos de las dos adolescentes. Luego, el silencio. Luego, el coche que salía de la propiedad después del toque de queda. Había visto los faros delanteros desde la ventana de su dormitorio. Derramaba lágrimas al contar la historia, y el público del estudio lanzaba un suspiro colectivo.

Pusieron nuestras vidas al descubierto en busca de respuestas. Redes sociales, amigos, mensajes de texto, diarios personales. Lo escrutaron todo. Ella les contaba que nos habíamos peleado por un collar. *Se lo compré a Emma al comienzo del curso. ¡Su último año en el instituto! Qué época tan especial. Cass estaba celosa. Siempre tenía muchos celos de su hermana.*

Tras esto venían más lágrimas.

La playa da al estrecho de Long Island. Apenas hay corriente. Cuando hay marea baja, tienes que caminar un buen rato hasta que el agua te cubre las rodillas. Con la marea alta, las olas se mueven tan suavemente que apenas se nota su empuje en los tobillos, y los pies no se te hunden en la arena con cada ola, como ocurre en las playas que dan al Atlántico. No es fácil ahogarse en nuestra playa.

Recuerdo estar viendo a mi madre en la televisión, las palabras saliendo de su boca, las lágrimas brotando de sus ojos. Se había comprado ropa para la ocasión, un traje sastre de color gris oscuro y zapatos de un diseñador italiano del que nos había dicho que era *el mejor y un testimonio de nuestra posición en el mundo*. Yo lo sabía por la forma de la puntera. Nos había enseñado mucho sobre zapatos. No creo que los zapatos fueran el motivo de que todo el mundo quisiera creerla. Pero la creían. Lo sentía a través de la pantalla del televisor.

Puede que nos hubiera deprimido la presión que ejercía la educación privada que recibíamos. Puede que hubiéramos cometido un suicidio pactado. A lo mejor nos habíamos llenado los bolsillos de piedras y nos habíamos adentrado lentamente en nuestras tumbas de agua, como Virginia Woolf.

Pero, en ese caso, ¿dónde estaban nuestros cadáveres?

Pasaron seis semanas y cuatro días hasta que la historia dejó de ser noticia de actualidad en los informativos. Mi famosa madre volvió a ser la sencilla Judy Martin —o señora de Jonathan Martin, como prefería que la llamaran—, antes señora de Owen Tanner, antes Judith Luanne York. No es tan complicado como parece a primera vista. York era su apellido de soltera y cuando se casó adoptó los apellidos de sus dos maridos. Dos maridos no son muchos maridos en los tiempos que corren.

Emma y yo éramos hijas del primero, Owen Tanner. A Emma le pusieron este nombre por mi abuela paterna, que murió del corazón cuando mi padre tenía diecisiete años. Mi nombre, Cassandra (abreviado Cass), había salido de un libro infantil que tenía mi madre. Decía que sonaba a persona importante. Alguien a quien unos admiraban y otros envidiaban. No sé nada de eso. Pero la recuerdo cepillándome el largo cabello ante el espejo de su cuarto de baño, admirándome con una sonrisa de satisfacción.

¡Mírate, Cassandra! Nunca debería faltarte un espejo que te recuerde lo guapa que eres.

Mamá nunca le dijo a Emma que era guapa. Eran demasiado parecidas para intercambiar palabras de afecto. Elogiar a alguien que tiene tu mismo aspecto y se comporta del mismo modo o lleva la misma ropa es como elogiarte tú sola sin creértelo. Más bien te sientes rebajada, como si otra persona te hubiera robado unos elogios que deberían haberte hecho a ti. Nuestra madre nunca habría permitido que Emma le robase algo tan valioso como un elogio.

Pero a mí me los hacía. Decía que tenía lo mejor de los dos bancos de genes. Sabía mucho de estos temas; temas como por qué los niños nacen con ojos azules o con ojos castaños o con cerebro para las matemáticas o para la música.

¡Cuando tengas hijos, Cassandra, tendrás la posibilidad de elegir casi todos sus rasgos! ¿Te lo imaginas? ¡Ay, qué diferente habría sido mi vida si los científicos hubieran trabajado un poco más rápido! (Suspiro.)

Por aquel entonces no sabía a qué se refería. Tenía solo siete años. Pero cuando me cepillaba el pelo así, cuando me hacía partícipe de sus pensamientos secretos, yo escuchaba con gran interés, porque me llenaba de alegría desde las uñas de los pies hasta las cejas y no quería que acabara nunca.

Pero siempre terminaba. Nuestra madre sabía cómo tenernos pendientes de ella.

Cuando éramos así de pequeñas nos preguntaba si la encontrábamos guapa, la chica más guapa que habíamos visto nunca, y si era inteligente, la mujer más inteligente que habíamos conocido, y a continuación, como es lógico:

¿Soy una buena madre? ¿La mejor madre que podríais desear?

Siempre sonreía de oreja a oreja y abría mucho los ojos al preguntarlo. Y cuando Emma y yo éramos pequeñas, le respondíamos que sí con nuestro tono más sincero. Ella ahogaba una exclamación, sacudía la cabeza y finalmente nos abrazaba con fuerza, como si no pudiera contener la excitación que sentía por ser tan hermosa, como si tuviera que exprimirla con alguna clase de ejercicio físico. Tras el apretón venía un largo suspiro que transportaba al exterior la emoción que había liberado de sus huesos. Y la emoción salía de su cuerpo en forma de un aliento cálido que llenaba toda la habitación, dejándola satisfecha y tranquila.

Otras veces, cuando estaba triste o enfadada con el mundo por tratarla con crueldad, por no ver lo especial que era, nosotras éramos las que se lo decíamos, sabiendo que eso la sacaría de su zona oscura.

¡Eres la mejor madre de todo el mundo!

Y nos lo creíamos, Emma y yo nos lo creíamos cuando éramos así de pequeñas.

Recuerdo aquellos momentos de manera fragmentaria, en pedazos que ya no volverán a encajar nunca más, como astillas de cristal cuyos bordes se han desgastado con el tiempo. Brazos fuertes apretando con fuerza. El olor de su piel. Se ponía Chanel N.° 5, que según nos decía era muy caro. No se nos permitía tocar el frasco, pero a veces lo sujetaba para que pudiéramos inhalar la fragancia por encima del rociador.

Otros fragmentos albergan el sonido de su voz cuando gritaba y se revolvía en su cama, mojando las sábanas con lágrimas. Yo escondida detrás de Emma. Emma mirándola en silencio, estudiándola, haciendo cálculos. Comprendiendo la euforia de nuestra madre. Dándose cuenta de su desesperación. También recuerdo una sensación que yo tenía entonces. No está ligada a ningún momento en particular. Es solo el recuerdo de una sensación. Abrir los ojos por la mañana, asustada porque no sabía lo que nos esperaba ese día. Si nos abrazaría. Si me cepillaría el pelo. O si lloraría entre sus sábanas. Era como elegir la ropa que te ibas a poner sin saber en qué estación estabas, si en invierno o en verano.

Cuando Emma tenía diez años y yo ocho, el hechizo de nuestra madre empezó a diluirse en la brillante luz del mundo exterior, el mundo real, donde ella no era ni tan guapa, ni tan inteligente, ni tan buena madre. Emma había empezado a notar cosas en ella y me lo contaba cuando lo creía oportuno.

Estaba equivocada, ¿te das cuenta? No importaba lo que viniera a continuación, si era alguna opinión que nuestra madre tenía sobre otra madre de la escuela, o una hazaña de George Washington, o de qué raza era el perro que acababa de cruzar la calle. Lo que importaba era que estaba equivocada, y cada vez que se equivocaba, la sinceridad de nuestras voces se reducía al responderle.

¿No soy una buena madre? ¿La mejor madre que podríais desear?

Nunca dejamos de pronunciar la palabra confirmadora. «Sí.» Pero cuando yo tenía ocho años y Emma diez, supo que no le decíamos la verdad.

Aquel día estábamos en la cocina. Estaba enfadada con nuestro padre. No recuerdo por qué.

¡Ese no sabe la suerte que tiene! Yo podría tener a cualquier hombre que quisiera. ¡Vosotras lo sabéis, niñas! Mis niñas lo saben.

Se puso a fregar los platos. Grifo abierto. Grifo cerrado. El paño de cocina cayó al suelo. Lo recogió. Emma estaba al otro lado de una isla gigantesca. Yo estaba junto a ella, con el hombro pegado al suyo, y me incliné hacia ella para poder desaparecer tras su cuerpo si fuera necesario. Emma me parecía entonces tan fuerte, mientras esperábamos a ver a qué estación nos enfrentaríamos. Si sería verano o invierno.

Nuestra madre se echó a llorar. Se volvió a mirarnos.

¿Qué habéis dicho?

Sí. Respondimos como siempre que nos preguntaba si era la mejor madre.

Nos pusimos a su lado, esperando el abrazo, la sonrisa y el suspiro. Pero no ocurrió nada. Antes bien, nos hizo a un lado, una mano en mi pecho, otra en el pecho de Emma. Nos observó con aire incrédulo. Luego ahogó una exclamación, aspirando aire, no exhalándolo.

Id a vuestras habitaciones. ¡Enseguida!

Hicimos lo que se nos ordenaba. Fuimos a nuestros cuartos. Intenté hablar con Emma, recuerdo que le pregunté al subir la escalera, Emma furiosa y yo correteando: «*¿Qué hemos hecho?*» Pero Emma solo hablaba de nuestra madre cuando le apetecía, cuando tenía algo que decir. La historia de mi madre la escribiría ella y solo ella. Apartó mi mano de su brazo y me dijo que me callara.

Esa noche no tuvimos cena. Ni abrazos. Ni besos de buenas noches. El precio de estas cosas, del cariño de nuestra madre, aumentó aquella noche y en los años que siguieron. Cuanto más decíamos y hacíamos para convencerla de nuestra admiración, más debíamos decir y hacer, más hinchado debía ser todo, pero las cosas cambiaban en razón inversamente proporcional y su cariño se volvía más escaso cada vez.

Unos años después, cuando yo tenía once, me fijé en mi nombre, *Cassandra*, al verlo en un libro de mitología. Resulta que procede de la mitología griega; Casandra era hija de Príamo y Hécuba, reyes de Troya: «Casandra tenía el don de la profecía, pero sobre ella pesaba la maldición de que sus profecías nunca serían creídas». Me quedé mirando la pantalla del ordenador durante largo rato. Mi mente, en otra parte. De repente, todo el Universo cobró sentido y giró alrededor de mí, que era el centro, el motivo de que mi madre me pusiera ese nombre, aunque en realidad debió de ser la suerte. La Suerte, Dios o lo que fuera, había entrado en la mente de mi madre y puesto este nombre en su cabeza. Esa entidad sabía lo que iba a pasar. Sabía que yo prediciría el futuro y nadie me creería. Los niños son propensos a creer en fantasías. Ahora sé que el hecho de que mi madre me llamara Cassandra y lo que nos pasó no fueron más que una coincidencia aleatoria de acontecimientos. Pero en aquella época, a los once años, me sentía responsable de todo lo que pudiera suceder.

Aquel fue el año en que se divorciaron mis padres. El año en que les conté lo que sabía: que podía ver lo que iba a ocurrir. Les dije que Emma y yo no deberíamos vivir con nuestra madre y su nuevo novio, el señor Martin, y su único hijo, un muchacho llamado Hunter.

El divorcio de mis padres no fue una sorpresa para mí. Emma dijo que para ella tampoco, pero no la creí. Lloró demasiado para que eso fuera cierto. Todos pensaban que Emma era fuerte, que nada la afectaba. La gente siempre se equivocaba con Emma porque era capaz de reaccionar ante sucesos intranquilizadores con una dureza inquietante. Ella tenía el cabello oscuro, como nuestra madre, y su piel era muy suave y pálida. Cuando era adolescente, descubrió el brillo rojo de labios y la sombra negra de ojos, y la manera de esconderse detrás de ellos como una mano de pintura cubre una pared. Llevaba faldas cortas y jerséis ajustados, por lo general negros y de cuello alto. No sabría describirla con una sola palabra. Era hermosa, seria, torturada, vulnerable, desesperada, implacable. Y yo la admiraba y la envidiaba, y bebía cada momento en que me daba un pedazo de sí misma.

Casi todos los pedazos eran pequeños. Muchos iban destinados a herirme o a excluirme, o a ganar puntos ante nuestra madre. Pero a veces, cuando nuestra madre estaba dormida y la casa en silencio, Emma venía a mi cuarto y se subía a mi cama. Se metía bajo las mantas y se acostaba muy cerca de mí y, a veces, me rodeaba con sus brazos y apretaba su mejilla contra mi hombro. Era en aquellos momentos cuando me contaba cosas que me alimentaban, me mantenían caliente y hacían que me sintiera a salvo incluso cuando caía en la cuenta del humor invernal de nuestra madre. *Algún día solo estaremos nosotras dos, Cass. Tú y yo y nadie más.* Recuerdo su olor, la calidez de su aliento, la fuerza de sus brazos. *Iremos donde queramos y nunca la dejaremos entrar. No nos preocuparemos nunca más.* Todavía oigo su voz, mi hermana hablándome en murmullos de noche. *Te quiero, Cass.* Cuando me decía estas cosas, pensaba que nada podría afectarnos nunca.

Dejé que Emma me convenciera para traicionar a nuestra madre durante el divorcio. Era capaz de prever el siguiente movimiento de las piezas en el tablero, y de todos los jugadores. Podía cambiar su estrategia cambiando la suya propia. Era receptiva y adaptable. Y nunca se comprometió con ningún resultado en especial, salvo su propia supervivencia.

Cass, tenemos que vivir con papá. ¿No te das cuenta? Estaría muy triste sin nosotras. Mamá tiene al señor Martin. Papá solo nos tiene a nosotras. ¿Lo entiendes? ¡Tenemos que hacer algo y hacerlo ya! ¡O será demasiado tarde!

Emma no necesitaba decírmelo. Yo lo entendía todo. El novio de mamá, el señor Martin, se mudó a la casa de nuestro padre al segundo siguiente de que papá se fuera. Su hijo, Hunter, estaba en un internado, pero vivía con nosotros cuando volvía por vacaciones y los fines de semana, y venía a casa muy a menudo. La exmujer del señor Martin se había mudado a California mucho antes incluso de que los conociéramos. El señor Martin estaba «medio jubilado», lo que significaba que había ganado mucho dinero y ahora jugaba mucho al golf.

Me di cuenta de que mi madre nunca quiso a nuestro padre, Owen Tanner. Saltaba a la vista que no le hacía caso, y lo trataba con tanta indiferencia que le costaba mucho esfuerzo incluso el solo hecho de mirarlo, de ver el dolor que irradiaba su cuerpo. Así pues, sí, nuestro padre estaba triste.

Le dije a Emma que percibía la tristeza de nuestro padre. Lo que no le dije es que también podía percibir otras cosas. Me daba cuenta de que el hijo del señor Martin miraba a Emma cuando venía del internado, y de que el señor Martin miraba a su hijo cuando este miraba a Emma, y de que nuestra madre miraba al señor Martin cuando este miraba a los dos jóvenes. Y me daba cuenta de que todo esto iba a redundar en un futuro funesto.

Pero prever el futuro es un don que no sirve para nada si no tienes el poder de cambiarlo.

Así que cuando la mujer del juzgado me preguntó, dije que quería vivir con mi padre. Dije que pensaba que las cosas iban a ir mal en nuestra casa con el señor Martin y su hijo. Creo que a Emma le sorprendió mi valentía, o quizás el darse cuenta de hasta dónde llegaba su influencia sobre mí. En cualquier caso, cuando yo hice este movimiento en el tablero, ella cambió de estrategia y se alió con nuestra madre, sellando para siempre su posición como hija favorita. Yo no lo vi venir. Todo el mundo la creyó a ella y nadie me creyó a mí, porque yo solo tenía once años y Emma tenía trece. Y porque Emma era Emma y yo era yo.

Nuestra madre estaba furiosa, porque la gente a la que yo le había contado todo esto podía haber impedido que viviéramos con ella. ¿Cómo podría ser la mejor madre del mundo si no le dejaban ningún retoño a su cuidado? Cuando al final ganó, descubrí lo furiosa que estaba.

¡Después de todo lo que he hecho por ti! ¡Sabía que nunca me habías querido!

En eso se equivocaba. La quería. Pero no volvió a cepillarme el pelo nunca más.

¡Y no vuelvas a llamarme madre! ¡Para ti soy la señora Martin!

Cuando las cosas se calmaron tras el divorcio, Emma y nuestra madre bailaban juntas en la cocina mientras preparaban pastel de chocolate. Se reían histéricamente con vídeos de YouTube de gatos que tocaban el piano o de bebés que estaban aprendiendo a andar y tropezaban con las paredes. Iban a comprar zapatos los sábados y los domingos veían *Real Housewives*, el *reality show* de la tele. Y se peleaban casi todos los días. Eran trifulcas con muchos sapos y culebras a voz en cuello. Las típicas peleas que a mí me parecían definitivas, a pesar de haberlas presenciado durante muchos años. Pero al día siguiente, a veces incluso el mismo día, se reían juntas como si no hubiera ocurrido nada. No se pedían disculpas. Ni se planteaban cómo podían llevarse mejor. Nada de límites para el futuro. Simplemente, seguían adelante.

Tardé mucho tiempo en entender su relación. Yo siempre estaba dispuesta a pagar el precio de su amor, fuera cual fuese. Pero Emma sabía algo que yo no sabía. Sabía que nuestra madre necesitaba nuestro amor tanto como nosotras el suyo, quizás incluso más. Y sabía que si amenazaba con retirárselo, con elevar el precio de su cariño, nuestra madre se mostraba dispuesta a negociar. Se enfrascaban en su tira y afloja, haciendo ofertas y demandas, reinventando casi a diario las condiciones. Y siempre buscando formas de adquirir más poder en la mesa de negociaciones.

Me convertí en la intrusa. Puede que fuera guapa, como decía mi madre, pero era guapa como una muñeca, como un objeto sin vida que la gente miraba una vez y se iba. Emma y mamá tenían algo más, algo que atraía a la gente. Aunque fueran feroces competidoras en su club secreto por el amor de la otra, por el amor de todos los que las rodeaban. Y lo único que yo podía hacer era mirar de lejos, desde una distancia lo bastante corta para poder ver la escalada. Dos naciones en incesante batalla por el poder y el control. Era insostenible. Y así continuó esta guerra entre mi madre y mi hermana, hasta la noche en que desaparecimos.

Recuerdo la sensación que tuve el día en que regresé. Tras recorrer el camino hasta la casa de la señora Martin —supongo que debería decir mi casa (aunque ya no la sentía como mía después de haber pasado tanto tiempo fuera)—, un domingo de julio por la mañana, me quedé paralizada fuera, entre los árboles que la rodeaban. Había pensado sin cesar en mi regreso durante tres años. Los recuerdos habían llenado mis sueños por la noche. Jabón de lavanda y té helado con menta recién cortada. Chanel N.º 5. Los puros del señor Martin. Hierba cortada, hojas caídas. El tacto de los brazos de mi padre rodeándome. El miedo había huido con mis pensamientos durante el día. Todos querrían saber dónde había estado y cómo me había perdido. Y querrían saber qué había sido de Emma.

La noche en que desaparecimos me obsesionaba. Rememoraba cada detalle una y otra vez. El arrepentimiento vivía dentro de mí, comiéndome viva. Había meditado cómo contarlo, cómo explicarlo. Había tenido tiempo, demasiado tiempo, para construir la historia de tal forma que la pudieran comprender. La había planeado, luego desarrollado, luego planeado otra vez, con las dudas y el odio a mí misma borrando y reescribiendo el guion. Una historia es algo más que el recuento de sucesos. Los sucesos son el esquema, el boceto, pero son los colores y el paisaje y el medio y la mano del artista los responsables del resultado final.

Tenía que ser una buena artista. Tenía que encontrar talento donde no existía y contar esta historia de forma que la creyeran. Tenía que dejar a un lado mis propios sentimientos sobre el pasado. Sobre mi madre y Emma. Sobre la señora y el señor Martin. Sobre Emma y yo. Quería a mi madre y a mi hermana a pesar de mis sentimientos egoístas y mezquinos. Pero la gente no entiende nada de eso. No tenía que ser egoísta ni tonta. Tenía que ser la persona que ellos querían que fuese. No llevaba nada encima salvo la ropa que cubría mi cuerpo. No tenía pruebas. Ninguna credibilidad salvo el hecho de mi propia existencia.

Me quedé paralizada entre los árboles, llena del miedo al fracaso. Y había mucho en juego. Tenían que creer mi historia. Tenían que encontrar a Emma. Y para encontrar a Emma, tenían que buscarla. Y encontrar a mi hermana dependía de mí.

Tenían que creerme cuando les dijera que Emma seguía viva.

2

Doctora Abigail Winter, psicóloga forense del FBI

Abby estaba en la cama, mirando al techo, contemplando la extensión de su derrota. Eran las seis de la mañana de un domingo de mediados de julio. El sol estaba alto, vertiendo luz en el dormitorio a través de las cortinas transparentes. Sus ropas estaban desparramadas por el suelo, se las había quitado para sentirse cómoda en el espeso calor veraniego. El aparato del aire acondicionado había empezado a hacer ruido otra vez y había preferido el silencio al fresco. Pero ahora incluso las sábanas parecían una carga sobre su piel.

Sentía la cabeza a punto de estallar. Tenía la boca seca. El olor a whisky de un vaso vacío le revolvió el estómago. Dos copas a medianoche habían calmado su inquieto ánimo, proporcionándole unas horas de alivio. Y, al parecer, también una resaca.

A los pies de la cama, un perro se quejó y levantó la cabeza.

—No me mires así —dijo—. Mereció la pena.

Tres horas para completar una jornada dedicada a poner al día todo el papeleo. Tenía que hacer informes de dos casos y corregir una declaración que había entregado en febrero, como si pudiera recordar lo que había dicho hacía tanto tiempo.

Aun así, no tenía sensación de victoria en la mente, aquella mente que controlaba su cuerpo y que a veces parecía empeñada en destruirlo.

La meditación fue interrumpida por los timbrazos del teléfono, que estaba sobre la mesilla de noche.

El cuerpo le dolió cuando se estiró para cogerlo por detrás del vaso vacío. No reconoció el número.

—Abby. —Se sentó en la cama y tiró de una sábana arrugada para taparse.

—Hola, pequeña…, soy Leo.

—¿Leo? —Enderezó la espalda y se subió la sábana un poco más. Solo había una persona que la llamara «pequeña» con sus treinta y dos años, y era el agente especial Leo Strauss. Llevaban más de un año sin trabajar juntos. Desde que él se había trasladado a Nueva York para estar más cerca de sus nietos. Sin embargo, su voz le llegó hasta lo más hondo. Había sido como de la familia.

—Escucha. Por lo pronto, escucha —dijo—. Sé que ha pasado mucho tiempo.

—¿Qué ocurre? —dijo Abby con los músculos de la cara en tensión.

—Cassandra Tanner ha vuelto.

Abby estaba ya en pie, buscando ropa limpia.

—¿Cuándo?

—Hace media hora, quizá menos. Ha aparecido esta mañana.

Con el teléfono entre el hombro y la oreja, Abby se puso una camisa y unos vaqueros.

—¿Dónde?

—En la casa de los Martin.

—¿Fue a casa de su madre?

—Sí, pero no estoy seguro de qué significa todo esto…

—¿Y Emma?

—Estaba sola.

Abby se abrochó la camisa y entró en el cuarto de baño dando traspiés. Sintió la subida de adrenalina, las rodillas se le doblaron.

—Voy al coche… Joder…

Un largo silencio la obligó a detenerse. Cogió el teléfono con la mano y se apoyó en la pila.

—¿Leo?

Abby no había olvidado a las hermanas Tanner. Ni siquiera un minuto de un solo día. Los hechos que se habían investigado tras su desaparición habían quedado latentes en los rincones oscuros de su cerebro. Pero eso no era lo mismo que olvidar. Estaban con ella, incluso un año después de salir del caso. Estaban en sus huesos. En su carne. Los inhalaba y exhalaba con cada respiración. Las chicas desaparecidas. Y la teoría que nadie más quería creer. Una llamada y el dique se había roto. Y la inundación llegaba de repente, haciéndola trastabillar.

—¿Leo? ¿Sigues ahí?

—Estoy aquí.

—¿Te han hecho venir desde Nueva York?

—Sí. A ti te llamarán desde New Haven para asignarte el trabajo. Solo quería asegurarme antes de que estabas de acuerdo.

Abby se miró en el espejo mientras pensaba qué decir. Las cosas no habían terminado bien cuando el caso se enfrió.

—Trabajaré en el caso, Leo…

—Muy bien…, es que no sabía en qué estabas. Me dijeron que pasaste por una terapia…

Mierda. Abby agachó la cabeza. Seguía estando allí, la angustia o quizá la frustración, o la decepción. Fuera lo que fuese, sentía que se removía ante la preocupación de la voz masculina.

El FBI le había ofrecido terapia y ella había aceptado. «Es normal sentirse así», le habían dicho. *Sí*, había pensado ella en aquel entonces. Sabía que era normal. *Algunos casos se te meten bajo la piel*.

Todo el mundo estaba de acuerdo en que el caso había sido enloquecedor. Nadie había sabido cómo designarlo en aquel momento. Asesinato, secuestro, accidente. Sin olvidar la posibilidad de que fuera una desaparición voluntaria: agresores sexuales, reclutadores de terroristas potenciales, acosadores por Internet. Todo se tenía en cuenta. El coche en la playa, los zapatos de una de las hermanas abandonados en la orilla. No encontraron nada que indicara que la hermana pequeña hubiera estado con ella, salvo un cabello de Cass, que podía haberse quedado prendido allí en innumerables ocasiones anteriores. No había nada que sugiriese que habían planeado huir las dos juntas. Ni nada que indicara juego sucio, fuera asesinato o secuestro, por parte de ninguna de las dos. No había cadáveres, ni sospechosos, ni móvil, ni extraños en sus páginas de redes sociales, ni en las listas de contactos telefónicos, mensajes de texto o correos electrónicos. Nada visible había cambiado en los últimos años. Para el caso, lo mismo daba que hubiera intervenido la NASA para decir que habían sido abducidas por extraterrestres.

Pero esta no era la razón por la que Abby había ido a ver al psiquiatra. Llevaba trabajando en aquello desde la terminación de su doctorado, casi ocho años antes. Había trabajado en otros casos difíciles. Podía recordarlos todos si se lo proponía. Una prostituta brutalmente apaleada. Un traficante del barrio ejecutado. Un indigente ahorcado en un árbol. La lista era larga…; casos que nunca se resolvieron o que nunca se investigaron, mientras las familias de las víctimas, y a veces los supervivientes, tenían que vivir con las consecuencias de la injusticia.

Se había sentido aliviada al hablar con otro profesional. Que Abby nunca hubiera ejercido como terapeuta («No tengo paciencia con los pacientes», solía decir bromeando) no significaba que no creyera en ello. Hablar podía mejorar la perspectiva. Hablar podía embotar el filo de la espada. Pero incluso después de un año de hablar y hablar, de charlas *interminables*, la investigación del caso Tanner seguía obsesionándola. Que ya no le hiciera tanto daño no la ayudaba a batallar con los demonios que su mente convocaba en la oscuridad de la noche.

Y ahora las sesiones con el psiquiatra volvían para atacarla.

—Voy a trabajar en el caso, Leo…

—Está bien, está bien…

—¿Qué sabemos? ¿Ha dicho algo ella…?

Abby oyó un breve suspiro al apartarse del espejo para entrar en el dormitorio a buscar sus zapatos.

—Nada, pequeña. Se dio una ducha. Comió algo. Ahora estará descansando hasta que lleguemos.

—¿Una ducha? ¿Cómo ha podido ocurrir?

—Fue su madre. No lo pensó. Se puso a lavar…

—¿La ropa de Cass? ¿Antes de que llegaran los técnicos forenses? ¡Maldita sea!

—Lo sé…, ponte en marcha. Llámame desde el coche.

El teléfono quedó en silencio otra vez, pero era porque él había colgado.

¡Mierda! Con el corazón al galope, se puso unas botas y llamó al perro, que la siguió por el pequeño bungaló hasta la cocina. Le puso comida en un cuenco. Le acarició el cuello. Abrió la puerta trasera para que pudiera salir.

—Llaves, llaves... —dijo en voz alta en la salita, mientras buscaba. Tenía una prisa frenética por llegar a la puerta. Por llegar al coche. Por llegar donde estuviera Cassandra Tanner.

La cabeza se le fue, la visión se le volvió borrosa. La falta crónica de sueño tenía sus efectos secundarios. Se detuvo y se apoyó en el respaldo de una silla.

Tres años antes nadie había creído su teoría, ni siquiera Leo, que había sido como un padre para ella. Una cosa era encargarse de una investigación antigua. Otra era dejar piedras sin remover.

La psiquiatra del FBI oía pero no escuchaba. Decía cosas como: «Entiendo por qué se siente así». La clásica validación de sentimientos. Lo enseñaban en las clases de psicología de la universidad. Preguntaba qué era lo que no se había hecho. Dejaba que Abby divagara sobre la familia, la madre, Judy Martin, el divorcio, el nuevo padre, Jonathan Martin. Y el hermanastro, Hunter. Juntas habían analizado todos los puntos de la investigación y, en cierto modo, había sido para llevar a Abby a un lugar más confortable.

La psiquiatra: «Hizo usted todo lo que pudo».

Abby recordaba todavía el convencimiento que se reflejaba en su voz. Veía la sinceridad de su expresión, incluso mientras cerraba los ojos para contener el remolino de su mente. Respiró hondo y exhaló el aire con fuerza, asida con fuerza al respaldo de madera de la silla.

El análisis de la investigación que hicieron juntas se había convertido en la Biblia de Abby, una Biblia cuyos versículos permitieron a sus divagaciones y pensamientos desesperados seguir un camino hacia la salvación.

Versículo número uno. La normalidad explicada por los personajes ajenos a la familia: amistades, docentes, la orientadora de la escuela. Cass envidiaba a su hermana mayor. Cass aturdía a Emma. Cass era tranquila pero decidida. Emma tenía un espíritu más libre. Algunos dijeron que era «indisciplinada». Aunque había estado buscando universidades y presentando solicitudes, todo indicaba que había esperado el momento oportuno para huir de aquella casa.

La psiquiatra: «Todo eso parece muy normal, Abby. Llegaban puntualmente al colegio. Un colegio privado muy prestigioso. La Academia Soundview. Pasaban los veranos en campamentos caros, algunos en Europa. Practicaban deportes. Tenían amistades...».

Abby había empezado a impacientarse.

Versículo número dos. Abby explicó que, les hubiera ocurrido lo que les hubiese ocurrido, habían sido vulnerables a ello. Y esa vulnerabilidad había comenzado en casa. Siempre era así. Al margen de cómo se describían estas experiencias en los informativos, no era un misterio el motivo que impulsaba a los adolescentes a irse de sus casas. Algún suceso traumático. Abandono crónico, malos tratos, inestabilidad, disfunción. El oscuro vacío de necesidades no satisfechas. La exposición a las asechanzas de agresores sexuales, grupos terroristas, fanáticos religiosos, extremistas antisistema. Los perpetradores encontraban la manera de satisfacer esas necesidades, de dar al adolescente lo que ansiaba. Los perpetradores se convertían en una droga. El adolescente, en un adicto.

Así que cuando el revuelo inicial se calmó, cuando se dieron cuenta de que las chicas llevaban ya mucho tiempo desaparecidas y de que para encontrarlas iba a ser necesario desentrañar la vida de ambas lenta y metódicamente, Abby había vuelto a fijarse en la familia.

Cuando abrió los ojos, la habitación se había detenido. Sus llaves estaban allí, en la mesa cercana a la silla, y las recogió. Fue hasta la puerta y dejó entrar la deslumbrante luz del sol y una ráfaga de aire caliente y opresivo de la calle.

Nadie había estado en contra entonces. De hecho, toda la investigación se centró en la familia, en especial en el hogar de los Martin. Los técnicos forenses habían hecho su trabajo en la casa. Se tomó nota de las cuentas bancarias, de las tarjetas de crédito y de los registros telefónicos y se investigaron. Se entrevistó a amigos y vecinos.

Abby recordaba las conversaciones del principio de la investigación. «Sí, sí, nos interesa saberlo todo. Todo es de utilidad.» Las adolescentes habían desaparecido. Donde hay humo, hay fuego…, así que buscaron las brasas cerca de la casa.

El padre de las chicas, Owen Tanner, había estado felizmente casado con su primera mujer antes de que nacieran. Su mujer y él tenían un hijo, Witt. Poseían una bonita casa, dinero familiar. Owen trabajaba en Nueva York, en una compañía importante, propiedad de su familia. Estaba especializada en artículos de alta cocina, que eran su pasión. Owen tenía un capital asegurado y no necesitaban un sueldo, pero su mujer opinaba que le convenía trabajar. Irónicamente, allí fue donde conoció a Judy York, la sensual morena de pechos grandes y personalidad magnética. Owen la había contratado para dirigir el despacho.

Tras la aventura, el divorcio y la nueva boda, Judy y Owen habían tenido a las dos chicas en cuatro años. Según Owen, Judy no había sido la cuidadora ideal de sus hijas. Estaba muy capacitada, repetía, pero carecía de buena voluntad. Owen declaró que su mujer dormía doce horas todas las noches y se pasaba el día viendo programas de telerrealidad y comprando ropa. Abría una botella de vino a las cinco de la tarde y la terminaba a las diez, cuando se iba a la cama, casi sin poder hablar, con su legendaria personalidad magnética convertida de repente en repulsiva. Al parecer, ella le había dicho que dando a luz había cumplido con su papel.

Este había sido el primer timbrazo de alarma.

Con la Biblia abierta ya y los versículos brotando, Abby corrió al coche como si quisiera adelantarles. Nada de eso importaba ahora. Porque Cassandra Tanner estaba en casa. Porque pronto iba a saber la verdad y si había estado en lo cierto o no. Porque pronto sabría si había estado en su mano salvarlas de lo que les había ocurrido, fuera lo que fuese.

El agente Leo Strauss había estado a cargo de la investigación. No era la primera vez que trabajaban juntos, así que hubo una buena comunicación. Él había sido su mentor, en el trabajo y en la vida. La familia de él la había incluido en sus celebraciones domésticas. Su mujer,

Susan, le preparaba pasteles para su cumpleaños. Se había creado entre ellos un lazo que dificultaba la posibilidad de que Abby ocultase lo que pensaba. Cómo había seducido Judy a Owen Tanner. Cómo había descuidado a sus hijas. Cómo había tenido una aventura con un socio del club de campo. Sobre la enconada lucha por la custodia. Y sobre el contaminado hogar que Judy había construido para sus hijas con Jonathan Martin y su hijo Hunter.

Abby había creído que la investigación iría por este camino cuando tuvieran los papeles del divorcio y, sobre todo, el informe del abogado nombrado para representar a las niñas. El *guardian ad litem*, o tutor durante el proceso, o GAL, como lo llamaban en Connecticut. Estaba precisamente allí, en una grabación independiente: la voz de Cassandra Tanner cuatro años antes de desaparecer. Contándoles a todos que algo no iba bien en aquella casa. «Algo» relacionado con Emma, Jonathan Martin y Hunter. Para el oído de Abby, era un fantasma del pasado que les indicaba dónde mirar.

Aquel informe había sido el segundo timbrazo de alarma. Pero los técnicos forenses no habían apoyado su teoría.

Versículo número tres.

La psiquiatra: «¿Qué creía usted que iban a hacer con ese informe sobre los papeles del divorcio? ¿Después del resultado de todas aquellas pruebas forenses? ¿La casa, los teléfonos, el dinero? Lo único que encontraron fue un retrato con el marco roto, ¿no es así? La madre dijo que se había roto durante la pelea de las chicas por culpa de un collar».

Abby creía que pedirían evaluaciones psiquiátricas. Creía que los interrogatorios serían más intensivos. Creía que verían lo que ella podía ver.

La psiquiatra: «La mujer que escribió ese informe durante el divorcio, la GAL, no dio importancia a los temores de Cass a propósito de los Martin, ¿verdad?»

Cierto, no se la dio. Pero no era más que una asalariada incompetente. No dio importancia a los temores de una niña de once años y prefirió creer a su madre… pensando que la chica mentía para ayudar a su padre.

La psiquiatra: «Porque el padre, Owen, estaba destrozado por el asunto del divorcio, ¿no? Los padres hacen eso en las peleas por la custodia. Utilizan a los hijos…».

Sí, lo hacen. Pero Owen accedió al acuerdo, para proteger a las niñas. Todo el que trabaja en ese campo sabe que la persona que más se preocupa por los hijos es la que suele perder. Y Owen perdió. No había nada que indicara que había empujado a su hija a mentir.

Y luego estaba la historia del collar.

Versículo número cuatro.

La psiquiatra: «¿Fue entonces cuando decidió pedir evaluaciones psiquiátricas? ¿Cuando descubrió lo del collar?»

Judy Martin contó la historia a la prensa. Que había comprado el collar para Emma, un medallón con un ángel alado y una cadena de plata, y que Cass estaba resentida y celosa… y que se habían peleado por él la noche que desaparecieron.

Pero resultó que no era la verdad. Leo entrevistó a la dependienta de la tienda que vendió el collar a Judy, una baratija de veinte dólares. La mujer era la propietaria de la tienda, un pequeño comercio orientado a un público adolescente, pantalones vaqueros, minifaldas y bisutería de usar y tirar, todo a precios desmesurados. Conocía a las chicas y a su madre. Llevaban años comprando allí, y la madre nunca dejaba de expresar su desprecio por toda aquella mercancía con una voz susurrante que llenaba todo el local.

La mujer recordaba dos ocasiones relacionadas con Judy Martin y el collar. En la primera, Judy, Cass y Emma entraron a mirar; querían comprar ropa estudiantil. La hija más joven, Cass, cogió el collar y suspiró. Pidió a su madre que se lo comprara. Judy Martin lo cogió, le dijo que era «basura barata» y que debería aprender a tener mejor gusto. La chica lo pidió de nuevo diciéndole a su madre lo mucho que le gustaba. El ángel le recordaba a Campanilla, la de *Peter Pan*, su libro favorito de pequeña. Al parecer, su padre se lo leía todas las noches. *Peter Pan*. Este comentario no ayudó a su causa. Judy Martin la reprendió con más dureza aún y echó a andar hacia la salida. Ambas chicas la siguieron. La mayor, Emma, le dio con el hombro a su hermana, haciéndola tropezar. Luego llévandose una mano a la frente, con el dedo índice dibujó en el aire una P de «perdedora».

Al día siguiente, Judy Martin volvió y compró el collar. La mujer recordaba haber sonreído, porque pensó que la madre compraba el collar para la chica que lo había pedido, la más joven. Leo le preguntó, enseñándole dos fotos:

—¿Está segura de que era esta chica, Cass Tanner, y no esta otra, Emma Tanner, la que eligió el collar?

La propietaria estaba segura.

—Cuando vi la entrevista que le hicieron a la madre, a Judy, no podía creerlo. Ella afirmaba que había comprado el collar para la hija mayor, Emma. Y supongo que fue así… ¿Le dio el collar a Emma y no a la otra hermana, la que lo quería?

Emma se había puesto el collar todos los días. Los amigos lo confirmaron. Su padre lo confirmó. El colegio lo confirmó. No cabía duda de que Judy Martin había vuelto a la tienda a comprar el collar para Emma. No para Cass.

La psiquiatra insistió. «Puede que la empleada estuviera equivocada, Abby.»

Eso fue lo que Leo había pensado. Y lo que el departamento había dicho cuando desecharon su teoría sobre la familia porque los indicios no habían cristalizado en nada sólido, y después de que la familia se hubiera puesto a presionar con abogados y lágrimas delante de las cámaras.

Pero Abby sabía la verdad. Esto es lo que hacen las personas como Judy Martin. Son especialistas en engañar. Incansables en sus manipulaciones. Abby no solo había analizado estas cosas, sino que también las había vivido.

Versículo número cinco.

La psiquiatra: «¿Alguna vez se lo diagnosticaron? ¿A su madre?»

No. Nunca. Y Abby había sido el único miembro de la familia que sabía que había algo que diagnosticar. No a su padre. Ni a su madrastra. Ni siquiera a su hermana, Meg, que seguía pensando en el presente que su madre había sido «demasiado tolerante» y «de espíritu libre».

La psiquiatra: «¿Cree que por eso se interesó usted por este campo? ¿El motivo por el que su tesis doctoral versó sobre el ciclo del narcisismo en las familias?»

¿Y eso qué demostraba? Estudiar psicología no había sido una decisión consciente, pero cuando Abby leyó por primera vez lo que se sabía sobre el narcisismo y el desorden narcisista de la personalidad, la adrenalina le había corrido tanto y tan deprisa que cayó de rodillas. Precisamente allí, en la biblioteca de Yale. Exactamente delante de su compañera de cuarto, que pensó que había sufrido un ataque. Abby habría querido encogerse en el suelo y nadar en el saber que emanaban las palabras de aquel manual.

Era una enfermedad que todo el mundo creía conocer, poniendo el sambenito de «narcisista» a todas las chicas que se miraban dos veces en un espejo y a todos los chicos que nunca te llamaban. Libros y películas etiquetaban a los personajes egoístas de «narcisistas», aunque luego llegaban la redención y la reconciliación y veían la luz. En realidad, poca gente sabía lo que era esta enfermedad. El cuadro que presentaba realmente. Nunca había redención. Ni reconciliación. No había ninguna luz que ver. La combinación de estas cosas —la mala interpretación y el abuso del concepto— era lo que hacía esta enfermedad tan peligrosa.

Versículo número seis.

La psiquiatra: «Vayamos un paso más allá. Digamos que ejercieron más presión…, que fueron al juzgado a buscar una orden para realizar evaluaciones psíquicas y que lucharon contra los medios de comunicación locales, que estaban descaradamente a favor de los apenados padres. Supongamos que descubrieron que Judy tenía algún tipo de trastorno de personalidad. Y que quizás Owen Tanner sufriera una depresión. Y que tal vez Jonathan Martin fuese un alcohólico y su hijo tuviera un trastorno de déficit de atención con hiperactividad. Y, yendo aún más allá, supongamos que descubrieron la veta madre de los problemas psiquiátricos. Eso no significa que hubieran encontrado a las chicas».

Y allí estaba: el bote salvavidas. Abby se había subido a él y se había salvado. Cada vez que recaía, cuando pensaba en aquel collar, el tercer timbrazo de alarma que la había convencido totalmente de que la familia estaba implicada en la desaparición de las chicas, volvía a subirse a aquel bote y se salvaba de morir ahogada.

«Puede que eso no las hubiera salvado.»

Puede que eso no las hubiera salvado.

Este versículo, este bote salvavidas, la había salvado *a ella*. Pero no le había aportado ni un momento de paz.

Mientras salía de su casa, con la luz del sol abrasándole los ojos, fue a la última página de la Biblia, al versículo que había quedado en blanco. El que había que rellenar con palabras. Con respuestas. Y no podía dejar de esperar que ahora, por fin, se escribiera.

3

CASS

Estaba en la cama, acunada por los brazos de mi madre. Tenía el cabello mojado y notaba que el agua empapaba la almohada, volviéndola fría contra mi mejilla. Mientras tanto, ella lloraba. Sollozaba.

—¡Ay, Cassandra! ¡Mi niña! ¡Mi niña!

Ya he dicho que había imaginado este momento durante tres años. Y sorprendentemente, después de todo el tiempo que tuve para prepararlo, aún seguía estando poco preparada.

Sentía su cuerpo frágil a mi lado y traté de recordar la última vez que lo había sentido. Tras la pelea por la custodia, ella había reducido mucho sus manifestaciones de afecto físico, pero no todas. Había abrazos en ocasiones especiales, sobre todo en su cumpleaños y en el Día de la Madre, porque nuestro padre nos daba dinero para comprarle regalos. No recordaba haber tenido antes aquella sensación. Hueso contra hueso.

—¡Mi niña! ¡Gracias, Dios mío! ¡Gracias!

Para lo que no estaba preparada, y que no había imaginado ni una sola vez durante los años en que había imaginado el momento del regreso, era para la expresión que se había pintado en su cara cuando, menos de una hora antes, me había visto en su porche delantero.

Me había quedado allí noventa segundos hasta que por fin pulsé el timbre. Los conté mentalmente, algo que llevo haciendo desde que tengo memoria. Puedo contar segundos perfectamente, y por lo tanto minutos e incluso horas. Tuve que tocar el timbre cuatro veces antes de oír en las escaleras de madera unos pasos que bajaban del piso superior. La casa en que vivimos es una casa más grande de lo normal, y eso que, en la zona en que residimos, una casa normal cuesta más de un millón de dólares. Fue construida en la década de 1950 y es una construcción colonial tradicional, de color blanco, con tres ampliaciones, incluido el porche, y múltiples reformas. La señora Martin había hecho más obras después de nuestra marcha. Vi un jardín de invierno y un estudio donde antes había un pequeño jardín. También tenemos algo más de dos hectáreas de terreno, un pabellón para la piscina, una cancha de tenis y un bosque donde perderse. El terreno es muy caro en esta zona. Así que aunque la casa era pequeña, tan pequeña como para que yo oyese los pasos de mi madre al bajar la escalera, ella bajaba una escalera de una propiedad muy cara. Quería que eso me quedara claro.

Cuando oí abrir la puerta, sentí que la tierra desaparecía bajo mis pies. Había cruzado aquella misma puerta miles de veces, detrás de Emma, buscando a Emma, llamando a Emma. Cada una de las expresiones que había adoptado mi hermana, motivadas por sus cambios de humor, porque estaba creciendo o por el paso del tiempo, desfilaron ante mis ojos como si me estuvieran lanzando advertencias mientras la puerta se abría lentamente. Casi dije su nombre. Lo sentí en la boca. *Emma.* Quise caer de rodillas, enterrar los ojos en las manos y esconderme detrás de mi hermana como había hecho de niña. Sin ella no me sentía capaz de hacer lo que tenía que hacer.

Pero entonces vi el primer mechón del pelo de mi madre detrás de la puerta, y las caras de mi hermana se desvanecieron y recuperé la calma.

La señora Martin llevaba puesta una bata de seda. Había dormido mal y tenía el pelo revuelto y una gruesa línea de lápiz de ojos le manchaba los párpados inferiores.

—¿Necesita algo? —Formuló la pregunta con un pellizco de educación que se sobreponía a una montaña de fastidio. Eran las seis de la mañana de un domingo.

Me miraba escrutando mi rostro, mis ojos, mi cuerpo. Yo no creía haber cambiado mucho. Llevaba la misma talla de ropa. La misma talla de pantalones y camiseta, incluso la misma de sujetador. Mi cabello seguía siendo castaño claro y me caía por debajo de los hombros. Mi rostro aún era anguloso, y mis cejas, arcos grandes y poblados. Cuando me miraba en el espejo, aún me veía a mí misma. Pero supongo que eso es lo que pasa siempre, que cambiamos tan despacio, tan mínimamente cada día, que no nos damos cuenta. Como la rana que se queda en el agua hasta que esta, rompe a hervir y la rana muere.

La circunstancia para la que no estaba preparada, lo único que no había imaginado ni una sola vez en todos aquellos años, era que mi madre no me reconociera.

—Soy yo —aclaré—. Soy Cass.

No dijo nada, pero echó la cabeza hacia atrás como si mis palabras la hubieran abofeteado.

—¿Cass?

Me miró con más atención, los ojos se le salían de las órbitas y se movían de arriba abajo, recorriéndome de pies a cabeza. Se tapó la boca con la mano derecha. Con la mano izquierda se sujetó al marco de la puerta, para no caerse, mientras trastabillaba hacia mí.

—¡Cass!

Tuve que afirmar los pies en el suelo para no moverme cuando se abalanzó sobre mí, con manos, con brazos, con cara, manoseándome, tocándome con todo.

Su organismo emitió un gemido gutural: «*¡Aaaah!*»

Entonces empezó a llamar a gritos al señor Martin.

Me había preparado para esta parte, así que hice lo que había pensado hacer, que era dejar que sintiera lo que sentía mientras yo me quedaba allí quieta, sin hacer nada. Sin decir nada. Probablemente pensaréis que ella estaba en éxtasis, jubilosa, llena de alegría. Pero la señora Martin se había reinventado a sí misma como sufrida madre de las hijas desaparecidas, así que adaptarse a mi regreso significaba un doloroso desenlace.

—¡Jon! ¡Jon!

Cuando empezaron a correr las lágrimas sonaron más pasos en la planta de arriba.

—¿Qué diablos pasa aquí? —gritó el señor Martin.

Mi madre no le respondió, sino que me cogió el rostro con las manos, apretó su nariz contra la mía y pronunció mi nombre con la misma voz gutural.

—*¡Caaaaaass!*

El señor Martin iba en pijama. Había engordado desde la última vez que lo había visto y parecía aún más viejo de como lo recordaba. Debería haberlo esperado. Pero cuando eres joven ves a los individuos de cierta edad simplemente como viejos y no parece que haya necesidad de imaginarlos más viejos aún. Era muy alto y muy moreno: pelo, piel, ojos. Yo nunca había sido capaz de comprenderlo. Era dado a esconder sus sentimientos. O quizá fuera que no tenía muchos. Pocas cosas lo irritaban. Y menos aún le hacían reír. Sin embargo, aquel día vi algo que no había visto nunca en su rostro: un profundo desconcierto.

—¿Cass? ¿Cassandra? ¿Eres tú?

Hubo más abrazos. El señor Martin llamó a la policía. Luego llamó a mi padre, pero no hubo respuesta. Lo oí dejar un mensaje que decía solo que era importante, que volvería a llamar enseguida. Pensé que era muy considerado por no dar a mi padre los detalles de la sorprendente noticia en un contestador telefónico. Hizo que me preguntara si habría cambiado.

Me hicieron las preguntas que esperaba. ¿Dónde había estado? ¿Qué me había pasado? Como yo no respondía, los oí hablar entre susurros. Llegaron a la conclusión de que estaba traumatizada. El señor Martin dijo que debían seguir haciéndome preguntas hasta que respondiera. Mi madre estuvo de acuerdo.

—¡Cass…, cuéntanos qué pasó!

No les respondí. Hice otra cosa.

—¡Que venga la policía! —grité—. ¡Tienen que encontrar a Emma! ¡Tienen que encontrarla!

El tiempo se detuvo durante lo que me pareció una eternidad, aunque solo fueron ocho segundos. El señor Martin miró a mi madre. Mi madre se calmó y empezó a acariciarme el pelo como si yo fuera una frágil muñeca que no quería romper… y que no quería que se moviera ni hablara.

—Está bien, cariño. Tranquilízate.

Dejó de hacerme preguntas, pero a mí las manos me temblaban. Le dije que tenía frío y me permitió darme una ducha caliente. Le dije que tenía hambre y me preparó algo de comer. Le dije que estaba cansada y dejó que me acostara. Mi madre se quedó a mi lado y yo fingí dormir mientras a escondidas aspiraba el Chanel N.º 5 que emanaba de su cuello.

Cuando empezaron a aparecer los coches, el señor Martin fue a la planta baja. No volvió a subir. Yo veía los coches que entraban en la finca porque desde la ventana del cuarto de mi madre se veía el comienzo del camino para vehículos. Primero llegó la policía estatal en tres coches patrulla. Luego, los paramédicos en una ambulancia. Pasaron cuarenta minutos hasta que llegaron los especialistas en toda clase de coches. Los agentes del FBI estaban entre estos últimos. Y algún analista de pruebas. Y, por supuesto, un psicólogo.

Unas personas tomaron muestras de mis uñas y piel. Me peinaron el pelo. Me sacaron sangre. Me comprobaron el pulso y me hicieron preguntas para asegurarse de que no estaba loca. Luego esperamos de nuevo, esta vez a los que tenían que formularme las preguntas sobre dónde había estado y dónde estaba Emma.

No había estado en la cama de mi madre desde que era niña, desde mucho antes de su divorcio. No nos estaba prohibido. Pero era un lugar en el que ninguna de las dos, ni Emma ni yo, queríamos estar después de haber sabido lo que eran las relaciones sexuales. La cama de nuestros padres era el lugar en el que «follaban», y nos parecía asqueroso. Solíamos hablar de ello cuando jugábamos con las Barbies.

Se desnudan y papá se la mete.

Emma decía cosas como aquella con total indiferencia, como si no la afectaran en absoluto. Pero yo notaba la angustia que vibraba en las palabras que elegía, porque la conocía muy bien.

Emma le quitaba la ropa a Ken y luego a Barbie y frotaba entre sí sus andróginas ingles. Ken estaba encima. Emma exclamaba «oooh» y «aaah».

Eso es lo que hacen en la cama. Nunca jamás volveré a estar en ella.

Emma había aprendido de nuestro hermanastro Witt Tanner la verdad sobre las relaciones sexuales. Emma tenía once años. Yo, nue-

ve. Witt tenía dieciséis. Emma había llegado alterada de la escuela.
Normalmente cogíamos el autobús porque nuestra madre no quería
interrumpir su siesta. A veces íbamos y veníamos andando. Estudiábamos en una escuela privada, así que teníamos un patio de recreo común, estuviéramos en el curso que estuviéramos, y Emma siempre me
dejaba ir con ella, aunque yo fuera una molestia. En aquellos trayectos
me contaba cosas que había aprendido, normalmente sobre chicos.
Pero aquel día estuvo callada todo el rato, diciéndome que «cerrara la
cochina boca» cada vez que intentaba hablar con ella. Cuando llegamos a casa, corrió a su cuarto y cerró de un portazo.

Antes de la separación de nuestros padres, Witt pasaba con nosotros fines de semana alternos. El resto del tiempo se quedaba en casa
de su madre. Eso sumaba 96 horas de las 672 que tiene un mes. No era
mucho. No era suficiente.

Pero el día en que Emma se inició en el sexo era un viernes en que
Witt estaba en casa. Estaba jugando a un videojuego en la salita cuando entramos.

¿Qué le pasa a esa?

Entré en la salita y me senté muy cerca de Witt, pero sin subirme a
sus rodillas. Él se apoyó en mí, hombro con hombro. No dijo nada
aparte de preguntar por Emma y por qué había subido corriendo la
escalera. Cada dos viernes solíamos pegarnos a Witt como si fuéramos
láminas de celofán hasta el domingo por la noche, que era cuando volvía a casa de su madre. Hablaba con voz suave y era cómodo estar con
él. Pero también era fuerte y siempre sabía qué decir y cómo decirlo.

Yo pensaba entonces que Witt era un regalo que nuestro padre nos
había hecho como compensación por la madre que nos había dado. Sé
que es estúpido, porque no habríamos estado allí si no hubiera sido
por nuestra madre, y porque Witt había nacido antes que nosotras,
antes incluso de que nuestro padre conociera a nuestra madre. Y cualquiera que mirase a Emma podía ver en ella a la señora Martin: en sus
ojos, su mandíbula, su forma de hablar. Es lo que yo pensaba entonces.

Witt terminó un nivel del juego. Maldijo que lo hubieran matado,
o que se hubiera quedado sin vidas o sin monedas o lo que fuera. Me
miró a los ojos y me preguntó cómo me había ido la semana. Me besó

en la frente y me acarició el pelo, y yo sonreí con tantas ganas que sentí que se me humedecían los ojos. Luego dijo que iba a ir a ver a Emma, y lo hizo. Ella lo dejó entrar en su cuarto, pero salió al poco rato, sacudiendo la cabeza y riendo. Nadie me contó nada entonces. Pero cuando pocos días después estábamos jugando con las Barbies, Emma no pudo evitarlo y me sacó de mi ignorancia. Ya había superado el trauma y esa cosa que los hombres hacían a las mujeres formaba parte ahora de su propia estructura.

¿Recuerdas aquel día en que estaba enfadada? ¿Recuerdas que Witt vino a hablar conmigo? Bueno…, estaba enfadada porque un imbécil me dijo que las relaciones sexuales consisten en que un chico se mea en una chica y luego ella tiene una criatura.

Recuerdo que yo también quise llorar cuando me contó aquello. Recuerdo haber pensado que la vida no podía ser tan humillante. Y recuerdo haber pensado que nunca permitiría que un chico se meara encima de mí aunque eso significara no tener descendencia. El trance no duró mucho, pero recuerdo la reacción que tuve y que entendí por qué mi hermana había corrido a su cuarto y cerrado de un portazo.

Witt me contó qué es lo que ocurre realmente. Los chicos no se mean encima de las chicas.

Emma me habló de penes, vaginas y esperma. Luego desnudó a nuestras Barbies.

Supongo que es extraño que fuera nuestro hermano quien nos hablara de sexualidad. Aunque ese no fue el único deber parental que asumió.

A nuestra madre no le gustaba ser nuestra madre. Decía que quería ser nuestra amiga. Decía que estaba esperando a que creciéramos para poder hacer juntas cosas divertidas, como ir de compras o hacernos la manicura. Solía hablarnos de sus planes para llevarnos de vacaciones a algún lugar donde hubiera tratamientos termales y playas para sentarnos a leer revistas y a tomar combinados que sabían a coco y tenían pequeñas sombrillas. A veces nos los preparaba durante el verano. Decía que, cuando fuéramos mayores, podríamos beber otros que sabían aún mejor y hacían que te sintieras relajada y contenta. A veces me quedaba dormida soñando ese sueño que nuestra madre nos metió en la cabeza, el sueño de que las tres éramos como hermanas.

En aquella época había muchos sueños, antes de que mamá iniciara su aventura con el señor Martin. Witt hablaba de la universidad y de que quería ser abogado como su madre. A veces tenía alguna novia y se besaban en el sótano. Aprendió a conducir y tuvo coche propio. Era como si estuviese preparando el camino para que nosotras pudiéramos crecer, y lo hacía con tanto entusiasmo que nos parecía algo que merecía la pena conseguir.

Ahora este lugar parece grande, como si fuera el mundo entero, como si lo que ocurre aquí importara. Pero no lo es. Y no importa.

Witt decía cosas así después del verano en que viajó a Europa.

Este lugar es pequeño. Muy pequeño. Y un día podrás dejarlo. Podrás convertirte en otra persona. En lo que quieras. Y cuando regreses, este lugar ya no te parecerá grande. Te parecerá lo que realmente es, muy pequeño y diminuto. Casi nada.

Esto me tranquilizaba, pensar que nuestro hogar, nuestra familia, nuestra madre eran muy pequeños. Tan pequeños que, quizá, las desgracias que yo creía que ocurrirían no ocurrirían después de todo.

No vi entrar el coche de mi padre por el camino de vehículos. Resultó que estaba durmiendo cuando lo llamaron. Mi padre era capaz de dormir durante un terremoto. Finalmente enviaron un coche patrulla a comunicarle que su hija estaba viva.

Mi padre sufría, y ver su sufrimiento me resultó insoportable. Había tenido mucho tiempo para reflexionar sobre nuestra historia en aquella casa. Y me habían ocurrido cosas que habían hecho añicos el prisma a través del cual veía nuestra historia, a través del que ahora lo veo todo de forma muy diferente. Nos proporcionó una bonita casa. Tenía cuatro habitaciones para que Witt pudiera ir cuando quisiera estando nosotras, incluso después de matricularse en la universidad. Y estaba cerca de la ciudad, así que podíamos ir a reunirnos con nuestros amigos. A Emma le gustaba eso porque tenía muchísimas amistades. Para mí siempre fue una indicación de que yo no las tenía.

Después del divorcio, la casa de nuestro padre estaba iluminada por el sol pero oscurecida por la tristeza. Su tristeza. Siempre nos decía eso después del divorcio, se esforzaba por no olvidar que la felicidad es un estado mental. *El vaso está medio vacío. El vaso está medio lleno. Llueve. Las flores crecerán. Un día moriré. Hoy estoy vivo.* Decía que, después del divorcio y de perder a *mis chicas*, todo lo que tenía, todo lo que amaba, todo lo que hacía que su vida pareciera una vida, podía desaparecer en cualquier momento. Decía que nosotros, sus tres hijos, caíamos como gotas de agua en sus manos que se desplazaban hacia los resquicios que hay entre los dedos, por donde podíamos deslizarnos y abandonarlo, de uno en uno o todos a la vez, hasta que sus manos quedaran vacías y su vida convertida en un espacio vacío, con un corazón vacío. Creo que incluso decía que su vida no era nada más que aire que entraba y salía de sus pulmones. Estas eran las cosas de las que hablaba durante la cena, y era espantoso.

A veces Witt se ponía furioso con él, le decía que debería encontrar amigos a los que contar esas cosas, no a nosotros, porque éramos sus hijos, no sus amigos. Le decía que viera a un psicólogo y que su mal humor no se debía al divorcio. Nuestro padre respondía que no necesitaba un psicólogo. Entonces, Witt decía: *De acuerdo, pero entonces ¿por qué no te lo quitas de encima?* Pero papá decía que no podía quitarse de encima el problema de saber que, cuanto más tienes más puedes perder.

Y luego nos fuimos, lo que probaba que tenía razón.

Una mujer con el cabello rubio y corto bajó de un coche y anduvo hacia la casa hasta que la perdí de vista. Al cabo de setenta y cuatro segundos oí que la puerta de abajo se abría y se cerraba, y luego el rumor de pasos que subían la escalera.

Cerré los ojos y fingí estar dormida otra vez. Mi madre sacó el brazo de debajo de mi cuello y bajó en silencio de la cama para responder a la llamada de la puerta. Me subió una manta hasta los hombros con tanta dulzura que sentí un escalofrío. Esto era lo que había atormentado a mi padre. A pesar de todo lo que hizo sin deber hacerlo y de todo lo que no hizo debiendo haberlo hecho, dentro de ella había algo parecido al amor y lo manifestaba en momentos como aquel, nos lo expresaba y nos hacía desear más. Todos, cada uno a nuestra manera.

Emma vestía a veces a Barbie con un vestido de noche. Ken, todavía desnudo, la perseguía.

Por favor, Barbie, por favor…, deja que te la meta. Por favor, ¡haré cualquier cosa a cambio!

Su voz era desdeñosa y estaba llena de ira. Aunque éramos jóvenes, entendíamos por qué a nuestro padre le enfurecía la indiferencia de mamá, y también que esa furia se hubiese adueñado de todo su cerebro y su corazón, de tal manera que en él no quedaba nada para nosotras.

Un día, Emma cogió a Barbie y la arrojó contra la pared. No dijo nada. Nos quedamos ambas sentadas en el suelo, en silencio, mirando la muñeca. Había aterrizado de espaldas, con el vestido desparramado a su alrededor, los dientes blancos brillando a través de los sonrientes labios rojos. Este recuerdo estaba ahora delante de mí, tan vívido que notaba los latidos del corazón en el oído. Emma era la única que había tenido valor para arrojar una muñeca contra la pared mientras yo ahogaba una exclamación y me tapaba la boca. La única que había tenido valor suficiente para regatear por el amor de nuestra madre, aunque se arriesgara a perderlo cada vez. La única que había tenido valor suficiente para cuestionar la belleza de nuestra madre poniéndose pintalabios rojo y minifaldas. Mientras habíamos vivido allí, Emma había luchado diariamente por lo que quería, por lo que deberíamos haber tenido, mientras yo me escondía en las sombras que ella deseaba proyectar sobre mí.

Emma me protegía de los arrebatos de nuestra madre, y tanto si lo hacía por mí como porque iba con su carácter y era lo que necesitaba hacer, el resultado era el mismo. Me mantenía a salvo.

Las dudas me corroían de arriba abajo cuando pensaba en aquellas alharacas. ¿Por qué había vuelto a casa? ¡Era libre! ¡Podría haber ido a cualquier sitio! Entonces me dije el motivo. Por Emma. ¡Por Emma! Y para reparar todo lo malo que nos habían hecho. Ahora era mi turno, me tocaba ser el escudo protector. Claro que no es lo mismo convicción que fuerza, y estaba aterrorizada.

Oí unos susurros en la puerta. Mi madre exhaló un suspiro de contrariedad, pero al final renunció a su control sobre mí. Tres pares de pies cruzaron la alfombra y llegaron al borde de la cama. Mi madre se sentó a mi lado y me acarició el pelo.

—¿Cass? Cass…, estas personas son del FBI. Quieren hablar contigo. ¿Cass?

Dejé que mi hermana entrara en mi mente. Le permití que alejara la imagen de aquella muñeca indestructible que nos zahería desde el suelo. Abrí los ojos y me incorporé. La mujer del cabello corto y rubio estaba de pie, con las piernas pegadas al borde de la cama, y supe que era la guardiana encargada de encontrar a mi hermana.

—¿Cassandra? Soy la doctora Abigail Winter, psicóloga del FBI. El hombre que está conmigo es el agente especial Leo Strauss. Estamos aquí para ver cómo te encuentras, y para hablar un poco si te sientes con fuerzas para ello.

Asentí con la cabeza. Las palabras estaban en mi boca…, palabras que había preparado y ensayado escrupulosamente. Pero quedaron bloqueadas por un alud de emociones.

Me puse a sollozar. Mi madre me abrazó con más fuerza y me meció.

Al otro lado de mi madre estaba la mujer de cabello corto y rubio. La doctora Abigail Winter. La veía claramente a pesar de la humedad de mis ojos y de los sollozos que salían de mí, la veía a ella y veía cómo miraba a mi madre.

Clavé la vista en ella y solo en ella, por encima de mi madre, a pesar del cuerpo de mi madre, que me envolvía.

—¡Encuentren a Emma! —dije entre lágrimas y sollozos.

Mi madre me soltó y se apartó lo suficiente para mirarme a la cara.

—Ya ha dicho eso antes… —Me miraba mientras hablaba con ellos—. Pero no ha dicho nada más. ¡Creo que algo no va bien!

Entonces habló el agente Strauss, con voz tranquila.

—Cassandra…, ¿dónde está Emma? ¿Dónde podemos encontrarla?

Las palabras que dije no eran las palabras que había ensayado.

No era una buena intérprete de mi propia historia.

4

DOCTORA WINTER

—¡Encuentren a Emma!

Todo se detuvo cuando Abby oyó aquellas palabras. Corazón, riñones, extremidades, todo paralizado. Congelado. No podía apartar los ojos de la joven de la cama, la mujer que solo era una niña cuando desapareció. Abby había estudiado su rostro en todas las fases de su vida. Fotos, películas caseras, mensajes en las redes sociales…, no solo los rasgos, sino también las expresiones entraron a formar parte de un lienzo que se convirtió en la Cassandra Tanner que Abby creía conocer.

Tenía el cabello más oscuro, y también más largo, con ondas que antes no estaban allí. Le caía por los hombros, por la bata de seda y por la almohada que tenía bajo la cabeza. Los rasgos de su rostro eran más pronunciados, los pómulos y la frente. Los ojos almendrados estaban más hundidos bajo las tupidas cejas. Abby no era capaz de apartar la mirada, fascinada por la figura que tenía ante sí y por la única pieza del puzle que acababa de revelarse. *Emma estaba viva.*

—Cassandra…, ¿dónde está Emma? ¿Dónde podemos encontrarla? —preguntó Leo.

—¡Ella sigue allí! —gritó Cass, ahora con voz histérica.

—¿Dónde, Cass? ¿Dónde está Emma? —repitió Leo. Su tono era tranquilo y se lo contagió a Cassandra, que lo miró con cautela mientras inspiraba profundamente y expulsaba el aire. Entonces les habló sobre Emma.

—En la isla —dijo—. Sigue en la isla.

—¿Qué isla? —preguntó Leo.

Cass miró a su madre. Seguro que Judy Martin había cambiado mucho, pero lo único que Abby veía era lo que había visto antes. Una mujer consumida por la apariencia. Incluso en aquel momento estaba recién maquillada y olía a laca del pelo. La idea entró en su cabeza y se fue sin que ella opusiera resistencia. Pero aun así la archivó.

Cass miró a Abby entonces, lo cual era raro, ya que la pregunta la había hecho Leo.

—¿Qué isla, Cass? ¿Sabes dónde está? —preguntó el agente de nuevo.

Cass negó con la cabeza y rompió a llorar.

Judy apartó la mano del cabello de su hija y se echó atrás para que sus cuerpos no se tocaran.

—¡Tienen que encontrarla! ¡Por favor! Encuentren la isla. ¡Encuentren a mi hermana!

Leo miró a Abby y luego volvió a mirar a Cass, con cautela.

—¿Está Emma en peligro? ¿Está retenida contra su voluntad?

Cass asintió con la cabeza.

—No nos dejaban volver a casa. Durante tres años. Tuve que dejarla allí. Era la única manera, ¡pero ahora tienen que salvarla!

—Llama a los técnicos forenses —dijo Abby. Quería escuchar la historia desde el principio hasta el final, pero si Emma estaba en peligro, tenían que estudiarlo desde todos los puntos de vista. Leo estuvo de acuerdo y envió un mensaje de texto a sus colegas para que subieran de la planta baja.

Cass siguió hablándoles de una isla y de un hombre llamado Bill, que vivía allí. También les habló de su mujer, Lucy, y les contó que ambos «nos acogieron» y «nos dieron un hogar», y que todo había ido «muy bien hasta que se puso feo». Si no oían la historia ordenadamente, era imposible entender que su refugio «se convirtiera en una prisión» y que la única que consiguió escapar fuese Cass. Y por qué «Emma sigue prisionera allí». Y por qué no sabía exactamente dónde estaba ni cómo encontrarla «por cómo llegué y cómo me fui». Y *por qué* se había ido. *Santo Dios*, qué ganas tenía Abby de responder a esa pregunta.

Pero se quedó sentada y tranquila, aunque el apremio golpeara las débiles paredes de su paciencia.

Judy Martin no dejaba de hacer preguntas. Ahora se paseaba por el cuarto.

—¿Qué quieres decir con que Emma está allí, en esa isla? ¿De qué estás hablando? ¡Es una locura! ¿Cómo es que no sabes dónde está? ¿Por qué no puedes decírselo? ¡Nada de esto tiene sentido, Cass! Doctora Winter, ¿no se da cuenta de que esto es una locura? ¿Cree que está en sus cabales? Quizá no esté bien. ¡Tiene que hacerle un reconocimiento!

—¡Sí que sé cosas! —gritó Cass—. ¡Está en Maine! ¡Al norte de Portland!

El equipo forense ya estaba en la habitación y quería una descripción física para empezar a hacer análisis.

Preguntaron a Cass cómo eran allí las estaciones. La flora de la isla. Hablaron entre ellos sobre la tierra que había en sus zapatos. Del polen, el moho y el polvo de su ropa. De los cabellos de otras personas en esa ropa, quizás en su cuerpo. Podía haber muestras de ADN que podrían investigar en sus bases de datos. Y luego estaban las cosas menos tangibles, como qué había olido en el aire y la clase de productos que comía. Personas que iban y venían, cómo hablaban. Su acento y las palabras que decían.

Cass trabajó con ellos durante casi una hora. Intentó explicarles por qué había sido imposible huir.

—El agua estaba muy fría, incluso en verano. Lucy siempre nos estaba haciendo advertencias sobre la hipotermia. Aparte de Bill y Lucy, solo vimos a otra persona. Se llamaba Rick y pilotaba una lancha motora para ir y venir de la isla con provisiones y combustible para el generador. No había tendido eléctrico en la isla. Ningún cable, ni telefónico, ni para la televisión, ni de electricidad. Pero tenían una antena parabólica. Veía otra tierra desde tres lados de la isla. Estaba a kilómetros de distancia. El cuarto lado daba al océano, como si estuviéramos en la boca de alguna ensenada o puerto, pero era inmensamente grande. No se veían casas, ni gente, ni nada de eso en la otra tierra, y era muy difícil llegar a nuestro muelle. Había rocas debajo del agua que solo podían verse con la marea baja.

Su voz fue adquiriendo firmeza. Recuperó la compostura.

Les habló de la corriente y de lo fuerte que era en el lado en que estaba el muelle, el lado sur, y que lo arrastraba todo hacia el oeste. Describió las tormentas que se desataban y lo fuertes que eran. Y que podían verlas a varios kilómetros de distancia antes de que llegaran a la isla, como un muro de viento y agua que caía del cielo, reptando hacia ella. Entonces caían unas gotas durante unos segundos, arrastradas en sentido oblicuo por el viento, y luego llegaba el aguacero.

Les habló del cielo y dijo que verlo totalmente despejado, de izquierda a derecha, era como estar dentro de «una de esas bolas de cristal con nieve».

—Era como estar debajo de un cielo así de grande y abierto, pero sin posibilidad de escapar. —Su descripción era casi poética. Parecía mucho más culta de lo que era de esperar de una muchacha que solo había estado un año en el instituto.

Luego les habló de los árboles, y de que eran los mismos que en Connecticut, solo que había más que seguían estando verdes durante el invierno.

—¿Coníferas? —le preguntaron.

—No lo sé.

—Pinos, árboles de Navidad...

—Sí, algo así. Como árboles de Navidad. Pero más altos y delgados por abajo...

El apellido de Bill y Lucy era Pratt. No sabía de dónde eran y no conoció ni amigos ni parientes suyos. A veces hablaban de una madre o un padre, pero nunca de hermanos o hermanas. No sabía qué hacían para conseguir dinero ni si trabajaban. Cuidaban de la isla, del jardín y de la casa. No sabía adónde iban cuando abandonaban la isla en el bote de Rick. Lucy no la abandonaba más de una vez al mes. Bill se iba unas cuantas veces por semana, pero solo medio día a lo sumo.

Tenían poco más de cuarenta años, eso creía Cass, pero, según sus propias palabras, «no se me da bien calcular la edad». Lucy era «algo redonda por el centro» y tenía una larga cabellera gris que le llegaba a la cintura, siempre le colgaba por la cara, nunca se la recogía formando una cola o un moño. Cass dijo que estaba segura de que Lucy creía que era especial tener un pelo tan largo, aunque fuera «gris y rizado, y no algo que apeteciera tocar». Tenía muchas arrugas alrededor de la boca y de los ojos, y un ligero bigote gris en el labio superior.

—Todas estas cosas me dan asco ahora, así que quizá las esté exagerando. Cuando la conocí, me parecieron atractivas.

Bill era muy alto y tenía el pelo castaño, pero porque se lo teñía. Con Grecian Formula. Había visto los frascos entre las provisiones cuando llegaban de tierra firme, así que creía que su cabello verdadero era gris.

—¿Y las provisiones? ¿Había recibos, nombres de tiendas en las bolsas?

—No, que yo recuerde.

—¿Y las marcas de los productos? ¿Algo diferente, granjas locales, artículos recién preparados, cosas así?

—Sí, había pan recién hecho, pero ningún nombre. Venían en bolsas de papel marrón. La marca de la leche era Horizon. Había muchas marcas. Mantequilla Land O Lakes. *Muffins* ingleses Thomas...

—¿Y fruta, pescado?

—Sí, pero no recuerdo ningún nombre. Eran cajas verdes con frutas del bosque, arándanos en verano. Pequeños. Y mucho pescado. Envuelto en papel blanco. Emma detesta el pescado. Incluso las langostas y las gambas. Pero había mucho pescado.

—¿Pescado blanco?

—Sí, era blanco. Como el del pescado frito con patatas. Pero a ellos, a Bill y Lucy, no les gustaba freír. Decían que no era sano.

Abby estaba sentada en una silla, con las manos juntas y apretadas. Todo aquello era útil para localizar la isla, pero los estaba apartando de la historia, de la respuesta que había estado esperando, la respuesta a la pregunta que la torturaba.

Preguntaron a Cass por facturas, correo, barcos que pasaran. ¿Recordaba alguno de los nombres?

—No —respondió la joven. Los barcos nunca se acercaban a la isla a causa de las rocas y la corriente, y muchos eran pequeñas embarca-

ciones pesqueras. La lancha que iba a la isla se llamaba *Lucky Lady*.
Comprobaron el nombre. Había una *Lucky Lady* en casi todos los
puertos. Pero las embarcaciones pesqueras…

—¿Cómo eran esas embarcaciones pesqueras? —Le enseñaron fotos de Internet.

Cass identificó embarcaciones langosteras, lo cual apoyaba su convicción de que la isla estaba en Maine.

También les contó que la isla olía a veces a gasolina debido al generador, y ellos le dijeron que ese dato ayudaba mucho.

Judy Martin no dejaba de interrumpir ni de hacer las mismas preguntas.

—Pero ¿cómo pudiste llegar allí hace tres años y luego volver a
casa, sin saber dónde estuviste? ¡No tiene sentido, Cass! ¿Por qué no
huiste durante esos tres años? ¡Están haciendo las preguntas equivocadas! ¡Los árboles y los dichosos arándanos!

Una técnica forense levantó su teléfono.

—¿Alguno de ellos hablaba así?

Puso una grabación y dijo que era la forma de hablar de Maine.
Dio explicaciones sobre la *r* añadida, y la *a* y la *e* largas. Y Cass les dijo
que el barquero hablaba así.

—Emma decía que hablaba como un paleto, lo cual no era muy
amable, pero Rick no era muy amable. Es parte de la historia. Escapé
por Rick.

—¡Sí, sí! La huida. Háblanos de eso. —La señora Martin elevó las
manos hacia el techo.

Cass les contó que había escapado en la *Lucky Lady*.

—No fue fácil. Rick dependía de los Pratt para todo, y ellos no
querían que nos fuéramos…

—Volvamos a la lancha…, ¿cuánto tardó en llegar a tierra firme?
—preguntaron.

Cass les contó que el barquero la había llevado a un muelle, dentro
de un puerto. No estuvo pendiente del tiempo que tardaron en llegar,
pero le pareció que un rato largo. La noche era negra como boca de
lobo y era difícil decir en qué dirección iban. Luego, un amigo del
barquero la dejó subir a la trasera de su camión.

—¿Cuánto tiempo pasaste en el camión? ¿Te fijaste en el tiempo, en los caminos, en la dirección? ¿Señales de tráfico, rótulos de carretera, alguna otra cosa?

Les contó que estuvo bajo una manta, para que nadie pudiera verla, hasta que llegaron a Portland. Se detuvieron a repostar gasolina y vio un rótulo. Decía ROCKLAND. Volvieron a detenerse a poner gasolina y luego otra vez a un lado de la carretera, para que ella pudiera hacer sus necesidades entre los árboles.

—Tardamos tres horas y quince minutos en llegar a Portland. Las carreteras eran lentas y con muchas curvas. Íbamos hacia el sur. ¡Vi aquella señal! ¿No es suficiente? —A Cass volvió a temblarle la voz.

—Maine tiene más de cinco mil quinientos kilómetros de costa y cerca de cinco mil islas, y frente a la costa de Rockland hay varios centenares —explicó un técnico—. Así que cualquier otra cosa que puedas decirnos nos será útil.

Judy intervino, chorreando impaciencia por todos los poros.

—Cass, ¿por qué esperaste toda la noche para venir? ¿Por qué no fuiste directamente a la policía desde la orilla, para que pudieran localizar la isla?

—No lo sé. No lo pensé. No creí que fuera tan difícil encontrarla. El conductor del camión me preguntó adónde quería ir y le dije lo primero que se me ocurrió, que fue aquí. A mi casa. —Se echó a llorar otra vez—. Solo quería llegar a casa.

Abby oyó pasos que subían la escalera; entonces se abrió la puerta. Estaba sentada en una silla, al lado de la cama, cuando Owen Tanner irrumpió como un tornado. No la saludó, aunque Abby dudaba de que hubiera olvidado quién era ella. Sencillamente, estaba alterado. Corrió hacia la cama, abrazó a su hija. Lloraba, gemía como si estuviera lleno de dolor. Estaba delgado y demacrado, como si hubiera estado en proceso de desaparición lenta durante aquellos tres años. Abby no se había dado cuenta durante la investigación, porque lo había visto con frecuencia, incluso después de haber terminado los interrogatorios. Owen se acercaba un par de veces por semana a la oficina destacada en New Haven, preguntando por las últimas noticias, exigiendo acceder a sus informes y a la lista de llamadas de la línea telefónica abierta al público. Abby pensó entonces que el dolor de aquel hombre había sido un parásito que se alimentaba de sí mismo todo el tiempo. Y nada podía devolverle las partes que ya habían sido devoradas. Eso era lo que oía entre sus sollozos mientras abrazaba a su hija.

Owen se hizo a un lado con el rostro húmedo y contorsionado por la desesperación. Empezó su propia pesquisa preguntando por Emma, quería saber dónde estaba. Tenía un millón de preguntas y las lanzó como si nadie más en la habitación hubiera pensado en ellas antes de su llegada y «¡Santo Dios!», Emma estaba al final de todas y cada una y ¿por qué Cass no les decía, sencillamente, dónde ir a buscarla?

Cuando Owen agotó finalmente sus preguntas en ese frente y aceptó que encontrar a Emma no iba a ser posible en aquel momento, se sentó al borde de la cama, casi encima de su hija, impidiendo que Judy la viera. Fue entonces cuando hizo a Cass la otra pregunta, la que Abby sabía que venía atormentándolo desde la noche en que perdió a sus hijas.

—¿Por qué? ¿Por qué Emma y tú os fuisteis con esas personas?

Owen le había dicho a Abby al principio de la investigación que se equivocaba por investigar la historia familiar. Le dijo que entendía por qué las adolescentes huían para integrarse en guerras santas y sectas, por qué se sentían atraídas por pervertidos. En uno de los interrogatorios le había dicho: «Esos chicos no eran normales. Los he visto en las noticias. Quizá nadie se diera cuenta antes de que ocurriera, pero después quedaba perfectamente claro por qué se habían ido. ¿Verdad? Pero el caso de mis hijas no es así, en absoluto. No estoy aquí sentado pensando que todo tiene sentido por esta cosa o esa otra. ¿Lo entiende? Aquí no hay nada que descubrir. ¡Nada en absoluto!»

—¿Por qué te fuiste con esos extraños? —preguntó de nuevo Owen, buscando una explicación.

Cass finalmente le respondió, con un asomo de ira en la voz que sorprendió a Abby. Pero fue su respuesta lo que sorprendió a todos.

—Nos fuimos porque Emma estaba embarazada.

5
. . . .
CASS

Cuando volvió a verme después de tanto tiempo, mi padre me estrujó hasta dejarme sin respiración. Pasó como un bólido junto a la doctora Winter, el agente especial Strauss y la señora Martin, y se abalanzó sobre mí, sollozando. Ni siquiera tuve ocasión de mirarlo, de asimilar las profundas arrugas que el sufrimiento había esculpido en su frente y la grisura que ahora cubría su piel. Eso ocurriría doce segundos más tarde. En aquel momento, en esos primeros doce segundos, él necesitaba de mí todo lo que había perdido en aquellos tres años, y no lo disuadió la imposibilidad del cometido. Se lo permití porque quiero mucho a mi padre y sentir sus brazos rodeándome de nuevo también me hizo llorar y repetir su nombre una y otra vez.

Papá... Papá...

Había llorado por él muchas veces en la isla, aunque siempre había sabido en el fondo de mi corazón lo que supe de nuevo en la cama de mi madre cuando me abrazó aquella mañana. No importa cuántas veces gritara su nombre, los gritos eran un ruego para que él me ayudara de alguna manera, aunque solo fuese prestándome la fuerza que necesitaba para ayudarme a mí misma, pero mi padre no tenía para darme nada como aquello.

Me abandoné al llanto y traté de darle las cosas que necesitaba. Ya contaba con que necesitaría cosas de mí cuando volviera a casa. Sin embargo, también estaba sorprendida por el resentimiento que experimenté. Quería gritarle. *¡Yo también necesito cosas! ¡Necesito contar* *mi historia antes de que me explote en el pecho!* Nadie parecía preocuparse por mis necesidades.

Cuando pronuncié las palabras, cuando les conté que nos habíamos ido porque Emma estaba embarazada, los ojos de mi padre se dilataron, revelando que era presa del frenesí, como si estuviera perdido en una tormenta.

—¡No lo entiendo! ¿Ha tenido una criatura? ¿Un hijo? ¡Dios mío!

Respondí primero a la segunda pregunta.

—Tuvo una niña. Pero se la quitaron. Bill y Lucy se la quitaron y la hicieron suya. Al principio fue como si la quisieran ayudar a cuidarla. La llevaban a su habitación por la noche. Decían que solo sería unos días, para que Emma pudiera descansar. Emma no quería, pero aun así lo hacían. Y luego ya no dejaron de hacerlo.

—¿Y no os dejaron ir? ¿Os tuvieron prisioneras? ¡No lo entiendo, Cass! —Mi padre exigía una respuesta.

—Les pedimos que nos dejaran marchar. Y como siempre decían que todavía no, que ahora no y cosas así, preparamos un plan de fuga, pero no se nos ocurría cómo, porque siempre tenían a la hija de Emma con ellos. Así que decidimos que me fuera yo y luego regresara con ayuda. Y lo intenté, pero fracasé. Estoy intentando contarlo…, y cuando encontré la forma de hacerlo al cabo de los años, Emma dijo que no podía irse sin su hija. Intenté convencerla de que viniera conmigo. ¡Tienes que creerme, lo intenté!

Sentí una punzada de pánico, como el calambre que te sacude cuando rozas con el dedo un enchufe de la luz. El recuerdo de unos pies infantiles, pelo infantil y sonrisas infantiles, y el dolor de cuando me la quitaron de los brazos, y Emma…; de súbito, la eché de menos como echaría de menos mi corazón si me lo arrancaran del pecho, y todo esto fue demasiado para mí.

—¡Encuéntrenlos! —grité a la habitación.

Quería a Emma. Quería venganza. Quería a aquella niña. Quería justicia.

—¡Encuéntrenlos para que paguen por lo que han hecho!

Mi padre se cubrió el rostro con las manos. Creo que fue en aquel momento cuando empezó a entender cómo era el lugar del que intentaba hablarle, del que intentaba hablar a todos. Había demasiadas cosas y no quería olvidarme de ninguna, por eso no dejaba de volver al principio. Quizá debería haber empezado por la primera vez que intenté escapar y lo que hicieron cuando me capturaron. O por todo lo que tuve que hacer para llegar finalmente a casa. En muchos aspectos, aún me sentía como una niña, con miedo a meterme en problemas. Miedo a que nadie me creyera.

Mi padre se puso en pie.

—¡Necesitamos más agentes! ¡Tenemos que hacer algo! ¡Enseguida! ¡Mi hija y mi nieta son prisioneras de esa gente! ¡Dios mío!

Detrás de mi padre pude ver a la señora Martin, mirándome como si yo estuviera loca. Llevaba haciendo lo mismo toda la mañana y quise gritarle *¡Quizá la loca seas tú!*, y luego verla romperse en pedazos.

El agente Strauss trató de tranquilizarlo.

—Tenemos un equipo de agentes preparados para emprender la búsqueda. Encontraremos esa isla.

Mi padre abatió la cabeza y se llevó las manos a las sienes. Entonces empezó a moverla afirmativamente y pude leer sus pensamientos: *Sí, desde luego. Por eso una chica se va de casa. Por eso necesitó abandonarlo todo.*

Se volvió para mirar a mi madre en busca de solidaridad. Encogió ligeramente los hombros, levantó las manos y las abrió con las palmas hacia arriba mientras las lágrimas le caían por las mejillas.

—No podíamos saberlo, Judy. No podíamos.

Intentaba ser amable, pero la señora Martin no quería su amabilidad.

Mi padre solía hacer comentarios sobre la relación entre Emma y mamá, sobre cómo la señora Martin veía a Emma como a una versión más joven de sí misma. Decía que a ella le había gustado que Emma llamara la atención de pequeña. Le decía que la gente hacía lo mismo cuando ella era pequeña…, volver la cabeza y lanzar exclamaciones de admiración. Emma y ella estaban cortadas por el mismo patrón. Eran iguales. Lo que no entendía mi padre es que cuando Emma se hizo mayor la señora Martin ya no hablaba de su parecido con Emma, debido al orgullo. Era su manera de robar la atención que Emma despertaba…, atención que antes había sido para ella.

Yo sabía lo que pensaba mi padre cuando intentaba consolarla. Que su ignorancia sobre un hecho tan importante sobre Emma sería un golpe a su orgullo, a su amor propio. Si Emma y ella se parecían tanto, ¿cómo no se había dado cuenta de que Emma estaba embarazada?

Nunca fui capaz de quedarme quieta cuando se comportaban así: mi madre rumiando en silencio y mi padre dando brincos a su alrededor como un payaso de circo esforzándose por alegrarla. Me quemaba la sangre el hecho de que él no se diera cuenta de nada. No se enteraba de que ella aún sabía cómo llegar hasta sus entrañas y cómo retorcérselas incluso después de haberle roto el corazón y haberle robado su casa y a sus hijas. Incluso después de todo esto.

No me sorprendió la respuesta de la señora Martin cuando él intentó consolarla el día de mi regreso.

—¡Pues claro que no me di cuenta! Tú pusiste tal cuña entre nosotras que ella nunca me hablaba de esas cosas. ¡Tú tuviste la culpa! ¡Y mira lo que ha pasado!

La doctora Winter tampoco pareció sorprendida cuando mi padre trató de consolar a mi madre, ni porque mi madre utilizara la amabilidad del cónyuge para descalabrarlo con ella. Fue entonces cuando supe que había estado implicada anteriormente en el caso, en el momento de nuestra desaparición. Imagino que se había enterado de muchas cosas relativas a nuestra familia cuando se movilizaron para encontrarnos. Pero fue la falta de sorpresa de aquel momento lo que me hizo pensar que ella era capaz de *entender* a mi familia.

El agente Strauss intervino.

—Creo que tenemos que oír lo que ha pasado… desde el principio. Por favor…, llevemos las cosas al laboratorio y escuchemos la historia, Cass. Si te sientes con fuerzas.

La doctora Winter me sonrió y asintió con la cabeza. El equipo forense se fue. Todo el mundo se sentó, mi padre a los pies de la cama, mi madre a mi lado de nuevo. La doctora Winter estaba sentada en una silla con un pequeño cuaderno abierto y un bolígrafo en la mano. El agente Strauss estaba de pie a su lado.

—Deberíamos hablar a solas con Cass —propuso el agente a mis padres, que se miraron y luego me miraron a mí. No se movieron.

—No… —murmuré—. Los necesito aquí. Por favor…

Respiraba entrecortadamente a causa de la acumulación de emociones y me esforcé por sosegar mi voz. No podía contar la historia si mi madre no estaba conmigo para oírla.

El agente Strauss dio un suspiro.

—Por el momento —repuso. Miró a la doctora Winter, que asintió con la cabeza para expresar su conformidad.

Pregunté si debía empezar por la primera noche y el agente Strauss dijo que sí. Respiré hondo dos veces, largos suspiros, y empecé a calmarme. Luego volví a aquella noche. La noche en que desaparecimos de casa.

—La noche en que nos fuimos, Emma y yo estábamos peleando. ¿Lo recuerdas?

La señora Martin respondió:

—Sí. Por aquel collar.

Nunca olvidé la primera vez que se lo oí contar en una entrevista. Recordaba todo lo que había dicho sobre el particular, sobre el collar. Y sobre aquella noche.

—Yo quería aquel collar, así que Emma lo llevaba todos los días, porque sabía que me irritaba verlo en su cuello. Aquel día volvimos juntas de la escuela y Emma estaba nerviosa por algo. Podría jurarlo. Estaba abstraída. Anduvimos en silencio todo el rato. Cuando llegamos a casa, se fue a su habitación y cerró la puerta. No bajó a cenar, ¿recuerdas?

La señora Martin negó con la cabeza y me miró como si estuviera perdiendo la paciencia. Me dieron ganas de ponerme a divagar.

—No lo sé, Cass. No recuerdo nada de la cena —respondió.

—Traté de hablar con ella pero no me dejó entrar. Golpeé la puerta con los puños hasta que abrió. Temía que tú pudieras oírlo y no quería llamar la atención sobre lo que estaba haciendo. Entré en el cuarto y vi ropa sobre su cama. Se acababa de dar una ducha. Así que le pregunté si iba a salir, y adónde y por qué entre semana. Yo quería irritarla porque había estado muy rara todo el día. Pero parecía diferente. Menos interesada o algo así, como si aquello no fuera con ella. Se puso a ordenar su monedero. Se vistió. Luego se volvió hacia la puerta del cuarto de baño y me apartó de su camino. «¡Vuelve!», le grité... ¿No recuerdas nada de eso? ✓

Fue la doctora Winter quien respondió:

—Yo sí recuerdo que tu madre nos habló de eso. Que os oyó pelear y luego vio el coche que se alejaba por el camino de entrada.

Mi madre había explicado muy bien esta parte de la historia. Y yo hice lo mismo.

—Supe que se iba porque había guardado las llaves del coche en el monedero. El collar estaba en la cama, al lado de la ropa, y yo lo cogí antes de que volviera a buscarlo y me lo puse al cuello. «¡Tengo el collar! —dije—. ¡No podrás recuperarlo hasta que me digas adónde vas!» Salió hecha una furia del cuarto de baño, gritándome que se lo devolviera. Trató de arrancármelo del cuello. Finalmente consiguió cogerlo con la mano y me lo quitó de un tirón. Rompió la cadena. Pero no le importó. Se lo puso al cuello y ató la cadena como si fuera una cuerda, con un nudo, para que no se cayera. Se miró en el espejo y ajustó el ángel. Luego dio media vuelta y volvió al baño.

»¡Yo estaba muy furiosa! Fui a su coche y me acomodé en el asiento trasero. Ella tiene mantas allí para cuando van a la playa a beber y me tumbé en el suelo del coche. Pensé: "Voy a ir adonde ella vaya y a hacerle fotos cuando haga cosas que se supone que no debería hacer y le crearé problemas". Todo muy estúpido, ¿verdad?

La doctora Winter me miró con simpatía.

—No, Cass. Tenías quince años. Parece muy normal.

La señora Martin la imitó. Era muy hábil cazándolas al vuelo cuando no quería que nadie viera lo que había en su mente. O en su corazón.

—Sí, cariño. —Sus palabras fueron amables, pero su tono estaba impregnado de contrariedad.

—Esperé un rato largo hasta que oí abrirse y cerrarse la puerta del conductor y el coche empezó a moverse. Recuerdo que estaba nerviosa por haberme propuesto causarle problemas. El coche se detuvo en la playa, al final de los terrenos de la finca. Oí suspirar a Emma, un suspiro fuerte y largo, como si ella también estuviera nerviosa. Pero entonces bajó del coche, dejó el bolso y las llaves y se dirigió a la orilla. Esperé unos segundos y bajé a mi vez, en silencio y muy despacio. La seguí y supe que no me había visto, porque seguía andando hacia el agua sin mirar atrás. Cuando llegó al borde, se quitó los zapatos y se introdujo en el agua. Yo me quedé detrás de los vestuarios, mirando desde un lateral. Podía verla a la luz de la luna y pensé que a lo mejor quería bañarse con la ropa puesta. Pero no se movió. Se quedó allí quieta, mirando el agua y moviéndola con los pies.

»Entonces aparecieron unos faros detrás mío. La iluminaron y ella pareció sorprendida, pero entonces echó a andar hacia el coche, alejándose del agua. Sé que había sido una sorpresa para ella porque olvidó los zapatos. Dejó atrás los vestuarios donde yo estaba escondida y observando. Los faros del coche se apagaron. Luego, el motor. Se abrió una portezuela y bajó un hombre. También había una mujer en el coche, pero se quedó dentro.

»Emma siguió andando hacia el coche, hacia aquel hombre, y sentí un miedo horrible a que se fuera para siempre. Corrí hacia el coche gritando su nombre. "¡Emma!" Vi al hombre con más claridad. Era adulto. Tenía el pelo castaño, sonreía con amabilidad y recibió a Emma con un fuerte abrazo.

»Ambos se quedaron inmóviles cuando me oyeron llamarla. El hombre miró a Emma y su sonrisa se desvaneció. Emma vino hacia mí echando chispas. Estaba muy furiosa. Desesperada. Sabía que le había estropeado los planes. Me asió por los brazos y me dijo que se iba, que ya no lo soportaba. Rompí a llorar, aferrada a ella. Estaba muy alterada. No podía imaginar la vida sin Emma. Era mi hermana y nunca había estado sin ella.

»Emma se apartó de mí y volvió hacia el coche desconocido. Dijo al hombre: "Vámonos". Pero el hombre dijo que no con la cabeza. Hablaron entre susurros. Luego fue ella la que negó con la cabeza y él la cogió por los hombros y la miró con severidad. Ella volvió a mi lado y dijo: "Ahora tendrás que venir con nosotros". Yo me asusté. No sabía adónde iban. Vimos unos faros acercándose por la playa. Era la rastrilladora de las playas. Siempre pasa de noche. No había tiempo para pensar. Emma me cogió por el brazo y tiró de mí hacia el coche. No sé si traté de soltarme. Sinceramente, no lo sé. Mis pies se movieron y avanzaron hacia el coche. Subimos todos y salimos de allí.

Dejé de hablar en aquel punto y miré a mi alrededor. La doctora Winter, el agente Strauss, la señora Martin…, todos me miraban fijamente, cautivados por mis palabras.

El agente Strauss rompió el hechizo.

—¿Recuerdas si aquel hombre dijo algo más? ¿En la playa o en el coche? ¿Se presentaron, explicaron qué estaba pasando?

Negué con la cabeza.

—Nadie dijo nada. Era aterrador. Fuimos en el coche hasta que llegamos a la lancha.

—¿Recuerdas cuánto tiempo duró el viaje en coche? ¿A qué hora os fuisteis y a qué hora se detuvo?

—Ojalá pudiera. Sé que sería de gran ayuda, porque fuimos directamente desde la playa hasta la lancha y luego a la isla. Me quedé dormida un rato. Nos detuvimos a buscar comida y para ir a los lavabos. En otra ocasión nos detuvimos a poner gasolina y todavía estaba oscuro, y hacía mucho más frío que en la playa. Seguía estando oscuro cuando llegamos a un muelle. Olía como a pino. Lo siento. Normalmente se me da bien calcular el tiempo.

—Está bien, Cass. Sigue con la historia. ¿Qué ocurrió después? —inquirió el agente Strauss.

—Recuerdo que pensé que quizá no conociera en absoluto a mi hermana. Quiero decir que yo no sabía nada de Bill. No sabía que hubiera planeado irse de casa. Ni siquiera me había enterado de que estuviera embarazada. Pensé que había salido para reunirse con un chico. ¡Qué estúpida fui! Sentí mucho miedo y quise escapar y correr a mi casa a toda velocidad. Pero entonces pensé que tendría muchos problemas si me iba sin saber adónde iba Emma, y también por haberme ido yo y por esconderme en el coche de Emma. Ahora que soy mayor y sé lo que habría podido ocurrirnos tengo muy claro lo que debería haber hecho. Pero entonces, en mi cabeza, y sin saberlo, pensé que debía quedarme con ella hasta que supiera adónde iba. Mi plan era hacer eso y luego buscar el camino de vuelta. Recuerdo haberme sentido mejor después de idear este plan y apoyé la cabeza en la ventanilla. La mujer, Lucy, me había dado una manta y me la puse sobre la cabeza, encima de la cara y todo.

»Me desperté al oír música y sentir el viento en la frente. Emma había bajado del todo su ventanilla. Tenía la cabeza fuera, tanto que el viento le sacudía el pelo con fuerza y se lo apartaba de la cara. Tarareaba una canción y Bill y Lucy sonreían. Era una canción de Adele. ¿Recordáis lo mucho que le gustaba Adele?

A Emma no le gustaba llevarme a ningún sitio cuando empuñaba el volante. Pero a veces, cuando en casa había pasado algo muy malo, se emborrachaba a conciencia y entonces sí me llevaba en su coche, y me dejaba conducir, aunque yo todavía no tenía edad suficiente. Íbamos por North Avenue, porque era recta y podíamos ir a toda velocidad. Ella bajaba la ventanilla y sacaba la cabeza lo imprescindible para que el viento le alborotara el pelo. Y cantaba tan fuerte y con tanta vehemencia que se echaba a llorar. A veces fumaba un cigarrillo. Pero lo que más hacía era cantar y llorar, y yo me limitaba a conducir y a mirarla por el rabillo del ojo, pasmada por el espectáculo. Era como mirar un tornado. Hermoso. Terrorífico. A veces deseaba ser así, sentir cosas como aquellas. Pero Emma ya sentía lo suficiente por dos personas, y yo me contentaba con que ella tuviera su papel y yo el mío.

Creo que hay dos clases de personas. Las que tienen un grito dentro y las que no lo tienen. La gente que tiene un grito está demasiado furiosa o demasiado triste o ríe con demasiada fuerza, maldice mucho, toma drogas o nunca se está quieta. A veces, esas personas cantan con toda la fuerza de sus pulmones con las ventanillas abiertas. No creo que la gente nazca así. Creo que son otras personas las que nos ponen el grito dentro con las cosas que nos hacen y nos dicen, o por culpa de las cosas que les vemos hacer o decir a otras personas. Y no creo que podamos librarnos de eso. Quien no tiene un grito dentro, no lo puede entender.

Mientras miraba a la doctora Winter aquel primer día, tuve la sensación de que ella tenía un grito. No era una persona normal. Supongo que hace falta que una lo sea para reconocer a otra, y yo creo que podía. Era guapa…, cabello rubio, totalmente en forma, labios carnosos y pómulos altos. Sus ojos eran de un azul pálido, pero suspendidos en un perpetuo estado de ansiedad, y andaba, hablaba y se movía con ímpetu, más como un hombre que como una mujer. Sus ojos y sus movimientos contrastaban tanto con sus rasgos, por lo demás femeninos, que solo podía decirse que era una persona enigmática. Misteriosa. Imagino que los hombres la encontraban irresistible. Y sin embargo no llevaba anillo de casada. Las personas como la doctora Winter, personas enigmáticas y misteriosas, siempre tienen un grito dentro.

Yo no supe que lo tenía hasta la noche en que conseguí escapar de la isla.

Nadie respondió a mi pregunta sobre aquella música que le gustaba a Emma, así que seguí contando lo sucedido.

—Recuerdo con exactitud cómo me sentí cuando llegamos al muelle y Bill abrió la portezuela del coche y entró aire fresco con aquel olor, olor a árbol de Navidad, y también olor a agua. No se parecía nada al olor del agua de aquí, ni siquiera al del agua de Nantucket aquel verano en que estuvimos allí, cuando yo tenía diez años, creo, o quizá nueve. No olía a pescado, ni a algas marinas, ni… ¿conocen ese olor a podrido que se siente cuando hace mucho calor y hay muchas conchas abiertas? No se parecía a nada de eso. Solo agua y Navidad, aire fresco en mi cara mientras mi cuerpo estaba caliente bajo la manta. Y además, estaba la sensación de aventura y algo más en lo que he pensado mucho desde aquella noche, porque entre otras cosas fue lo que me indujo a bajar del coche y subir a la lancha de Rick, en vez de echar a correr hacia la arboleda.

El agente Strauss me interrumpió para preguntarme por la arboleda.

—¿Qué clase de arboleda? ¿Había calles y casas, como en un barrio, o solo árboles y la orilla del mar? ¿Y cómo era la lancha?

Le conté lo que recordaba: que cuando desperté, sentí aquel aire fresco y luego vi el agua a un lado, el embarcadero y una pequeña lancha motora. Y también vi al barquero. Detrás de nosotros, rodeándonos, había un bosque de pinos y arbustos. El camino estaba sin asfaltar. No había ningún aparcamiento, ni edificios. Solo un pequeño embarcadero de madera, una lancha y el barquero.

—Pero el barquero, Rick, tenía que haber llegado con la lancha de alguna parte, ¿no crees? No parece que tuviera la lancha allí, de lo contrario habrías visto su coche…

Seguimos así varios minutos. Yo ya les había descrito al barquero, y no solo su acento, sino que parecía tener la edad de la doctora Winter, y siempre estaba bronceado y tenía siempre una ligera barba incipiente…, nunca iba bien afeitado ni con barba poblada. No era mucho más alto que yo, quizá un metro setenta, y tenía una complexión fuerte, musculosa. Su cuello parecía más ancho de lo normal, o tal vez su cabeza fuera pequeña en comparación. Y tenía el pelo muy corto, de color castaño oscuro. También sus ojos eran castaños. No era feo, pero tampoco alguien a quien Emma hubiera mirado dos veces. Era el típico individuo que recorre un pasillo sin llamar la atención.

Supe que los Pratt le pagaban por ir y venir de la isla y pensé que ganaba mucho gracias a ellos, porque les era muy leal. No supe lo leal que era hasta mucho después. Hasta la primera vez que intenté escapar.

La doctora Winter no era una persona paciente. Me di cuenta porque se removía mucho en la silla, y cruzaba y descruzaba las piernas. Jugueteaba con el bolígrafo. Pero dejó continuar al agente Strauss hasta que terminó, aunque no parecía muy interesada por la arboleda, los árboles y los coches, ni siquiera por el barquero. Cuando me hizo la siguiente pregunta, empecé a creer que encontraríamos efectivamente a mi hermana.

—Cass, vuelve a aquella noche. Vuelve a la impresión que recibiste…, la que te indujo a subir a la lancha.

Respiré hondo y cerré los ojos. Aquella parte era importante y quería que todos la oyeran bien.

—Les he contado que tenía intención de regresar a casa por la mañana, pero que antes quería descubrir qué estaba pasando y dónde estábamos, y por qué Emma conocía a aquel hombre, y por qué se había escapado. Cuando supiera todo eso y supiera que ella estaba a salvo, me iría a casa. Y como tenía este plan, que imposibilitaría que nadie me acusara de nada, y además el olor de los árboles y del agua…, todo era muy limpio. Yo me sentía muy limpia y sin culpa… y pensé que podía permitirme disfrutar de aquella noche en la que todo se estaba poniendo patas arriba, cuando todo el mundo tendría que interrumpir lo que estuviera haciendo y abrir los ojos para ver que las cosas no eran perfectas para Emma porque se había escapado de aquel modo y me había llevado con ella. Me sentía viva. Me sentía esperanzada. Es difícil describirlo. Me había liberado de algo. De algo pesado.

La doctora Winter me miró con los ojos entornados, como si estuviera muy concentrada.

—¿Qué es lo que no era perfecto, Cass? ¿Qué querías que viera la gente cuando te fuiste?

En la habitación reinó el silencio y me di cuenta de que había hablado demasiado. El agente Strauss no me dejó responder y me sentí aliviada.

—Suena a que te sentiste poderosa —opinó.

—¡Eso es! Como si yendo en aquella lancha fuera a cambiarlo todo.

—Así que subiste a la lancha. Emma subió a la lancha. Luego Bill... —recapituló el agente Strauss para hacer avanzar el relato. La doctora Winter no lo interrumpió, pero me di cuenta de que quería volver a su pregunta, la que el agente Strauss no me había dejado responder.

—Rick soltó la amarra y nos alejó del embarcadero. Durante un segundo pensé que iba a quedarse en el muelle, porque la lancha empezó a moverse y él seguía empujando con el pie. Pero luego se asió a la borda y subió con nosotros. Yo me acordaba de las embarcaciones de Nantucket y de que nos habían dicho que no intentáramos hacer eso, subir a una lancha que se estaba alejando del embarcadero, porque si caíamos al agua y la marea empujaba la lancha hacia el muelle podía aplastarnos. ¿No es cierto, papá? ¿No pasó eso en Nantucket?

Mi padre me miraba fijamente, pero no respondió. Creo que estaba conmocionado, o quizás en otra dimensión, arrastrado por la tormenta que había dentro de su cabeza. La señora Martin pronunció su nombre con seriedad. Lo pronunció dos veces, así:

—¡Owen Tanner! ¡Owen!

Entonces me di cuenta de que había estado escuchando y de que había oído mi pregunta, porque respondió.

—Sí. Lo dije. Fue en Nantucket.

Pero mi padre no quería oír hablar de la lancha ni del muelle ni de lo poderosa que me sentí la noche en que fui a la isla.

—Cass —dijo—, ¿ese tal Bill era el padre? ¿Fue ese hombre el que dejó embarazada a tu hermana?

Traté de explicarme lo mejor que pude.

—No pude hablar con Emma aquella noche. Nunca estuvimos solas, ni un minuto. Nos dieron habitaciones separadas. Bill y Lucy nos llevaron a su casa y nos instalaron. No pude ver mucho. Estaba muy oscuro y, como la casa funciona con un generador, utilizan linternas y velas por la noche, después de oscurecer. Lucy me dio un bocadillo y un cepillo de dientes, e hizo todo lo posible para fingir que no estaba molesta porque yo estuviera allí, aunque yo sabía que lo estaba. Oí que hablaba a Bill con dureza cuando creía que me estaba cepillando los dientes. Pero yo no me estaba cepillando los dientes. Estaba junto a la puerta del cuarto de baño, escuchando. A Emma se la llevaron por otro pasillo. Me miró por encima del hombro y sonrió como si estuviera emocionada, y yo también debía de estarlo.

»Así que intenté dormir. La habitación era pequeña. Tenía una cama pequeña, una cómoda y un espejo. Eso era todo. Pero también había una ventana. Apagué la luz y me metí en la cama. Estaba cansada, pero mi mente iba a toda velocidad. No sé cuánto tiempo permanecí despierta hasta que oí la voz de Emma.

»Me acerqué a la ventana y vi que Emma estaba en una habitación, al otro lado de un pequeño patio. Aquella noche no sabía nada de la casa, pero llegué a conocerla muy bien. Cada centímetro cuadrado. Tenía forma de U, con el patio trasero en el centro. Así que podía ver los dormitorios del otro lado, y aquella noche vi a Emma, a Bill y a Lucy en el cuarto de Emma. En cuanto se fueron, abrí la ventana y la llamé. Primero susurrando, pero, como al parecer no me oía, alcé la voz. Se acercó a su ventana y se asomó, lo mismo que yo. «¿Dónde estamos?», pregunté. Pero no respondió. Se limitó a mirarme con una sonrisa de complicidad, como si supiera exactamente lo que estaba haciendo y como si estuviera segura de que estaba haciendo lo mejor que podía hacerse. Frotó el ángel de plata del collar.

»Aquella noche yo pensaba que estábamos en un lugar seguro. Cuando Rick se fue, solo quedó en el embarcadero un bote de remos grande y no vi ningún coche por ninguna parte. Sabía que estábamos en una isla porque la lancha llegaba por detrás y amarraba a un lado, y desde la parte delantera, a la que daba la casa, se veía que solo había agua por todas partes. Estaba entusiasmada con aquel nuevo lugar, pero apenas dormí, porque me preocupaba mucho cómo conseguir que me llevaran a casa o cómo encontrar un teléfono para llamaros y que vinierais a buscarme. Pensé en las cosas que diría a Emma y a Bill, o quizás a Lucy. Empezaba a sentirme mal porque habíamos viajado lejos y volver a casa iba a ser difícil. Sabía que Emma se pondría furiosa conmigo. Entonces no sabía aún que estaba embarazada.

»Me lo dijo al día siguiente. Le pregunté quién era el padre y dijo que no podía contármelo. Dijo que Bill y Lucy iban a ayudarla a tener el niño y a iniciar una nueva vida. Tenéis que creerme. Yo había planeado volver a casa. Pero todo cambió por la mañana, cuando Emma me suplicó que me quedara. Dijo que, si regresaba a casa, me obligaríais a contaros dónde estaba y que entonces no podría tener a su hijo, así que le prometí que me quedaría. ¡Lo siento mucho! Sé que causé un montón de problemas. Pero tuve que optar por mi hermana.

Entonces miré a mi madre, y lo repetí una vez más para que no quedaran dudas:

—Tuve que optar por Emma.

6
DOCTORA WINTER

Cuando se fue el equipo forense interrogaron a Cass Tanner durante dos horas. Les había dado información más que suficiente para empezar la búsqueda de la isla en la que su hermana y ella habían estado cautivas durante casi tres años. Estaba física y emocionalmente agotada, y había pedido descansar otra vez.

Leo quería que fuera al hospital para que le hicieran un examen médico completo. Abby quería someterla a una evaluación psicológica exhaustiva. La joven había rechazado ambas medidas y como había asegurado que no había sufrido abusos sexuales ni maltrato físico, y no había indicios de que sufriera trastornos cognitivos, la dejaron en paz. Por el momento.

Sus padres la habían apoyado y ya habían empezado a pelear para decidir en casa de cuál debía descansar. Abby y los agentes accedieron a volver unas horas después para que Cass siguiera contando su historia y para trabajar con un dibujante que esbozara los rasgos de los Pratt, de Rick el barquero y del hombre del camión. De todas formas, tardarían bastante en encontrar a alguien que se desplazara desde la ciudad un domingo por la mañana. De todos modos, unas pocas horas no pasaban rápidamente.

—Hay que entrar en detalles. En cualquier cosa que ni siquiera ella sepa que es importante —adujo Leo.

Se habían retirado al coche para escapar del enjambre de agentes y policías locales, por no mencionar a los Martin y a Owen Tanner. Estaban planeando celebrar una conferencia de prensa; después de eso, la casa sería un circo.

Las oficinas locales de New Haven y Maine ya habían hecho búsquedas a través del Centro del FBI de Información Nacional sobre el Crimen y de la Dirección General de Tráfico, y no había aparecido nada sobre Bill y Lucy Pratt. No tenían propiedades inmuebles, no había partidas de nacimiento con esos nombres ni habían hecho ningún pago de impuestos. Tampoco figuraban en los archivos de la Seguridad Social. Buscaron en las compañías de suministros públicos, en las compañías de tarjetas de crédito, en las de teléfonos móviles..., pero aquel camino se estrechaba con rapidez.

—Están fuera del sistema. O Pratt no es su auténtico apellido. O quizás ambas cosas.

Abby miró la casa por la ventanilla del copiloto.

—Encaja en la historia. Si estas personas estaban alojando adolescentes huidas, tiene sentido que no utilizaran sus nombres auténticos.

Leo encendió el motor para poder bajar las ventanillas.

—¿Te importa? Hace un calor del demonio. Y soy demasiado viejo. Ya no soporto el verano. —Abby no respondió—. ¿En qué piensas?

Abby dejó de mirar la casa y posó los ojos en el salpicadero.

—Tenemos que revisar el expediente. Es imposible que todo esto haya ocurrido sin dejar ninguna pista..., ni llamadas, ni correos, ni mensajes de texto. Puede que la chica utilizara alguna clase de código mientras preparaba su plan. Quizá se lo dijera al padre de la criatura, fuera quien fuese, y él la presionara. Tal vez lo veamos ahora..., cuando sabemos qué buscar.

Leo se encogió de hombros.

—No lo sé, Abigail. Puede que todo vuelva a dar cero resultados.

La historia de la noche en que desaparecieron las hermanas Tanner había sido francamente llamativa. Lo explicaba todo..., los zapatos en la playa, el coche. Por qué Cass se fue sin nada y también por qué no se encontró nada suyo en la playa, ni en el coche, con las cosas de Emma. Explicaba la pelea por el collar y el coche que abandonaba la casa por la noche. Y también explicaba por qué ninguna de las chicas había regresado.

Sin embargo, resultaba desconcertante que no hubiera absolutamente ninguna prueba del embarazo de Emma ni de sus planes para huir de casa con objeto de dar a luz.

Cass había pasado de contar la historia de aquella primera noche a explicar por qué no había hecho nada por volver, y por qué no sabía quién era el padre. Abby había tomado nota de cada palabra, ansiosa por tener las piezas perdidas después de hacerse preguntas durante tantos años. Todo iba cobrando sentido mientras contaba la historia, pero Abby se había quedado con ganas de más.

—Así pues, ¿Emma no le contó a Cass quién era el padre ni cómo había conocido a los Pratt? —preguntó Leo, aunque era una pregunta retórica—. Resulta extraño, si estaban tan unidas.

—Es compatible con la relación que tenían —respondió Abby—. Emma guardaba secretos como si fueran munición. Cass trataba a Emma como a una figura con autoridad, como a una madre. Sin hacer preguntas. Haciendo lo que le decían. Sin exigir respuestas.

Siguió hablando sobre el caso. Dijo que en las familias como aquella siempre había un hijo «preferido», que se convertía en blanco del padre enfermo, de tal modo que el hijo marginado se aferraba al preferido para que cubriera necesidades que deberían ser satisfechas por un cuidador adulto. Pero todo esto estaba ligado a una teoría sobre el caso de la que Abby no había sido capaz de desprenderse: que Judy Martin era una narcisista, que su enfermedad estaba relacionada de algún modo con la desaparición de las chicas. Era la teoría que había provocado que los Martin se retiraran y escondieran la cabeza tres años antes. Y la teoría que había puesto cierta distancia entre Abby y Leo. Nada de eso podía ser productivo ahora. A pesar de todo, Abby lo añadió a su expediente.

Leo sacó el teléfono móvil. Había puesto cara de persona avergonzada.

—Puede que haya grabado el interrogatorio accidentalmente —confesó. Iba contra las normas del FBI grabar los interrogatorios de testigos sin su consentimiento.

Abby sonrió y sacó su móvil.

—Me parece que yo he cometido el mismo error.

Leo buscó la grabación de la sesión en su teléfono.

—Aquí está —anunció, poniéndola en marcha.

«Ella dijo que si alguna vez me iba, yo le contaría a la policía quién la había ayudado. Y si me contaba quién era el padre, también lo diría y

en tal caso él se quedaría con la criatura. Estaba asustada. No es que no me contara sus secretos porque fuera mezquina, aunque lo era a menudo. Y además tenía razón. Si me hubiera ido de la isla, lo habría contado todo, todo lo que hubiera servido para localizarla y salvarla. Y para castigar a aquellos infames que no permitían que nos fuéramos. Es lo que estoy haciendo ahora. Estoy contando todo lo que puedo recordar y no me importa a quién le cause problemas.»

Leo detuvo la grabación.

—Luego dice que cree que el padre era un chico que Emma conoció aquel verano en París… en el campamento de verano. La fecha coincide.

—Tuvo a su hija en marzo. Estuvo en París en junio y julio. Encaja, efectivamente. Pero ¿qué hay de la misteriosa persona que la relaciona con los Pratt?

Leo buscó otra parte del interrogatorio.

«Ella solo dijo que era alguien en quien confiaba. Dijo que cuando le contó a esta persona que estaba embarazada, y que tenía que escapar de casa para dar a luz, esta persona encontró a los Pratt. Emma dijo que tardó casi dos semanas. Que tenían algo que ver con adolescentes fugitivos. Emma dijo que los Pratt no iban a adoptar a la criatura, sino que iban a ayudarle a cuidarla hasta que decidiera qué iba a hacer. No puedo ni explicar lo raro que fue cuando las dos vimos que Lucy se volvía loca, que tenía a la niña siempre con ella, que alejaba a Emma de su propia hija; era un pánico que crecía lentamente, día tras día, a base de pequeños momentos que, simplemente, eran irregulares, aunque claro, ¿qué sabíamos nosotras lo que era regular o irregular? Nunca habíamos criado un niño. Nunca habíamos tenido un hijo. Quizás era eso lo que hacía la gente cuando te ayudaba de aquel modo.»

—Ahí fue cuando te miró a la cara. ¿Lo recuerdas, Abby?

Abby asintió con la cabeza, con la mirada fija en el teléfono de Leo y la atención puesta en la voz de Cass Tanner.

«Cuando no sabes algo así, cuidar a un niño, pero la gente que se ha hecho cargo de ti y que finge quererte hace algo que parece irregular, la situación puede volverte loca. Por ejemplo, que pensar que obran mal sea

indicio de locura, porque te dicen muchas cosas que suenan bien. Y porque hay momentos en los que parece que el amor es real.»

Leo volvió a detener la grabación.

—¿Crees que trataba de decirte algo? ¿Algo que no era capaz de verbalizar?

—Quizás. O tal vez pensara que, entre las personas presentes, yo era la más indicada para entenderla, debido a mi profesión.

—¿Y era cierto?

—Sí. Lo era.

Cass no tenía que explicarle nada de aquello a Abby. Las chicas habían estado aisladas con dos figuras paternas, personas a las que habían acudido en busca de ayuda. No habían sido drogadas ni encerradas en el maletero. No habían sido secuestradas a punta de pistola ni les habían lavado el cerebro. Ellas habían buscado protección, aunque todavía no estaba claro de qué, y se les había ofrecido algo realmente generoso. Y luego habían pasado varios meses rodeadas de lo que parecía ser cariño genuino, con actividades familiares como juegos de mesa, televisión y las tareas diarias de preparar la comida, recoger leña para el fuego, atender la casa y lavar la ropa en unas condiciones que, en el mejor de los casos, podían calificarse de primitivas.

Cass también recibió lecciones de ballet, algo que su madre le había negado.

«Le dije a Lucy que siempre había querido bailar. ¿Te acuerdas?»

Judy Martin no lo recordaba. O, simplemente, fingió no recordarlo. Era la primera vez que Abby lo oía, así que, si Cass había querido bailar, no se lo había contado a nadie que estuviera dispuesto a admitirlo tres años antes, cuando investigaron cada detalle de la vida de Cass.

«Me compró dos pares de zapatillas y seis leotardos, y Bill instaló una barra en la salita. Lucy no sabía nada de baile, pero conseguimos un vídeo y varios libros, y todos los días practicaba cuarenta y siete minutos, porque eso era lo que duraba el vídeo. ¿Y sabéis qué? Cuando Emma dio a luz a su hija, empezó a unirse a mí y bailábamos juntas, a veces con música que no era muy apropiada para el ballet. Y luego nos reíamos y Lucy se reía con nosotras. Y entre ratos así, Emma lloraba

porque quería coger a su hija y Lucy la reñía, y le decía que se fuera a su habitación.»

Lucy les había dado clases en casa. Había libros de texto que llegaban por correo y los entregaba el barquero. Estudiaban todos los días, hacían exámenes y escribían redacciones. Lucy parecía tener una educación exquisita y daba charlas sesudas sobre novelas y sobre historia. Todas estas cosas ayudaron a forjar un lazo fuerte entre los Pratt y las hermanas Tanner. Y, por supuesto, generaron confusión cuando sus intereses se enfrentaron y los Pratt comenzaron a volverse contra ellas.

Abby recordó un detalle pequeño y muy secundario, que ahora le pareció más importante.

—Dijo algo más…, busca la parte en la que habla de los libros que leían…

—Aquí.

«Mi libro favorito de todos los que leímos fue La mujer del teniente francés. *Qué trágico era. Lucy nos explicó por qué Sarah Woodruff había mentido sobre su vida como amante del teniente. Porque sabía que la gente cree lo que quiere creer. Lo explicó todo tan bien que ambas pensamos que era realmente inteligente y perspicaz.»*

—La gente cree lo que quiere creer. —Leo repitió las palabras de Cass.

—¿Y qué es lo que queremos creer todos?

—No lo sé, pequeña. Pero la persona que ayudó a Emma a buscar a Bill Pratt tenía que ser un adulto. Podemos buscar gente que se hubiera cruzado en el camino de Emma por aquella época, y que tuviera relación con grupos así, o que trabajara con adolescentes problemáticos. Eso reduciría el campo de la investigación. Podríamos revisar el expediente —sugirió Leo. Abby no respondió y el agente siguió hablando—. Más tarde tendremos los retratos robot de los Pratt y del barquero. Puede que el barquero sea la clave de todo esto. Él hace la compra y lleva gasolina, y vive en tierra firme. Si lo encontramos, nos llevará a la isla. O descubrimos dónde vive, dónde guarda la lancha, y reducimos la búsqueda a unas pocas docenas de barqueros. Es todo lo que necesitamos.

Leo ya había dicho aquello. Abby ya lo había pensado. Ambos lo habían pensado. Aunque Cass les había dado mucha información, muy poca les servía para estrechar la búsqueda. Habían preguntado por la forma y el tamaño de la isla. La curvatura de las masas de tierra que podía ver a lo lejos. Vida marina. Vida vegetal. Vida animal. Había visto muchos paisajes, faros y topografía, pero nada excepcional en la costa de Maine.

Y no era como California, donde todo el mundo viajaba por toda la costa. Las poblaciones que estaban escondidas en ensenadas y puertos rocosos estaban aisladas, eran comunidades cerradas. La gente casi siempre viajaba de una a otra en lancha, porque había pocos puentes que las conectaran, y el viaje por carretera era largo y lento. Los habitantes de la zona agachaban la cabeza y trabajaban duro para ganarse la vida con la pesca y los turistas. Los turistas iban y venían con los meses de verano, pasándolos a menudo en el mismo lugar año tras año. Muchas fincas que daban a la costa eran segundas residencias para personas que no distinguían una población de la de al lado. Llegar a ellos a través de los medios de comunicación nacionales era toda una aventura, así que los retratos robot no iban a ser tan útiles como todos querían creer.

Cabía la posibilidad de que los reconociera alguien que hubiera conocido a los Pratt antes de todo aquello. Un miembro de la familia, un vecino, un compañero de clase. Rondaban los cuarenta años, así que no era probable que hubieran estado más de un decenio en aquella isla y fuera de las bases de datos. Seguro que habían trabajado, ido a la universidad, acumulado los recursos que ahora les permitían el lujo de esconderse.

Y además estaba la historia del barquero.

—Vuelve a él —dijo Abby—. Vuelve a la parte sobre el barquero.

Leo encontró la historia de Rick en la época en que había vivido en Alaska.

«Creo que Bill nos contaba historias de Rick porque los presentaba, a Lucy y a él, como si le hubieran salvado la vida y querían que nosotras creyéramos que eran buenas personas. Yo no sabía qué parte creer. Decían que sus padres lo habían maltratado, con palizas y cosas por el estilo, y que

por eso consumió drogas y se volvió violento con ellos. Abandonó su casa
y se fue a Alaska, porque allí se puede encontrar un buen trabajo en barcos
pesqueros y no les importa la edad que tengas. Puedes ganar unos cincuen-
ta mil dólares en unos pocos meses, y vives en el barco y te dan comida
gratis, así que ahorras todo ese dinero y luego puedes vivir sin trabajar
durante un tiempo. Pero Bill dijo que algunos de esos pescadores eran poco
recomendables. Malvados, violentos y sin ninguna conciencia ni morali-
dad. Solían atrapar gaviotas con los anzuelos y luego las torturaban en cu-
bierta hasta que morían. Competían para ver quién las hacía gritar más,
porque las gaviotas gritan cuando sufren. Bill decía que esto era por estar
tanto tiempo navegando. Dijo que no era normal y que les destruía el cere-
bro. Pero después de oír la historia, yo pensaba que probablemente tenía
más que ver con la naturaleza de las personas que terminan viviendo así.
¿No creen?

»Rick se sentía así…, pensaba que estaba enfermo. Le contó a Bill
que empezó a pensar que era uno de ellos. Creía que aquella era su pa-
tria, porque todos vivían mirando de lejos la vida normal, el amor y la
familia. Ninguno de ellos tenía eso. Rick torturaba pájaros. Pescaba
peces. Comía aquella comida asquerosa y bebía mucho whisky barato.
Pero entonces ocurrió algo realmente horrible. Una mujer de la oficina
estatal de pesca embarcó con ellos una semana, para vigilar su pesca y
sus prácticas, porque supongo que así lo manda la ley en Alaska, y re-
sultó que ella tenía ese empleo. La mujer andaba por los cuarenta años
y estaba casada y tenía hijos. Era más bien fea y supongo que estaba
endurecida por trabajar con todos aquellos pescadores psicópatas. Pero
a ella no le gustó ver lo que hacían con los pájaros, así que les dijo que
dejaran de hacerlo si no querían que los denunciara a la policía cuando
volvieran a tierra firme. A los pescadores no les gustó aquello. Así que
una noche entraron en su camarote y la sacaron a rastras de la cama
para subirla a cubierta, donde le quitaron la ropa, la ataron con una red
de pesca y copularon con ella por turno. Rick dijo que los hombres que
lo hicieron fueron a todas las literas donde dormían los pescadores y los
obligaron a subir a cubierta, para que miraran o se pusieran en la cola.
Dijo que abusaron de ella siete hombres hasta que por fin cortaron la
red y la dejaron volver a su camarote. Rick dijo que él no fue uno de los

siete, pero que lo obligaron a mirar. Dijo que temía lo que pudieran hacerle si se negaba. Cuando todo terminó, volvió a su litera y vomitó toda la noche.»

Cass continuó con la historia. Dijo que la mujer estuvo prisionera en el barco durante nueve días. No salió de su camarote, ni siquiera para comer. No había manera de abandonar el barco hasta que el helicóptero llegara el día establecido. No le permitieron utilizar la radio para pedir ayuda. Según informó después, había temido por su vida. Que a veces, a través de las paredes, los oía hablar sobre que podía informar de la agresión y que sería mucho mejor matarla y decir que había sido un accidente. Había muchas formas de morir en esos barcos pesqueros. Cuando el barco regresó a puerto dos meses después, todos los hombres fueron interrogados sobre el incidente. Pero no fueron despedidos y ninguno fue a juicio. Todos se ciñeron a la historia de que ella se lo había inventado todo, porque intentó tener relaciones sexuales con uno de los pescadores y fue rechazada. Nadie la creyó.

«Rick se trasladó a Maine para trabajar de piloto de una embarcación de reparto. Empezó a inyectarse heroína. Cuando los Pratt lo contrataron, y acabaron conociéndolo, y conocieron su adicción, lo acogieron en su casa y le ayudaron a rehabilitarse. Le ayudaron a reparar lo que había hecho, contando a las autoridades lo que había ocurrido en el barco. La mujer ya no quería verse envuelta por entonces. Pero la historia salió en el periódico y todos los hombres que habían participado fueron mencionados con nombres y apellidos.»

Leo detuvo la grabación.

—Cass dijo que el barquero la ayudó a escapar, pero no explicó qué papel desempeña esa historia en todo esto —señaló Abby.

—Podemos preguntárselo cuando volvamos a entrar. Pero creo que tenemos suficiente para identificar a ese tipo. ¿Cuántas violaciones cometidas colectivamente en un barco pesquero de Alaska puede haber en los periódicos? Busquemos el artículo, y quizás al reportero, y sabremos la población en que vivía. Eso debería bastar. —Abby guardaba silencio, pensando en la historia—. Conozco esa expresión, Abigail. Incluso después de todo este tiempo. No habrías podido hacer nada. Investigamos todas las pistas que teníamos.

Abby vaciló antes de contarle la verdad. Pero la contó.

—Fue duro estar en la habitación con ella.

—¿Con Cass?

—No, eso ha sido una especie de milagro. Verla viva después de todo lo que ha pasado. Dios mío, en comparación con las cosas que he imaginado…, las cosas que se han colado en mis sueños…

—Nunca he dejado de ver su rostro. Ni el de Emma —admitió Leo—. Entonces, ¿lo duro fue ver a Judy? ¿Incluso ahora? ¿Incluso sabiendo que no tuvo nada que ver con su desaparición? Creí que te sentirías aliviada.

Abby desvió la mirada.

Pero Leo no se rindió.

—¿Quieres hablar de eso?

—¿De qué? —preguntó Abby.

—Del hecho de que yo no presionara más a los Martin. De que no recurriera al ayudante del fiscal del distrito para conseguir un mandamiento judicial. De que yo pensara que el caso te estaba afectando directamente. Demasiado, quizá. No te hemos visto en todo el año. Susan echa de menos prepararte un pastel.

Abby cerró los ojos con fuerza. Se sentía culpable por aquello. Pero también se sentía traicionada, y eso era difícil de olvidar.

—Sé lo que es esa mujer, Leo. Y no me afectó directamente. En comparación, mi madre es la Madre Teresa de Calcuta.

—Pero eso tuvo que cabrearte. Soy perro viejo y llevo mucho tiempo en esto. Nos enfadamos y empezamos a moldear las cosas para que encajen. No quisiera verte pelear por una corazonada inducida por algo ajeno a los hechos.

Abby lo miró por fin. Ya le había dicho aquello anteriormente. Y no es que ella no creyera en sus razones. Había tratado de protegerla de sí misma. Eso le había dicho. Pero estaba equivocado entonces. Y estaba equivocado ahora. Aunque Judy Martin no hubiera estado implicada en la desaparición de sus hijas.

—Yo os he echado de menos a todos. Y he echado de menos el pastel de Susan este año. Lo siento.

Leo sonrió y le palmeó la rodilla.

Abby alargó la mano para abrir la portezuela del coche.

—Creo que voy a volver. Para hablar con Judy. Para hablar con Jonathan. Para ver si Owen puede decir algo sobre la persona que podía haber ayudado a Emma. Yo solo...

—Necesitas hacer algo. Lo sé. Hablaré con New Haven. Por lo que dice el equipo forense, tengo la sensación de que vamos a tener que ponernos un poco persuasivos. ♪

—Lo sé. Emma es ahora una mujer adulta. Nos basaremos en la palabra de Cass de que Emma no pudo escapar como ella. Haz lo que puedas para comprobarlo.

—Lo haré.

Abby bajó del vehículo y cerró la portezuela. Mientras se dirigía a la casa oyó algo familiar, algo visceral, como el crujido de las tablas del suelo de un vestíbulo conocido. Abby oía aquellos ecos del pasado, ecos que habían estado allí desde la primera vez que había visto a Judy Martin.

Cuando estaba en la universidad, su tesis doctoral había versado sobre el narcisismo, que era el nombre coloquial que se daba al trastorno narcisista de la personalidad. Aunque su director de tesis conocía su historia familiar, admitió que esa misma historia podía beneficiar el resultado si ella conseguía ser objetiva. Durante dos años leyó estudios, se entrevistó con médicos y recopiló datos de fuentes de todo el mundo. El trastorno era relativamente raro, solo afectaba al seis por ciento de la población. La mayoría de ese seis por ciento estaba compuesto por hombres, así que los datos se fueron limitando progresivamente, ya que ella se concentró en el tema que se plasmó en el título: *Hijas de madres narcisistas: ¿puede romperse el ciclo?*

La tesis fue muy bien recibida. Los miembros del tribunal le pusieron notas muy altas, pero más importante aún fue que el trabajo tuvo una amplia repercusión y se convirtió en piedra angular de varias páginas web que buscaban ayudar a mujeres afectadas por ese trastorno. Había muchas ideas equivocadas. Mucha ignorancia. Abby había pasado por encima de las convenciones académicas y escrito un texto que podía ser entendido por cualquiera dispuesto a tomarse el tiempo necesario. Describía los síntomas con palabras sencillas: sensación grandiosa de la propia importancia; fantasías ilimitadas de éxito, de poder, de belleza y de brillantez; necesidad exagerada de admiración; sentido exagerado de los propios derechos; explotación de otras personas para conseguir los propios objetivos; falta de empatía; incapacidad para reconocer o comprender las necesidades y los sentimientos de los demás.

Incluso trató de explicar la patología y las causas. En contra de lo que se creía normalmente en nuestra cultura, estas personas no eran arrogantes ni egocéntricas. No creían que en realidad fueran excepcionales respecto de sus conciudadanos. Era todo lo contrario. Eran tan profundamente inseguras, tan temerosas de ser heridas por la inferioridad que percibían en sí mismas, que creaban un *alter ego* para protegerse. Este *alter ego* perfecto las protegía de su miedo a ser heridas, a ser impotentes, a ser victimizadas. Era un miedo tan profundo que resultaba insoportable. Insostenible. En consecuencia, la mente intervenía para poner remedio.

Pero no era fácil sostener un *alter ego* falso. Las personalidades narcisistas tenían que ser expertas manipuladoras. Se rodeaban de personas a las que poder controlar y dominar, y sabían detectarlas. Aprendían a ser encantadoras y a mostrar confianza en sí mismas para que la gente las encontrara atractivas, y las seducían hasta que caían en la trampa. En el caso de los hombres, comenzaba por la esposa y se extendía a los subordinados en el trabajo. Los líderes de sectas eran invariablemente narcisistas. En el caso de las mujeres, la actividad se centraba a menudo en los hijos.

Los hombres elegían esposas sumisas y dependientes. Las mujeres solían escoger hombres inseguros para dominarlos, pero otras veces buscaban hombres poderosos atraídos por mujeres propensas a la promiscuidad y las anomalías sexuales. Las mujeres narcisistas aprendían a ser irresistibles de esa manera, para cazar a estos hombres poderosos y aprovecharse de su papel en el mundo.

Continuó centrándose en la pregunta más crucial: ¿por qué estas personas eran tan profundamente inseguras?

Comenzaba en la más tierna infancia.

Había intentado explicárselo a Leo.

—Es como la esencia misma, el amor propio, la confianza en uno mismo. Lo damos por hecho, pero es como todo lo que se desarrolla después de nacer. Hay una época en la que tiene que ocurrir, los primeros tres años de vida. Desde el primer aliento, un niño comienza a aprender que cuando llora, alguien le da de comer, y cuando sonríe, alguien le devuelve la sonrisa, y cuando balbucea, alguien le responde. Y aprende que tiene poder para conseguir las cosas que necesita para vivir: comida, refugio, amor. Esa es la esencia, ahí es donde empieza todo. Y si eso no ocurre, si la esencia no se desarrolla entonces, no se desarrolla nunca. Todo lo que se haga para corregir el defecto será solo un remiendo.

Leo había puesto pegas. Las hermanas Tanner no se habían pasado el día llorando, ni con hambre. No había indicios de que las hubieran maltratado ni descuidado cuando eran pequeñas.

—Ese es el esquema sencillo —había respondido Abby—. Pero no es el único.

Había que imaginar al niño que llora un día y consigue comida, y al día siguiente llora y sigue con hambre. Un día sonríe y lo besan y abrazan. Al día siguiente, sonríe y nadie le hace caso. Es lo que los psicólogos llamaban «apego emocional ansioso o irresuelto» con el cuidador primario, normalmente la madre. Hay amor en un momento, y al siguiente, desdén. Cariño en abundancia sin razón justificable y luego retirado sin causa alguna. El niño no tiene capacidad para predecir o influir en la conducta de la figura protectora. Las madres narcisistas quieren al hijo solo como una extensión de sí mismas al principio, y luego como súbdito leal. Así que atienden al niño solo cuando contribuye a su bienestar.

Sin esa esencia, no había manera de que el niño tuviera confianza en ninguna otra relación, ni cimientos sobre los que construir nada cuando ese niño creciera. Sin esa confianza, amor, amistad, intimidad —las cosas sin las que no podemos vivir—, esa persona siempre se sentirá expuesta a ser herida. Solo el dominio absoluto y el control sobre otras personas podrían aliviar esa percepción de las cosas. Así es como se creaba una personalidad narcisista.

Al cabo de sus investigaciones, Abby había llegado a la conclusión de que estos cuidadores básicos de los primeros años —casi siempre madres— que eran incapaces de sentir un afecto sano por sus hijos a menudo también eran narcisistas. Cotejó los indicadores del narcisismo con los indicadores del apego emocional ansioso o irresuelto y vio que encajaban como una llave en una cerradura. Estos eran los casos que vivían en la sombra. Por fuera, estas madres parecían normales, incluso excepcionales. Como la madre narcisista veía a los hijos como una prolongación de sí mismas, esos hijos no eran maltratados. No pasaban hambre. Para el ojo profano eran hijos queridos, adorados, bien cuidados. Pero la madre narcisista no sentía amor ni empatía auténticos, y necesitaba desesperadamente tener al hijo bien disciplinado: necesitaba la admiración y la adoración del hijo para dar pábulo a su *alter ego*. Y así empezaba una montaña rusa impredecible para el hijo. Cualquier desvío de esta admiración y este amor totales por la madre merecía un castigo, un castigo que podía ir desde la retirada del amor y el cariño hasta actos de violencia pura.

Era el golpe definitivo. El hijo de la madre narcisista acababa sufriendo el mismo síndrome que había padecido su defectuosa madre, lo cual garantizaba la creación de otro alma enferma.

Nadie buscaba tratamiento si no veía algún peligro en el horizonte: divorcio, alejamiento de un ser amado, desempleo. La idea de renunciar al *alter ego* era demasiado espantosa y, en muchos casos, el *alter ego* se había fundido tanto con la persona que era imposible separarlo del resto. Por lo general, los consejeros matrimoniales y los peritos judiciales no se daban cuenta de su existencia. Podía estar oculto en un perfil psicológico rutinario. Incluso terapeutas expertos podían pasarlo por alto y ser engañados por la personalidad, a menudo carismática, de sus pacientes. Algunos creían que era totalmente imposible de tratar.

—¿Es que no te das cuenta? —había exclamado Abby con actitud suplicante—. Todos los síntomas están ahí…, que se pasara el día durmiendo, que esperase que Owen se ocupara de ellas…, que obligara a Cass a llamarla señora Martin tras la pelea por la custodia… y la historia del collar…

Leo no lo había interpretado del mismo modo y le había rogado que no insistiera. El FBI había escuchado sus argumentos, pero allí no había nada que sugiriera que las hermanas Tanner hubieran sido víctimas de un extraño trastorno de la personalidad que la madre podía tener o no tener.

—Te habrían aplastado, Abigail. Ellos tienen dinero y abogados, ¿y qué tienes tú? ¿Una anécdota sobre un collar? ¿Y qué significa esa anécdota exactamente?

Abby había intentado explicarle lo que para ella era obvio.

—Es la clásica conducta de una madre narcisista. Tiene que conseguir que sus hijas sean leales y que la quieran solo a ella, así que abre brechas entre las hermanas, favorece a la más fuerte, a la que tiene más probabilidades de volverse contra ella. Y es implacable porque su *alter ego* se alimenta principalmente de la sumisión total de las hijas.

Leo había replicado una y otra vez que estas distinciones permitían poner a todo progenitor la etiqueta de «narcisista» o «fronterizo» o cualquier cosa igualmente desagradable. Quizá Judy Martin fuera solo una madre de mierda o una zorra egoísta. Y así era como se las arreglaba para esconderse del mundo. Exactamente así. Leo no había cambiado de opinión. Y sin el apoyo del investigador principal, la teoría había sido rechazada.

Pero ella no estaba equivocada.

Ahora, al entrar en la casa de los Martin, oyó los ecos. Estaba segura de eso. Allí se había desarrollado una historia…, una historia sobre Cass, una historia sobre Emma. Judy Martin tenía un papel estelar. Y quizá también Jonathan Martin. Y tal vez el hijo de Owen, Hunter. Y era algo más que un pequeño problema que esta historia no hubiera estado entre las versiones que habían dado Cass, Judy u Owen. Cass había insistido en que su madre estuviera presente en los interrogatorios. Era como si no quisiera hablar del pasado, como si no quisiera contar la historia que más necesitaba ser contada.

Sí. Abby estaba segura.

La única duda que seguía titilando en su interior era si todo aquello tenía alguna importancia para encontrar a Emma.

7

. . . .

CASS

Siempre me ha gustado la expresión «brusco despertar». Es una de esas expresiones perfectas que lo dice todo sobre algo con muy pocas palabras.

La primera vez que la oí fue durante el divorcio de mis padres. La mujer que hablaba con nosotras sobre dónde deberíamos vivir me la dijo en una de las reuniones. Yo ya le había dicho que deberíamos vivir con mi padre y por qué pensaba así, y ella medio sonrió y se recostó en su silla.

Me preguntó si mi padre me había dicho que dijera esas cosas sobre el señor Martin y su hijo, sobre que me sentía incómoda con ellos y sobre cómo Hunter miraba a Emma. Y me preguntó si me había dicho que contara cosas sobre mi madre que fueran poco propias de una madre. Le dije que no y que yo nunca había contado nada de eso a mi padre, así que ¿cómo iba a decirme él que las repitiera? Pero me di cuenta de que no me creía. Me dijo que era algo habitual que los padres prepararan a sus hijos durante la pelea por la custodia y que ella *lo ve todo el tiempo*. Dijo que le resultaba difícil creerme porque el señor Martin era muy sincero en su deseo de formar una buena familia para nosotras y porque mi madre había dedicado toda su vida a criarnos, renunciando a su profesión y a su vida en Nueva York para quedarse en casa y ser nuestra madre.

La señora Martin había preparado muy bien el terreno para la pelea por la custodia. Dejó de dormir hasta tarde y de hacer la siesta, y comenzó a llevarnos al colegio todos los días. Nos preparaba comida caliente para desayunar y a veces incluso nos lavaba la ropa ella misma. Acudía a todos los actos de la escuela, aplaudía como una fanática y nos obligaba a hacer los deberes en el momento en que cruzábamos la puerta. Nuestra casa estaba limpia y ordenada. Y ella y el señor Martin dejaron de empinar el codo antes de las cinco de la tarde y de ir a su dormitorio durante el día.

Supongo que debería haber estado agradecida por todo aquello. Nuestra madre finalmente se comportaba como las madres que veíamos cuando íbamos a casa de nuestras amigas y como la madre que tenía nuestro hermanastro, Witt, y que es lo que explica que Witt no sea una de las personas que tienen un grito dentro.

Era difícil imaginar a Witt llevando aquella otra vida, una vida normal, porque nunca lo vimos en esa vida. Antes de que nuestros padres se divorciaran, veíamos a Witt las noventa y seis horas al mes que pasaba en nuestra casa con nuestro padre, y después del divorcio lo veíamos durante noventa y seis horas en la casa nueva de papá cuando íbamos a visitarlo. El resto del tiempo estaba con su madre y no formábamos parte de esa vida. Pero él la describía de tal forma que daba sentido a las cosas, y era esa sensación lo que hacía que me resultara imposible estar agradecida por el repentino cambio de conducta de nuestra madre durante el divorcio.

Esto no es normal, Cass, me dijo Witt una noche durante una de sus visitas de fin de semana. Era antes del divorcio, y mi madre había arrastrado a nuestro padre al club para cenar allí. *No es normal que tú y Emma tengáis que cuidar de vosotras mismas. Los niños se levantan, desayunan, los llevan al colegio en coche. Vuelven a casa para cenar, se cambian de ropa, les insisten para que hagan los deberes, les apagan la tele o les quitan los videojuegos. No es que eso haga feliz a nadie todo el tiempo. Pero aquí siempre estoy con un ojo alerta. Cuando vuelvo a mi casa, cierro los dos ojos por la noche.*

Tenía que imaginar lo que era contar con alguien que se ocupara de mí. Cerrar los dos ojos por la noche. Durante la pelea de la custodia, cuando mi madre empezó a hacer todas esas cosas por nosotras, yo seguía con un ojo abierto. Y entonces fue cuando entendí lo que Witt había querido decirme. No tenía que ver con las cosas que describía.

Sé que hay muchos niños cuyos padres trabajan todo el día y tienen que hacer lo mismo que Emma y yo hacíamos. Y a pesar de eso cierran los dos ojos. No es por la cantidad de cosas. Es por una cosa que está detrás de todas las demás. Ni siquiera sé cómo llamarlo. No importaba que la señora Martin empezara a lavarnos la ropa y a corregirnos los deberes, porque lo hacía solo pensando en sí misma, por el juicio. No era por nosotras, y eso era lo que yo echaba de menos.

Emma no parecía tan molesta como yo. Empezó a ponerse tres vestidos al día y a tirarlos en el suelo del cuarto de la lavadora. Malgastaba la comida para que nos quedáramos sin nada antes de que llegase la criada. Una vez incluso tiró al fregadero un envase de leche de cuatro litros. Y se inventó actividades que exigían llevarla y traerla en coche y esperarla. Se ofreció para intervenir en una obra de teatro escolar. Empezó a jugar otra vez a hockey sobre hierba. Se unió a un grupo de estudio que conoció en la biblioteca.

Una noche vino a verme tal como solía hacer, después de que nuestra madre se durmiera. Se subió a mi cama, se metió bajo las mantas y apoyó su mejilla contra la mía. Oía su corazón latiendo a toda prisa, como si estuviera nerviosa, y noté en mi piel que sonreía.

¿Has visto la cara que ha puesto cuando le he dicho que necesitaba que me llevara al ensayo a las seis y me trajera a las ocho? Ya verás cuando tenga que asistir a las funciones del viernes y el sábado por la noche. Va a echar de menos los fines de semana que pasa en el club. ¡Y la he apuntado para ayudar con el vestuario!

Emma se lo estaba haciendo pagar, y eso la hacía feliz.

Cuando esto acabe y deje de ocuparse de ti, Cass, me ocuparé yo. ¿Lo sabes, verdad? Siempre me ocuparé de ti.

Sentí que también a mí se me aceleraba el corazón, porque aunque yo no sabía si realmente iba a cuidar de mí, ni siquiera si iba a ser capaz aunque lo intentara, lo decía muy sinceramente.

Aquella noche cerré los dos ojos.

Nuestro padre no estaba contento. Casi se volvió loco al ver el cariz que tomaban las cosas. Se paseaba de un lado a otro, con el rostro de un rojo brillante, hablando con su abogado por teléfono, tratando de explicar que todo lo que nuestra madre hacía era una farsa. Era *él* quien nos había llevado al colegio todas las mañanas. *Él* quien había asistido a los actos de la escuela, y solo. *Él* quien nos había corregido los deberes, quien había entrenado a nuestros equipos deportivos, quien había ido con nosotras al cine los sábados por la noche. Se había ido de casa solo para que no viéramos las discusiones y ahora no podía vernos nunca más. Aquella mujer del juzgado se había metido en nuestras vidas y solo había mirado una imagen, una instantánea, y decidido nuestra suerte basándose en una fachada, en una mentira. No podía o no quiso ver las otras imágenes, las captadas durante los días en que la señora Martin no nos había arreglado para posar ante la cámara.

Todos los años, en otoño, mi madre llamaba a un fotógrafo profesional para que nos hiciera retratos. El hombre llegaba de la ciudad y cobraba no solo por su tiempo, sino también por las fotos en blanco y negro que más tarde se pondrían en marcos blancos de madera y se colgarían en las paredes del pasillo del piso superior.

El pasillo tiene un balcón interior al otro lado que da al vestíbulo de la planta baja. A mi madre le gustaba que la gente pudiera ver desde el vestíbulo la barandilla de madera que rodeaba el balcón y allí, encima mismo, la pared de los retratos. Había más de treinta cuando Emma y yo desaparecimos, iban desde que nacimos hasta el último otoño, cuando Emma tenía diecisiete años y yo quince.

Yo me preguntaba a menudo qué pensaría la gente al ver todos aquellos retratos desde el vestíbulo, personas que no nos conocían tanto como para subir a la planta superior, pero que podían ver los retratos cuando la señora Martin las recibía en la puerta de la calle. Las fotos eran muy caras y muy hermosas: nuestras caras tenían siempre un aire pacífico y angelical. Algunas de las peores peleas que hubo entre mi madre y Emma estallaron en los días de las fotos. Cada vez que llegaba el fotógrafo, Emma se negaba a ponerse la ropa que le decían o a apartarse el pelo de la cara, o a sonreír. Eso no se sabía mirando las fotos desde abajo. Lo normal era pensar que la persona que se había tomado la molestia de pagar por aquellas fotos, enmarcarlas debidamente y colgarlas tenía que querer a las retratadas más que a la vida misma.

Eso era lo que yo pensaba de la mujer del juzgado. Que era como si solo viera las fotos que mi madre había colgado en la pared, y que por eso llegaba a conclusiones que no se acercaban ni de lejos a la verdad. Igual que los invitados que solo echaban un vistazo desde el vestíbulo.

Finalmente, mi padre se dio por vencido, se avino a negociar y nos hizo vivir con el señor Martin y con Hunter. Era lo que aquella mujer había recomendado al tribunal, y enfrentarse a ella significaría otro año de batalla legal que nos obligaría a Emma y a mí a hablar con más gente y a someternos a más pruebas psicológicas. Nuestro padre dijo que tendría que llamar a testigos en un juicio, incluidos amigos y parientes, y que procuraría que dijeran cosas malas de la señora Martin, y que la mujer le había dicho que todo aquello sería muy perjudicial para Emma y para mí. Papá dijo que cedía para no causarnos más dolor. Cuando me dijo eso, quise gritarle: *¡No! ¡Quiero luchar! ¡Llévame a la batalla y deja que derrame mi sangre!* Él era el general y nosotras sus soldados, y yo estaba dispuesta a morir por la causa.

Hasta que analicé mi pasado con Witt, años después, no supe que era mi padre el que estaba realmente asustado por no saber qué hacer con Emma y conmigo. Aquel asunto y el divorcio le habían desquiciado tanto que había empezado a fumar hierba de nuevo, como había hecho en el instituto. Mi madre no tenía pruebas, pero conocía muy bien a mi padre y era muy lista. Su abogado amenazó con presentar una moción para obligar a mi padre a hacerse un análisis de sangre. Él se rindió a la semana siguiente. Recapacitando al respecto, creo que habría llegado a la misma conclusión sobre mi padre, y es que, por mucho que yo lo quisiera, era un hombre débil. No creo que el hecho de que su debilidad lo indujera a fumar hierba para mitigar su dolor importe más que el hecho de que era débil. El resultado fue el mismo para Emma y para mí.

Aquella mujer me dijo: *Descubrir la verdad sobre los padres durante un divorcio puede ser un brusco despertar. Las personas llegan a niveles muy bajos solo para castigar al cónyuge que las abandona.* Supe lo que eso implicaba: que nuestro padre se estaba inventando todas aquellas cosas malas sobre la señora Martin y las cosas buenas sobre él porque quería que ella pagara por haberlo engañado y abandonado. Pero como yo sabía la verdad, porque conocía todas las otras fotos, las que no tenían cabida en la pared de nuestro pasillo, las que ni siquiera fueron hechas, el brusco despertar no fue lo que ella había dicho, sino la constatación de que los adultos pueden equivocarse, pueden ser estúpidos, ineptos y holgazanes en su labor, y que no siempre te creen aunque les estés contando la verdad. Y cuando estas personas estúpidas e ineptas que no ven más allá de sus narices tienen poder sobre ti, cuando no se creen lo que les estás contando, pueden ocurrir cosas malas.

Esta sensación nunca me abandonó. En los tres años que estuve fuera y mientras avanzaba hacia la puerta de mi madre, esa realidad de la gente estúpida que no cree la verdad formaba parte de mí tanto como mis pulmones y mi corazón.

La doctora Winter y el agente Strauss se quedaron toda la mañana, hasta que mi madre les pidió que se fueran para que yo pudiera descansar un rato. Yo era una mujer adulta y no había cometido ningún delito, así que no podían obligarme a ir al hospital ni a la comisaría de policía ni a hacer nada que no quisiera. Les conté sobre la isla más cosas que podían ayudarlos a encontrarla. Les di descripciones de personas que ellos creían que podían encontrar en sus bases de datos, como Bill, Lucy y el barquero. Hicieron muchas preguntas sobre por qué Emma no había regresado conmigo, y les dije una y otra vez que era por su niña. Les conté que los Pratt la cuidaban como si fuera suya y que la niña dormía en su habitación. Para mí fue fácil escabullirme y llegar a la lancha sin ser vista. ¿Pero una niña de dos años? ¿Una niña que dormía en la misma habitación que nuestros secuestradores?

La idea de matarlos me había pasado por la cabeza. Esto no se lo dije a la doctora Winter ni al agente Strauss. Había pensado en la posibilidad de matar a uno sin despertar al otro. No tenía pistola. Parecía lo más sencillo, si olvidas que matar es pecado. Solo había que entrar en su habitación por la noche y matarlos mientras dormían. Coger a la niña y huir. Quemar toda la casa. ¿Qué haría entonces el barquero? ¿Nos habría obligado a quedarnos en la isla? Mi plan no contaba con esto. Pero es lo más normal del mundo pensar en huir cuando estás prisionera, y matarlos era una forma de escapar. Pero era más difícil de lo que se podría pensar. Sin una pistola, corría el riesgo de matar solo a uno, y cualquiera de los dos podía matarme a mí después.

Así pues, tuve que contenerme cuando me pidieron detalles acerca de estas dos personas con las que había vivido durante tres años. Detectaba su preocupación por Emma en las preguntas que me formulaban. No podía haber ambigüedad sobre mi prisión, ninguna duda de que debían emprender una búsqueda exhaustiva de mi hermana. Aunque no hubiera estado en una jaula ni encerrada con llave en una habitación. No había estado encadenada a un radiador, ni atada, ni nada parecido. Me sentaba a cenar con ellos todas las noches. Permití que me enseñaran cosas. Sonreía y reía, y hablaba de mis observaciones, de mi infancia, de cómo se desarrollaba mi vida. Nadie que nos hubiera visto de lejos habría imaginado lo desesperada que estaba por irme cuando se despejara la confusión sobre lo que estaba ocurriendo, ni cuántas veces pensé en irme después de aquello y en hacer cosas horribles para posibilitarlo. Habrían visto únicamente a dos personas amables que se ocupaban de mí, que me querían, que creían en lo que estaban haciendo. Habrían visto lo que querían ver, como la mujer del juzgado. Incluso como mi padre.

La gente puede ser estúpida y no creer la verdad.

El agente Strauss era un buen hombre. Era tan viejo como mi padre y llevaba anillo de casado. No era muy alto, pero parecía fuerte, porque sus hombros eran anchos y tenía una espesa barba gris que empezaba a asomar a primera hora de la tarde.

Había algo en eso, en todo él, que me hacía pensar que era fuerte y viril. No sabía nada de él que justificara mi idea de que también era un buen hombre. Pero lo sabía. Estaba en sus ojos y en la expresión de su rostro cuando observaba a la doctora Winter mientras esta hablaba. Y estaba en la preocupación que mostraba por mí y por encontrar a Emma, aunque otros agentes parecieran escépticos. Llegué a la conclusión de que me gustaba el agente Strauss.

Al cabo de dos horas y treinta minutos volvió con la doctora Winter. El dibujante no estaría disponible hasta la mañana siguiente, lo que me pareció muy raro y disparó de nuevo las alarmas en mi mente, en el sentido de que no iban a dar prioridad a la búsqueda de Emma. Acordamos que al día siguiente iría al médico y permitiría que la doctora Winter me hiciera una evaluación psicológica. Eso satisfaría a mi madre. Ella había dicho que le parecía que yo no estaba bien de la cabeza. Oí que se lo decía al señor Martin cuando este subió a la planta superior. Y estoy segura de que se lo dijo a todo el que quiso escucharla. Había dejado de llorar para ponerse a llamar a amigos y parientes, y al agente de prensa con el que había trabajado tres años antes. El impacto de mi regreso se estaba transformando en su nueva realidad.

Cuando volvieron a entrar, se concentraron en mi huida. Querían todos los detalles, porque, como dijo el agente Strauss, en esos detalles podría haber algo importante en lo que yo no hubiera reparado. Dudaba de que eso fuera así, porque lo había pensado mucho.

—Cuéntanoslo desde el principio hasta el final —dijo.

Eso hice.

—El barquero, Rick, me esperó en el lado oeste de la isla, no en el embarcadero. El lado oeste era muy rocoso, no eran piedras irregulares, sino como losas grandes de roca gris que desaparecían entre las olas. Con la marea alta no se ven en absoluto. Las olas llegaban y se estrellaban al pie de los árboles. Pero con la marea baja, podías caminar un buen trecho sobre las rocas. A Bill le gustaba pasear y pescar allí. Se ponía unas botas altas de goma y solo se llevaba una caja con aparejos de pesca, una caña y un envase de seis cervezas. Eran latas de cerveza. Tenían algo escrito en azul. ¿Es útil este detalle?... Un día lo seguí. Eso fue antes de que Emma diera a luz. Era cuando aún veía a Bill y a Lucy como si fueran buenas personas que nos querían.

»Eché a andar por las rocas para no perderlo de vista. Se me había ocurrido la estúpida idea de que me enseñara a pescar y de que podíamos ser, no sé, quizá como padre e hija, porque yo echaba mucho de menos a mi padre. Recuerdo haber deseado eso con todas mis fuerzas mientras andaba sobre las rocas, ya saben, como eso que sentimos cuando se nos ocurre hacer algo para que se nos quiera. Tenía la misma sensación cuando hacíamos tarjetas para el Día de la Madre en la escuela y yo siempre escribía en la mía «¡MAMÁ NÚMERO UNO!» o «LA MEJOR MADRE DEL MUNDO» y tenía esa sensación, pensaba que eso te haría feliz, mamá..., ¿lo recuerdas?

—Pues claro que sí, cariño —dijo la señora Martin—. Siempre me encantaban tus tarjetas.

—Pero las rocas eran muy resbaladizas. No se veía la fina capa resbaladiza que las cubría. Al volver a la casa, Bill me dijo que las rocas estaban cubiertas de diatomeas, que son como algas. Esto me lo dijo cuando terminó de gritarme porque había resbalado en una muy grande y caído al agua por querer alcanzarlo. Aunque había marea baja, la profundidad del agua aumenta velozmente en cuanto te alejas de la orilla, y por eso se puede pescar allí, porque a los peces les gusta esconderse en los profundos huecos que se forman donde las rocas sobresalen. Me caí y me hundí rápidamente. La corriente era muy fuerte. No lo sabía. No se podía nadar en ningún punto de la isla, nunca había ido a bañarme y por eso no lo había sabido hasta entonces. Llegó una ola y me lanzó contra una roca, y cuando la ola retrocedió, me arrastró con ella y quedé bajo el agua. Y estaba muy fría, porque era a principios de primavera y de todos modos allí el agua nunca se acaba de calentar.

»Bill tuvo que saltar al agua para rescatarme. Pensé que iba a ahogarme. La roca era demasiado resbaladiza para que pudiera asirme a ella, así que no dejaba de estrellarme contra ella y luego el oleaje me arrastraba bajo el agua como a un muñeco de trapo. Fue horroroso. Y entonces noté que me cogía del brazo. Bill había entrado en el agua por el otro lado, donde podía hacer pie, y se había aferrado con una mano a un árbol pequeño que intentaba crecer entre las rocas y con la otra me agarró. Me sujetó mientras el agua tiraba de mí hacia el fondo, y cuando llegó otra ola y me empujó, utilizó el impulso para llevarme hacia él y me puso encima de la roca. Me quedé allí llorando y boqueando en busca de aire. Bill se sentó junto a mí, me miraba fijamente y sacudía la cabeza con aire de reproche, pero entonces me abrazó y me retuvo junto a sí para que pudiera entrar en calor.

»No sé por qué he contado esta historia entera. Lo único importante es saber que Bill nunca habría sospechado que yo escaparía por allí, por aquellas rocas. El episodio las convirtió en el lugar perfecto para reunirme con Rick y su lancha. Operamos con la marea alta. Me lanzó un chaleco salvavidas atado a una cuerda, me lo puse y me metí en el agua, aunque aún recordaba que había estado a punto de morir ahogada en aquel lugar. Así que cerré los ojos y dejé que tirara de mí hasta la lancha. Luego me cogió por el chaleco y me izó hasta que estuve a bordo, tiritando. Rick me dio ropa seca, un gorro y una manta. Pilotó la lancha a lo largo de la orilla, que no se veía desde la casa, y luego me dejó en un punto de la costa, no en la ensenada donde estaba el puerto, sino en la parte exterior. Su amigo me estaba esperando con el camión. Subí y eso fue todo. Creo que ya conté el resto esta mañana.

Esta historia hizo llorar a mi padre, por aquello de que deseaba que Bill fuera mi padre, y puso nerviosa a mi madre, porque seguía sin entender por qué yo no sabía aún dónde estaba la isla. Dijo que deberíamos esperar al examen médico antes de seguir contando lo sucedido. Dijo esto como si yo no estuviera en la habitación, pero luego me acarició el pelo y me besó la frente y me dijo: «*Todo irá bien, cariño*».

Aquel día mis padres se pelearon por dónde debía quedarme. Ganó mi madre. A pesar de la excitación y el nerviosismo que sentía por haber regresado, no se me escapó la ironía de la situación. La primera noche dormí en la habitación de invitados. Mi madre había convertido nuestras habitaciones en un estudio y un gabinete. Dijo que había sido muy doloroso ver mis cosas todos los días, así que las subió al desván durante un tiempo y finalmente las donó a una institución de beneficencia.

Al recorrer el pasillo, cuyas paredes estaban ahora adornadas con cuadros de pintura moderna, recordé el segundo brusco despertar que he tenido en esta casa.

Ocurrió la tercera semana de abril, cuando Hunter llegó del internado. Había venido con un amigo que se llamaba Joe y estaba en penúltimo curso, como Hunter. Emma acababa de cumplir quince años y estaba en primero.

Los viernes en que nos tocaba quedarnos en casa de la señora Martin, Emma y yo procurábamos hacer planes con nuestros amigos, incluso íbamos a sus casas sin avisar. A veces, Emma me dejaba sentar en su cama, para ver cómo se depilaba las cejas o se maquillaba antes de salir. Y a veces me contaba cosas sobre su vida, porque no conocía a nadie más que no chismorreara sobre ella, ni la juzgara, ni tratara de fastidiarle los planes. Aquel viernes nos quedamos en casa porque Emma había planeado que Joe fuera su novio.

Va a venir Natasha Friar, porque Hunter dijo que estaba muy buena, así que estará ocupado. Y mientras él se entretiene con Nat, yo me entretendré con Joe.

Nuestra madre y el señor Martin ya se habían ido al club a jugar al golf y a cenar con sus amigos. Nos dijeron que «fuéramos buenas» y que no saliéramos de casa. Emma se acercó al espejo para terminar de maquillarse. Yo estaba sentada en el borde de la bañera, pensando en su plan, y en lo inteligente que era y lo guapa que estaba cuando se ponía ropa ceñida y el brillo labial rojo. Creo que estuve demasiado silenciosa, o quizá fue que la miré tanto tiempo que empezó a sentir que mis ojos le hacían un agujero en la piel.

Dejó de hacer lo que estaba haciendo y se volvió para mirarme; tenía el pincel del rímel en una mano y agitó hacia mí un dedo de la otra. *No te interpongas en mi camino, Cass. ¡Te lo digo muy en serio! Podrás tomarte algo con nosotros, pero eso será todo. ¡Si nos creas problemas a mí o a Hunter, uno de los dos te matará!*

Hunter y su amigo llegaron en un taxi a las nueve y doce minutos. Nat estaba en casa desde las siete y catorce, y ya se había emborrachado con el licor de albaricoque del señor Martin. Emma estaba demasiado nerviosa para emborracharse, aunque había preparado licor de melocotón con naranja para las dos. Yo subí a mi cuarto.

No sé qué hora era cuando salí de mi habitación, porque me había quedado dormida. Estaba nerviosa, como si no pudiera volver a dormirme hasta saber si nuestra madre y el señor Martin habían regresado, y si había alguien más durmiendo, y dónde estaban durmiendo todos, y también en qué habían parado los planes de Emma. Es raro quedarse dormido después de beber y luego despertarse y no saber qué está pasando al otro lado de la puerta, en tu propia casa. Así que salí, no con intención de estropear los planes de Emma con Joe, ni los de Hunter con Nat, sino para orientarme y volver a dormir.

Desde la puerta veía todo el pasillo hasta el dormitorio principal. La puerta de este estaba cerrada y no se veía luz por la ranura inferior. La habitación de Hunter estaba abierta y a oscuras, lo que significaba que probablemente Hunter estaba en la sala de abajo viendo la tele, quizá con Nat. Pero la puerta de enfrente, la de la habitación de invitados, estaba cerrada y se veía luz por debajo.

Podría decir que pensé que tal vez alguien se la había dejado encendida y que tenía que comprobarlo. Podría decir que estaba preocupada por Nat y que pensé que estaría allí, dormida con la luz encendida. Podría decir que pensé lo mismo de Joe, y de la otra pareja que Hunter había traído a casa. Pero no sería cierto. La verdad es que supe que Emma estaba en esa habitación y, aunque no tenía ninguna necesidad de abrir aquella puerta, sentí un irreprimible deseo de abrirla.

Nunca olvidaré lo que vi aquella noche. Sí, Emma estaba copulando con Joe. Estaba en la cama y él estaba encima de ella, entre sus piernas, con el rostro hundido en el hueco de su cuello. Y sí, era la primera vez que veía copular a una pareja y me produjo una fuerte impresión. Pero la imagen se fue borrando con los años. Lo que persistió hasta hacerse indeleble fue la cara que puso mi hermana cuando me vio. Fue esa expresión la que intenté describir a mi padre y a la señora Martin, y a los agentes, cuando les expliqué cómo me miró desde la ventana del otro lado del patio, como si estuviera convencida de estar haciendo lo mejor que cualquiera podía hacer, de que estaba exactamente donde tenía que estar, haciendo lo que debía hacer. Aquella noche, cuando cerré la puerta y volví a mi cuarto a esperar que se me calmaran los nervios, seguía creyendo que Emma sabía lo que hacía. Recuerdo haber pensado que ella siempre tenía razón: había dicho que Joe sería su novio y había conseguido exactamente eso.

Pero la siguiente vez que Hunter vino a pasar un fin de semana en casa, no trajo a Joe. Emma trató de ocultar su decepción. Salimos fuera a fumar y a alejarnos de nuestra madre y del señor Martin. Estábamos al lado de las instalaciones de la piscina. Hunter le dijo a Emma que había sido una estúpida por llamar a Joe y enviarle mensajes que él no respondía y era obvio que la había utilizado para pasar el fin de semana. Emma lo llamó *cabrón*. Hunter la llamó *puta*. Emma le dijo que Nat le había contado que no sabía besar. Hunter dijo que Nat era una *guarra*. Siguieron así hasta que terminaron de fumarse el cigarrillo y Hunter le dijo que Joe tenía novia. Emma se quedó callada. Le temblaron los músculos de la cara pero no lloró, al menos no en aquel momento. Hunter sonreía cuando aplastó el cigarrillo con el pie. Parecía contento, como si acabara de ganar una batalla. Emma corrió a la casa delante de nosotros y, mientras yo iba detrás con Hunter, vi que la satisfacción de este se desvanecía. En nuestra casa había comenzado una guerra que no terminaría hasta la noche en que desaparecimos. Hunter no había querido derrotar a Emma, porque la derrota significaba que la guerra había acabado. Y Hunter nunca había querido dar nada por terminado con Emma.

Sin embargo, Emma había perdido aquella batalla concreta. La expresión de astucia que había en su cara la noche en que Joe estaba encima de ella no significaba que hubiera sabido hacer las cosas. La verdad era que no había dado pie con bola en relación con él y sus planes para hacerlo su novio. Ese fue el segundo despertar brusco, el momento en que vi a Emma derrotada, cuando me di cuenta de que podía ser derrotada. No me gustó saberlo. Ni pizca.

Una luz procedente del pasillo me alejó de la imagen de Emma en la cama con Joe. Mi madre había salido de su habitación. Pareció sorprendida al verme todavía en el pasillo y no en la cama y profundamente dormida.

—¿Estás bien, cariño?

Vino hacia mí y no opuse resistencia. Me rodeó con los brazos y no opuse resistencia. Olía a cremas faciales y a Chanel N.º 5, y confieso que una corriente cálida me recorrió de arriba abajo. Fue la misma corriente que había sentido aquella mañana, solo que ahora era más fuerte. El amor a nuestras madres nunca desaparece, y me sorprendió enterarme en el preciso momento en que me había acordado de Emma y su derrota.

—Cariño, creo que estás algo confusa sobre la noche en que desapareciste. Que no haya más historias sobre Emma y esa isla hasta que te hayan hecho la revisión, ¿de acuerdo? Creo que podrías haber tenido sueños o fantasías, y si les cuentas algo que no es verdad podrías empeorar las cosas. ¿Lo entiendes? Aquella noche estabas en tu habitación, Cass. Cuando Emma y tú os peleasteis. Estabas en tu habitación cuando Emma se fue de casa, no en la parte trasera del coche de Emma. ¿No lo recuerdas?

La señora Martin era más fuerte de lo que yo había creído, y ahora quería imponérseme, imponerme su propia versión, y me sentí desesperada porque eso podía significar que nunca encontraríamos a Emma. Los agentes se preguntaban ya por qué no había escapado conmigo.

Sin embargo, incluso con mi desesperación y mi rabia, era la misma víctima que había sido de niña, la que cedía a su extorsión, la que pagaba el precio que hiciera falta para seguir teniendo su amor y la que dejaba que Emma atrajera el fuego enemigo para poder ponerme a cubierto. Durante los tres últimos años creía haber levantado muros para protegerme de la señora Martin, pero aunque los hubiera levantado, estaban hechos de arena y se derrumbaron entre sus brazos.

—Lo que cuentas no puede ser verdad, Cass. Tengo mucho miedo de que haya algo torcido en tu mente.

Quise odiarla por decirme estas cosas. Pero no podía. Aún necesitaba quererla.

Así que cuando susurró una última frase en mi oído: «Te quiero», y cuando fue a abrazarme con más fuerza, acepté este tercer brusco despertar y no opuse resistencia.

8
DOCTORA WINTER

No fue fácil dejar la casa, dejar a Cass. Abby estaba obsesionada, temía que pudiera desaparecer de nuevo.

Era un miedo irracional. La policía estatal había accedido a dejar un coche patrulla en la entrada del camino de los vehículos, día y noche, hasta que encontraran a los Pratt. Judy y Jonathan Martin estaban allí, y el padre de la muchacha vivía en la misma calle, a diez minutos de distancia. Pero sobre todo, es que Cass no tenía ninguna razón para irse y tenía muchas, en cambio, para quedarse. Estaba desesperada por encontrar a su hermana.

Sin embargo, en las raras ocasiones en que la conciencia de Abby se había abierto a pensamientos optimistas y se había atrevido a imaginar el momento en que aparecerían las hermanas Tanner, la mecánica era diferente.

Interrogaron a Cass otras tres horas, hasta que Judy les pidió finalmente que lo dejaran y volvieran al día siguiente.

—No está bien. ¡Lo sé! —Judy hablaba sobre Cass como si la muchacha no estuviera presente—. Si Emma hubiera estado embarazada, yo lo habría sabido. Y la habría ayudado. Ella lo sabía. Ya saben lo unidas que estábamos. Han realizado ustedes muchos interrogatorios. ¡Pero nada de lo que aquí se dice tiene que ver con mi hija!

Había insistido para que Cass descansara y se había salido con la suya a pesar de las objeciones de Abby y Leo. Abby accedió a efectuar una evaluación psicológica formal al día siguiente y Judy accedió a llevar a Cass al médico por la mañana con uno de los técnicos forenses.

Y eso fue todo. Los nervios se habían calmado con las tareas coti-
dianas de asignaciones y logística. Agentes locales de New Haven,
Maine y Alaska habían comenzado su trabajo. Leo se fue a la ciudad a
dormir un rato. Y Abby se fue a su casa.

Entró en su domicilio como siempre entraba al final de cada jornada, dejando las llaves en un pequeño cuenco de cerámica con forma de
hipopótamo que había en la mesa, al lado del sofá. Su sobrina se lo
había hecho en la guardería y se lo había enviado por correo en la última Navidad, limpiamente envuelto en plástico de burbujas. El perro
se le subió encima nada más entrar; deseoso de comida y atención, le
temblaba todo el cuerpo. Abby se agachó y le acarició las orejas.

Su casa, el perro, los recuerdos de familia…, todo había estado allí,
esperando que regresara aquel día milagroso. Pero todo parecía indiferente, el trascendental acontecimiento que representaba la vuelta a
casa de Cass no había cambiado nada.

Quizá porque todavía quedaban muchas preguntas. Por mucho
que Abby detestara admitirlo, Judy Martin no se equivocaba. Emma
no era de las chicas que permitían que nadie les dijera lo que tenían
que hacer, y mucho menos sobre algo tan importante, tan íntimo.
Owen habría apoyado cualquier decisión que hubiera tomado, y Judy
habría igualado su generosidad con algo aún más grande, aunque solo
fuera para dar a entender que era el mejor padre de los dos. Era mucho
más probable que se hubieran peleado por el niño de Emma que obli-
garla a deshacerse de él.

Quizá fuera eso lo que Emma temía…, otra pelea interminable.

Leo se había esforzado en todos los frentes para conseguir algo,
cualquier cosa, que los ayudara a encontrar aquella isla concreta entre
las miles de islas que había frente a la costa de Maine. En todas las
conversaciones con los Pratt y el barquero, en las provisiones y los
paquetes que transportaba este último, en los barcos langosteros, en
las embarcaciones de vela y las lanchas motoras que pasaban frente a
la costa, ¿no figuraba el nombre de ningún puerto o de un club náutico? Cass dijo que había intentado averiguar dónde estaban. Había hecho preguntas, removido la basura. Los Pratt eran muy meticulosos. Y
lo único que podía decir de las embarcaciones era los nombres que

veía en las velas mayores, Hood, Doyle y Hobie Cat. Abby recordaba su rostro cuando decía las palabras una y otra vez: «¡Lo intenté! ¡Lo intentaba cada minuto de cada día!» Decía que la isla le parecía enorme, como si todo el mundo la viera y la conociera, solo que nunca se acercaban lo bastante para verla u oírla a ella. A ella le parecía excepcional aquella prisión, así que imaginaba que era fácil encontrarla. Conocía la población en la que había subido al camión. Había contado los minutos transcurridos hasta llegar a Portland. La impresión de Abby es que decía la verdad.

Cass había repetido que la historia del primer año y su primer intento de fuga eran importantes, así que le habían dejado contarla. Dijo que explicaba cómo acabó entendiendo lo difícil que era irse de allí y por qué tardó tanto. Dijo que explicaba cómo había sabido que el barquero terminaría por ayudarla a volver a su casa, pero que hacía falta tiempo. Y organización. Pero antes de terminar la historia, Judy les indicó que se fueran, así que Abby llegó a su casa con más preguntas que respuestas.

Fue a la cocina y dio de comer al perro. Luego abrió el frigorífico. Sacó pasta preparada el día anterior y metió el plato en el microondas. Se sentía mareada y esperaba que fuera por culpa del hambre. No había comido nada en todo el día.

Puso el plato y un vaso de agua en una mesita que había en el rincón. Luego, sacó el teléfono. Había tres mensajes de Meg, que había respondido sin ganas durante el día. Apartó a su hermana de sus pensamientos y puso en marcha la grabación del interrogatorio de Cass.

La puso en el punto en que la había interrumpido por la mañana.

«Quise irme la mañana siguiente de nuestra llegada. Solo dormí tres horas y veinte minutos aquella primera noche, en rachas de una hora cada vez, y me despertaba invadida por el pánico. Oía los barcos langosteros —aunque entonces no sabía qué clase de barcos eran— que faenaban por allí tras la salida del sol. Era como un zumbido lejano. Me levanté y miré por la ventana. Vi a Emma en su habitación y rompí a llorar. Ella salió corriendo de su cuarto y vino al mío y se sentó en mi cama. "¡Quiero irme a casa!", le dije. Entonces fue cuando me dijo que estaba embarazada y que no podíamos regresar, al menos todavía no. Me dijo

que Bill nos iba a cuidar y que allí llevaríamos una buena vida. Me enfadé mucho con ella, le grité y ella me gritó a mí, diciéndome que no iba a permitir que entorpeciera su intención de dar a luz. Ya dije que por dentro tuve que elegir entre Emma y mi casa. Y elegí a Emma.»

Judy interrumpió la declaración en aquel momento. «*Pero ¿tres años, Cass? ¿Elegiste quedarte tres años? Cuéntanos por qué no te pudiste ir. Todavía no lo has explicado.*»

Cass prosiguió.

«*Es difícil de explicar. Creo que nos quedamos por dos razones. La primera, que aunque los días a veces pasaban con lentitud, los años pasaron rápido. En eso de vivir tan cerca del océano, rodeadas por el agua, hay algo que cambia el tiempo. Las horas pasan simplemente mirando las olas y sintiendo el viento en la cara. Y no es fácil contender con el viento y el agua, para impedir que destruyan una casa, sobre todo si no hay corriente eléctrica.*

»En segundo lugar, estaban los buenos momentos que he tratado de explicar. Emma hablaba más conmigo. Nos hicimos amigas y no quería que eso terminara nunca. A veces pensaba en lo mucho que quería volver a casa. Pero es que también estaban esas otras cosas, como estar cerca de Emma y lo buenos que Lucy y Bill eran con nosotras. Así que estaban las buenas cosas y el tiempo que pasaba muy veloz…, pero entonces empezaron a llegar las cosas malas, después de que Emma tuviera a su niña.

»No me dejaron acercarme cuando se puso de parto. Ella fue a verlos a ellos, en mitad de la noche, porque seguía estando muy unida a ellos y confiaba en ellos. Yo no desperté hasta que oí gritar a Emma. También pude oír a Bill gritándole a Lucy y a Lucy respondiéndole a gritos, como si los dos estuvieran asustados y furiosos con el otro por no hacerlo más fácil. Pensé que Emma iba a morir. De veras que sí. Había muchos gritos… y eran gritos de dolor de Emma. Como si la estuvieran torturando. Y entre los gritos de dolor había llanto y sollozos desesperados, porque se daba cuenta de que no había terminado. ¡Y yo no podía ayudarla! Traté de acercarme a ella, pero Bill me echó a empujones de la habitación, con las dos manos, y con la cara tan roja que parecía estar ardiendo. Emma también me gritó. Me dijo que me fuera, porque solo empeoraría las cosas. Continuó así durante casi toda la noche, hasta que por fin acabó. Yo sollozaba

con la cara pegada a la almohada, porque era horroroso. No poder ayudarla. Que no quisiera mi ayuda. Y sin saber si alguna vez iba a estar bien.

»Y entonces oí llorar a la niña. Y oí que Bill y Lucy reían y lloraban como si estuvieran muy contentos. Salí al pasillo para oír mejor, pero a Emma no la oí. Ni en toda aquella noche ni por la mañana. No oí nada hasta la tarde del día siguiente.

»Fue cuando llevaron a Emma otra vez a su habitación. Intentó dormir, pero sus pechos estaban enormes, muy hinchados. Preguntó si no debería darle el pecho y le dijeron que no se molestara. Lucy dijo que de todos modos no era tan bueno para los niños, y Emma no sabía nada de aquello.

»Me quedé al lado de la puerta para llevarle cualquier cosa que necesitara. "Cass —susurraba—, ¡duele mucho!" Le llevaba bolsas de hielo cada pocas horas, para ponérselas en el pecho, y al cabo de unos días la leche dejó de subirle.

»Desde el primer grito, Lucy tuvo la niña con ella todo el día y toda la noche. Cuando Emma trataba de cogerla en brazos, Lucy decía que no se molestara. Decía que Emma tenía que descansar y estudiar, porque tenía toda la vida por delante. Decía: "¡Para eso estamos aquí, cariño!"

»"Cass —susurraba Emma—, ¿la has visto hoy? ¿Ha crecido?"

»Emma lloraba durante horas enteras porque la echaba de menos. "¡Necesito abrazarla! ¡Por favor! ¡Solo unos minutos!", suplicaba. Lucy siempre tenía una excusa. La niña estaba durmiendo. La niña estaba enferma. La niña se estaba acostumbrando a su cama. Emma la oía llorar y se quedaba al otro lado de la puerta cerrada con llave y les gritaba: "¡Por favor! La estoy oyendo. ¡Sé que está despierta! ¡Tráela conmigo!"

»Luego, Emma me rogaba a mí: "Cass, tienes que descubrir qué está pasando. ¡Por qué no me dejan verla!"

»Así que un día inicié una conversación con Lucy. "Qué bien se te dan los niños, Lucy. ¿Cómo es que sabes tanto?"

»Sabíamos que no habían tenido hijos porque nos lo habían contado y porque no se veía rastro de niños por ningún lado. Ni fotos ni cosas de bebés. Lucy besó a la niña en la frente. Sonrió y dijo: "Dios quería que yo tuviera hijos cuando creó mi alma, pero cometió un error al crear mi cuerpo. Es la cruz que me toca llevar en esta vida, Cassandra. No poder hacer lo que nací para hacer".

»Subía y bajaba a la hija de Emma en sus brazos y sonreía llena de felicidad. "Hasta ahora, ¿verdad, chiquitina mía? ¿Mi precioso ángel? Mi dulce Julia".

»Le conté a Emma lo que había dicho. Le conté que en mi opinión podía estar loca, que había estado haciendo de nuestra madre pero que ahora tenía una recién nacida, y esa niña había encendido una chispa dentro de ella. Emma no daba crédito a lo que le decía. "¿Esa puta imbécil le ha puesto nombre a mi hija? ¿La ha llamado Julia?" Emma dijo que iba a odiar ese nombre el resto de su vida y que nunca permitiría que lo pronunciaran sus labios.

»Las dos temblábamos de ira. Yo había confirmado lo que ambas sospechábamos. Lucy se había vuelto loca, y Bill no sabía qué hacer al respecto. ¿Saben cuando a veces uno está dividido en dos partes, una que quiere hacer locuras y otra que se da cuenta de que lo son, pero no hace nada para evitarlo porque no quiere molestar a la parte loca? No quieres cortarte por la mitad... Pues eso es lo que parecían. Eran como una persona con dos partes. Y la parte de Lucy era más fuerte.

»Eso ocurrió en otoño, un año después de irnos de casa. Para entonces ambas sabíamos que algo iba mal. La niña tenía seis meses y estaba creciendo y cada vez era más fácil de cuidar. Pero aun así, no dejaban que Emma se ocupara de ella. Lucy tenía a la niña como si fuera su propia hija. Algo se rompió dentro de Emma. Fue al dormitorio de la pareja y se puso a golpear la puerta con los puños. "¡Dadme a mi hija ahora mismo!"

»Bill se puso muy furioso con ella. Le gritó desde el otro lado de la puerta: "¡Vuelve a tu cuarto, jovencita, o habrá graves consecuencias!"

»"¡Dadme a mi niña!", gritaba Emma, sin dejar de golpear la puerta. Yo estaba a su lado, paralizada de miedo, porque la situación iba a más y sabía que no acabaría bien. Emma tenía fuego en las venas, pero no fuerza. Creo que el fuego la hacía sentirse poderosa e impedía que su cerebro pensara. Oímos fuertes pasos y la puerta se abrió. Bill estaba allí y tenía una expresión que iba más allá de la furia..., parecía necesitar que aquello se detuviese para no perder la cabeza. Creo que al otro lado de la puerta Lucy le estaba suplicando que nos llamara al orden, que obligara a Emma a dejar de preguntar por su hija, y creo que él estaba desbordado por todo aquello. Como no podía hacer callar a su mujer, volvió su cólera *contra Emma y le cruzó la cara de un bofetón. Ella se quedó mirándolo, conmocionada. Y yo también. Y él nos miraba igual, tan sorprendido como nosotras por lo que había hecho.*

»"¡Te dije que te fueras! ¿Por qué no me has hecho caso?" Dijo esto con un tono lastimero, quejumbroso, y en sus ojos casi asomó una lágrima. Emma no dijo nada. Dio media vuelta y se fue, y yo la seguí hasta su cuarto. Nos sentamos en su cama. Me cogió la mano entre las suyas y dijo: "Tienes que irte de aquí y traer a alguien que nos ayude".

»Ideamos un plan. Le dije que encontraría la forma de huir. Le dije que empezara a pelearse conmigo para que pareciera que me iba por su culpa y que no quería saber nada de ella; así, cuando me fuera, no temerían que regresara con ayuda. Y ese era el plan. Que volvería a buscar a Emma y la niña. Emma accedió.

»Entre septiembre y febrero me fijé en tres cosas: en primer lugar, en los barcos. Tomé nota de las horas del día en que pasaban siguiendo cursos distintos y regulares. En segundo lugar, me fijé en las horas a las que el barquero iba y venía. Y en tercer lugar, me fijé en las horas en que la niña dormía por la noche y cuándo necesitaba comer.

»Bill tenía un pequeño bote en el muelle. Había remos y pensé que podía utilizar el bote y los remos para irme. Fue una estupidez.

»La noche en que intenté escapar, esperé a que le hubieran dado de comer a la niña y a que estuvieran todos dormidos. Fui al embarcadero, subí al bote y solté la amarra. Había un silencio completo y hacía mucho frío. Lo único que oía era el rumor de las olas estrellándose contra el bote y los rápidos latidos de mi corazón. Estaba asustada y nerviosa, y también yo tenía una sensación de fuerza, porque me estaba haciendo cargo de mi vida, alejándome de aquellos locos y salvando a mi hermana y a su hija. Y además era muy duro abandonar a Emma, abandonar a la niña, como si dejara atrás una parte de mí misma. Así que me limité a pensar en cómo volvería con ayuda, quizás aquella misma noche si tenía suerte. Con alguien que nos salvara.

»Empuñé los remos y empecé a utilizarlos para guiar el bote. Había visto a Bill hacerlo alguna vez, cuando no quería esperar a Rick. Él maniobraba en la parte de la corriente que empujaba hacia la costa y luego avanzaba hacia el interior del puerto hasta que desaparecía de mi vista.

Pero era mucho más difícil de lo que pensaba. No sabía sentarme de espaldas. No atinaba a meter los remos en las anillas, y pesaban tanto, y la corriente los empujaba con tanta fuerza, que me arrancó uno de la mano, cayó al agua y se alejó arrastrado por la corriente. Entonces el bote empezó a ir a la deriva por la costa en dirección oeste, donde estaban aquellas rocas. El bote estaba totalmente fuera de mi control. Yo iba de un lado a otro, empujando el agua, tratando de avanzar con el único remo que me quedaba. El bote giraba un poco y luego seguía arrastrado por la corriente. Sentí tal pánico que creí que iba a explotarme la cabeza. Sabía que, si seguíamos hacia el extremo oeste de la isla, me estrellaría contra las rocas. Y eso fue exactamente lo que pasó. La barca se atascó entre dos rocas. Empujé con el remo. Bajé y traté de empujar con las manos. Mis pies no dejaban de resbalar. No sé cuánto tiempo pasé intentándolo, hasta que oí un motor y vi las luces de otra embarcación. Entonces vi el rostro del barquero. Vi a Rick y su mirada pétrea y fría.

»No me dijo nada. Ató el bote con una cuerda y se alejó con él, tirando el bote de Bill con su lancha. Yo le grité que me ayudara. "¡No dejarán que nos vayamos!" Pero él siguió avanzando, llevándose el bote. Dejándome sola en las rocas.»

Abby detuvo la grabación y anotó la hora de la parte que acababa de oír. Cass se había echado a llorar entonces. Abby le preguntó qué sentía y le dijo que estaba recordando la desesperación, el odio que había sentido hacia sí misma por su estupidez, por su inmadurez. Dijo que también había sentido cólera, y que había aprendido que esa cólera es poderosa y puede inducir a cometer estupideces. Al oírla ahora, un rato después y sin Cass delante de ella obnubilándola con el milagro de su regreso, el comentario le parecía fuera de lugar. Cass no había hecho nada que mereciera que se odiara a sí misma. Había arriesgado su vida tratando de escapar y salvar a su hermana.

Volvió a poner en marcha la grabación.

«¡Lo siento mucho! ¡Maldita sea, soy una idiota! ¡Quería creer que podía salvarnos! ¡No sabía lo que hacía!»

Entonces fue cuando Owen se acercó a ella y la abrazó. *«No, Cass. ¡No! No fue culpa tuya. ¡Eras muy joven!»*

«¡Creí que podría traerla conmigo a casa!»

Abby recordaba el resto. Cuando Cass se calmó, terminó de contar la historia de aquella noche. Cómo había visto arrastrar el bote hasta el muelle. Cómo había visto a la *Lucky Lady* desaparecer en el interior del puerto. Cómo se había quedado sentada allí un buen rato —veintidós minutos, dijo—, tiritando de frío y pensando en sus opciones, a pesar de las lágrimas, la desesperación y la incredulidad. Dijo que había pensado que tierra firme estaba muy cerca, y ¿a qué distancia estaba en realidad? ¿A unos pocos kilómetros? Dijo que casi saltó al agua. «*Quizá lo consiga. Quizá no me ahogue ni me dé una hipotermia.*»

Luego pensó en esconderse en el bosque, hacer una hoguera, tratar de llamar la atención de un barco chillando y dando gritos. Pensó en formar palabras con piedras o con hierba que pudieran verse desde un helicóptero. Pero dijo que solo tenía unas pocas horas y no tenía ni sierra ni cerillas. Y aunque era fuerte, dijo, no era tan fuerte.

Su tercera opción era volver a la casa. Meterse en la cama. Y saber quién era en realidad el barquero, en su corazón o en su conciencia. Si no la delataba, idearía un nuevo plan. Si les contaba lo que había intentado hacer, daba por sentado que la castigarían. Al final tenía demasiado frío para seguir al raso, así que decidió hacer lo último.

En aquel punto se vieron desviados del tema con detalles sobre el nacimiento, la niña, el bote y las corrientes. Cass dio más descripciones de embarcaciones langosteras, sus distintivos, sus tamaños, el color de las boyas desde donde pescaban las langostas. Abby no podía refutar la importancia de todo aquello. Encontrar la isla era la prioridad y punto.

Sin embargo, se había levantado en aquel momento y se había puesto a pasear por el dormitorio de los Martin. Tenía muchas preguntas que hacer. Preguntas obvias, como qué ocurrió después del primer intento de huida. ¿Y en qué sentido ayudó aquello a Cass a entender al barquero y a saber que al final la ayudaría?

Había otras preguntas más sutiles que entraban en su mente con débiles susurros. La descripción de Lucy y Bill, la comparación con el yo fracturado, la loca y la cuerda batallando por el dominio…, era un enfoque especializado que parecía desbordar la edad de Cass, ¿verdad? O quizás el trauma la había obligado a aprender psicología, a deconstruir a sus captores.

¿Y por qué había insistido en que su madre estuviera presente durante los interrogatorios? Ya no era menor de edad, e iba contra la costumbre del FBI. Pero ella no dejaba de decir que no podía contar la historia si no estaba Judy en la habitación.

¿Y qué decir de su extraña conducta, de la forma en que contaba la historia con tanta precisión, añadiendo descripciones de sus emociones como si estuviera echándole sal a un plato de comida?

¿Y por qué no dejaba de medir el tiempo y de enumerar cosas? Cada episodio se había dividido en partes, y los momentos se habían cronometrado mentalmente al minuto. Cass no tenía reloj ni teléfono. Era como si necesitara tenerlo todo organizado en su cabeza.

Tenía delante un recuerdo. Dos chicas con un juego de té en un patio. Un mantel de cuadros sobre la hierba. El juego de té seguía dentro de una cesta.

Meg, la hermana de Abby, estaba allí con ella. Meg era tres años mayor y le estaba explicando por qué necesitaba jugar con el juego de té de Abby. «Hay cuatro razones», había dicho Meg. Abby lo intentó, pero no pudo recordar qué razones eran. Ni siquiera estaba segura de que aquel recuerdo fuera auténtico. No debían de tener más de seis y nueve años. ¿O eran aún más jóvenes? No importaba cuáles fueran las razones. El quid era el número. *Hay cuatro razones.*

Abby se levantó de la mesa y se sirvió un whisky, que se bebió apoyada en la encimera de la cocina.

Meg había hecho aquello durante toda su infancia. Ahora lo recordaba. *Hay dos razones para esto…, hay seis cosas que me gustan de…, hay tres cosas que como para desayunar.* ¿Cuándo había dejado de hacerlo?

Abby terminó el whisky y se sirvió otro. Esa noche necesitaba dormir.

¿Cómo es que no se había dado cuenta de aquel detalle particular relacionado con su hermana Meg, la única familia que le quedaba ya en el mundo? ¿Todavía contaba y enumeraba cosas? Abby había estado con ella unos meses antes. Meg, sus dos hijas, su marido y dos perros llevaban una vida al parecer normal (aunque demasiado rural para el gusto de Abby) en Colorado. Trató de recordar las cosas que habían hecho juntas. Viajar a las montañas con mucho calor y muchos mosquitos. Comprar ropa escolar para sus sobrinas. También habían ido al cine. Abby vio que Meg era una buena madre, que sus hijas recibían amor. No era eso lo que la preocupaba.

Una noche salieron las dos solas, como hacían siempre durante sus reuniones anuales. El resto del año se comunicaban por teléfono y con correos electrónicos, con tarjetas de Navidad y cumpleaños y mensajes en Facebook con bonitas fotos y emoticonos en forma de corazón. Pero no eran momentos para abrir la puerta al pasado.

La conversación siempre comenzaba con las novedades benignas. «¿Qué tal el trabajo? ¿Cómo están las niñas?» Y, antes de la muerte del padre de ambas, «¿has hablado con papá?» El padre pasó los últimos años de su vida en Florida, con su segunda esposa, jugando al golf y proveyendo a las necesidades más bien considerables de la mujer.

Pero tardaban en adentrarse entre los árboles, donde las preguntas se volvían más íntimas y las respuestas más difíciles de encontrar. Durante esta última visita se había centrado en Abby.

—¿Sales con alguien? ¿Cuándo vas a darle una oportunidad a alguien?

A partir de aquí, el camino se adentraba tanto en la espesura que desaparecía por completo, dejándolas perdidas en la oscuridad del pasado.

—Sabes demasiado, Abby. Ese es el problema. —Meg estaba convencida de que la investigación de Abby y, posiblemente, su obsesión por su madre y sus teorías sobre el narcisismo le impedían vivir su vida, enamorarse de alguien, confiar en alguien—. Tienes que avanzar. No permitas que ella te destroce la vida desde la tumba.

Abby escuchaba, asintiendo de vez en cuando, con sinceridad. No se trataba de si Meg estaba equivocada o no. Lo único que importaba era que su fórmula era imposible.

¿Todavía contaba por entonces? Abby no lo recordaba. La última vez que había pensado en aquel rasgo de su hermana fue cuando estaba escribiendo la tesis.

Dejó el vaso en la encimera.

Mientras buscaba material para la tesis, había leído un estudio sobre un caso. La hija de una madre con narcisismo patológico severo había desarrollado un mecanismo de defensa, llamado «afectación», para crear orden en un mundo trastornado. Había encontrado la forma de controlar el cariño radical e impredecible de su madre que suponía la metódica organización de todos los aspectos de su vida. Llevaba la cuenta de las cosas con números. «Tres razones para que me guste el piano…, dos formas de peinado que me gustan.»

También atribuía un género a todo, ya fueran colores, números o letras del alfabeto. La *a* era femenina, la *b* masculina. No había razón serial en estas atribuciones…, era su imaginación la que calificaba. La *d*, la *e*, la *f*, la *g* y la *h* eran masculinas, por ejemplo. Pero la *x*, la *y* y la *z* eran femeninas. El color rojo y el naranja eran femeninos. El azul y el verde, masculinos. Y así con todo: calificaba y ordenaba objetos y conceptos estáticos e inocuos para calmar la turbulencia que rugía en su interior por culpa de la relación fallida con su cuidador primario: en su caso, la madre.

La muchacha no padecía ningún trastorno de personalidad y había tenido una saludable familia propia. El estudio concluía que había escapado del ciclo y planteaba la duda de si había sido a causa de la afectación.

Abby volvió a pensar en su hermana Meg. No había escapado del todo a la ira de su madre. Durante años había consumido drogas y hombres, y sufrido una ansiedad que la debilitaba. Pero había encontrado una salida.

Fue la parte de la investigación que más la había fascinado, el ciclo de la enfermedad y cómo escapaban los hijos a ella. Era como si el alma humana que tenían dentro luchara con todas sus fuerzas para sobrevivir, para encontrar el medio de conservar el instinto de amar y ser amado…, porque eso era precisamente lo que se perdía con esta enfermedad. Algunas personas, como Meg, desarrollaban rasgos de trastorno obsesivo-compulsivo y controlaban otros aspectos de su vida para reemplazar el caos de la relación con la madre.

Otras buscaban relaciones adultas que eran codependientes: un cónyuge que sabían que no las abandonaría, o relaciones en serie donde iban de conquista en conquista, para demostrarse a sí mismas una y otra vez que tenían la capacidad de conseguir de otras personas lo que necesitaban. La persona monógama en serie, el *playboy*, el «pendón» (aunque Abby odiaba esta palabra). Meg había pasado por todo aquello: enumerar cosas, coleccionar hombres cuando era más joven y, finalmente, sentar cabeza con un hombre que la adoraba.

¿Y qué había hecho Abby para escapar? Meg habría dicho que rechazaba todo lo que era demasiado femenino, cosas que representaban a su madre. Maquillaje, minifaldas, tacones altos. Habría dicho, que Abby vivía tras un escudo invisible que impedía que pudieran herirla o decepcionarla.

Pero Abby tenía por norma no diagnosticarse, así que desestimaba esos pensamientos como hacía siempre.

Se sentía cansada. El perro estaba a sus pies y Abby se sentó a su lado en el suelo. Con el vaso en la mano y el perro ya en su regazo, cerró los ojos y dejó que su mente vagara de nuevo hacia Cass y su manía de enumerar las cosas. ¿Fue así como escapó de su madre? ¿Eso y aferrarse a Emma, como si Emma fuera su madre? No era una solución perfecta, Emma había sido cruel unas veces, indiferente otras. Pero había sido algo.

¿Y Emma? ¿Y si Emma no había escapado? ¿Y si lo que Abby sabía de Judy Martin era solo la punta del iceberg? ¿Y si a Emma le había resultado imposible romper el ciclo, ella, la hija «preferida» que había recibido los golpes emocionales más fuertes?

Santo Dios, qué cansada estaba, cansada y aturdida por el whisky. Aún oía la voz de Leo al concluir la jornada: «La encontraremos, pequeña. Encontraremos a Emma». Pero ¿y si no la encontraban? ¿Y si daban vueltas y más vueltas sin descubrir la verdad?

Algo no encajaba en la historia de Cass: ni en la que contaba ni en la que no contaba.

La voz de Leo se desvaneció. Deseaba que estuviera sentado a su lado, rodeándole los hombros con el brazo, oyendo su voz tranquila, susurrando que todo iba a salir bien, que esta vez no iba a ser como la última, que encontrarían a Emma…, aunque ella no lo creyera. Podía fingirlo. Por una noche. Por unas horas de paz. Podía fingirlo.

Apoyó la cabeza en la pared y cerró los ojos.

9

CASS. EL DÍA SIGUIENTE A MI REGRESO

La primera noche dormí exactamente cuatro horas y veinte minutos. Desperté después de tener un sueño inquietante y desde entonces ya no pude dormir más. Me puse furiosa, porque sabía a qué tendría que enfrentarme al día siguiente.

En el sueño, Bill tenía a la niña en el borde del embarcadero. La niña lloraba y su voz era como un cuchillo que me traspasaba. Entonces la soltó y la vi desaparecer entre las aguas frías y oscuras. Aquella dulce y preciosa criatura de cabello rubio y rizado, de grandes ojos azules. Aquella niña inocente. Su llanto había cesado cuando el miedo se convirtió en terror y paralizó su diminuto cuerpo. En el momento en que su piel tocó las aguas, se congeló; desde los pies hasta los ojos, nada se movía ya. Ni siquiera podía alargar los brazos para aferrarse a Bill, que se apartó y la dejó morir.

Desperté con una ira tan fuerte que creí que el pecho iba a explotarme y a incinerarnos a todos. A quemar la casa hasta los cimientos con todos dentro. Yo. La señora Martin. El señor Martin.

Cogí una almohada, hundí la cara con furia y grité cosas que no quería que nadie más oyera. Cosas odiosas, violentas. Y entonces supe que no dejaría nunca de buscar a Bill y Lucy Pratt, ni aunque el FBI dejara de hacerlo. Los encontraría y les haría pagar lo que habían hecho.

Pero entonces me quedé quieta, abrazada a la almohada, y recordé que Emma me abrazaba del mismo modo. Quise volver a oír su voz.

Iremos donde queramos y nunca la dejaremos entrar. No nos preocupare-
mos nunca más. Noté que empezaba a calmarme, aunque sabía que nada
de eso se haría realidad. No podría abandonar la casa hasta que encontraran a Emma.

La señora Martin llamó a mi puerta a las ocho en punto. Dije que
estaba despierta y que bajaría cuando me diera una ducha. Me dijo que
había encontrado ropa de mi talla y que iba a dejarla en el cuarto de
baño. Insistió en que era ropa suya, de hacía unos años, que por entonces había engordado un poco debido a la tensión que le había causado
perder a sus hijas. Encontró unos viejos zapatos deportivos de Hunter
que parecían de mi número. Sus pies eran más pequeños que los míos,
así que tendría que apañarme con ellos hasta que pudiera llevarme de
compras.

Fuimos al médico a las nueve en punto. Era el doctor Nichols y
había sido mi pediatra toda la vida, hasta mi desaparición. Mi madre
pensó que estaría más cómoda con él, y no se equivocaba, solo que yo
ahora era una mujer, así que no iba a dejar que me examinara por
debajo de la cintura ni que me tocara los pechos. Como con nosotros
venía una agente que quería que me hicieran toda clase de análisis,
dejé que me sacaran sangre. Prometí buscar una ginecóloga para que
me reconociera, pero de momento no estaba preparada para eso. Hablé al médico de mis periodos para confirmarle que todo estaba en
orden, quedó satisfecho y se mostró dispuesto a presentar un informe
inmaculado, en espera de los resultados de la analítica general. Me
puso algunas inyecciones que necesitaba y se acabó. La agente no
quedó satisfecha, pero yo ya era una mujer adulta y no iban a obligarme a hacer algo que yo no quisiera.

Al salir de la consulta volvimos directamente a la casa de la señora
Martin. Mi padre estaba esperando allí. Al igual que la doctora Winter,
el agente Strauss y la mujer que por lo visto iba a hacer el retrato robot
de Bill, Lucy y el barquero.

Nada de esto ocurrió tan rutinariamente como he descrito. Por la
mañana, todo el mundo estaba enterado de mi regreso y las furgonetas
de los medios de comunicación, empezando desde mi casa, ocupaban
un kilómetro de calle. La noticia era tan importante como cuando en-

contraron a Elizabeth Smart o a aquellas tres mujeres que habían estado encerradas como esclavas sexuales durante diez años en Cleveland. Hicieron fotos del coche de la señora Martin cuando fuimos al médico, y algunos nos siguieron y me fotografiaron entrando en la consulta. Todo el mundo me abrazó dentro del consultorio y algunas enfermeras lloraron, incluso las nuevas que no me habían visto nunca. El doctor Nichols me dio un fuerte abrazo. Luego negó con la cabeza como si no pudiera creer que estaba delante de él y dijo algo así como que *¡Es un milagro!* Nada de esto me importó. Yo sonreía a todos, no con una sonrisa de felicidad, sino con una sonrisa educada, de agradecimiento. Era auténtica. No estaba contenta, porque Emma no estaba conmigo y porque no quería estar allí. Pero sentía gratitud. Tantos medios de comunicación llamarían la atención sobre Emma. Me habría vestido como Shirley Temple, y habría cantado y bailado una canción si con eso los hubiera mantenido interesados en nuestra historia.

Todo el mundo quería formular teorías sobre lo que había ocurrido con Bill, Emma y yo y se preguntaba si habíamos sido esclavas sexuales de él mientras Lucy miraba. No me importaba y no se lo reprochaba. Esa era la única parte que recordaba de la historia de Elizabeth Smart, y como no me considero mala persona, no juzgaba a nadie por lo que quería creer.

También había habido conversaciones desde mi desaparición, anecdotarios interminables sobre las cosas que pueden ocurrirle a cualquiera. Mi padre hablaba sobre todo de Witt, que se había casado con una buena mujer llamada Amie. Vivía en Westchester y empezaba a ejercer de abogado, como su madre. Me contó lo mucho que todos nos habían echado de menos a Emma y a mí, lo desolados que estaban todos y que ardían en deseos de verme cuando estuviera preparada. Todo el mundo quería verme, por supuesto: Witt, tías, tíos, abuelos. La señora Martin me dijo lo mismo, que había gente que quería verme ahora que se había extendido la noticia. Parloteaba mucho sobre su colaboración en campañas de beneficencia y cotilleaba sobre mis amistades del instituto y sus madres, sobre sus aventuras, divorcios y problemas financieros. Pero sobre todo hablaba de Hunter y de su novia, de cuánto la detestaba, remachando que *esa chica* había impedido que

Hunter los viera y solo se había preocupado por el dinero que ganaba como banquero inversor.

Toda esta información les electrizaba la boca a causa de la energía nerviosa que mi regreso había generado. Y cuando me llegaban a mí, cuando me entraba en el cerebro cada uno de los detalles, sentía una descarga. No sé de qué otra forma describirlo. Quería taparme los oídos para que no entrara nada por ellos. Sabía que querían borrarme de su mundo, transformarme por arte de magia en la hija que habría sido si no me hubiera ido, en la joven que apuntalaba la historia colectiva como ocurre en todas las familias, viviendo juntos todos los momentos cotidianos. Pero yo no podía asimilarlo como ellos necesitaban. Me sentía distante, como una extraña que oye una conversación ajena en un tren. No quería estar en el presente con ellos, no sin Emma, no sin justicia. Hasta que no tuviera esas dos cosas, no les dejaría distraerme con sus anécdotas de vidas normales.

Los ayudé con los retratos robot de los Pratt y el barquero. También querían saber datos del hombre que conducía el camión, así que les di la descripción. El agente Strauss me dijo que los retratos que había ayudado a dibujar saldrían además en todos los informativos. Me puso nerviosa que lo que yo le dijera al dibujante pudiera traducirse en imágenes en la mente de las personas y que buscaran esas imágenes mientras paseaban por la calle o al hacer cola en la tienda de comestibles o en los rasgos de sus amigos y vecinos. ¿Y si los describía mal?

Fue una larga mañana. Primero el médico, luego los retratos robot, luego más detalles sobre la isla. La doctora Winter pasó un rato a solas conmigo. Es lo que hacen los investigadores cuando tratan de que confíes en ellos, y también cuando quieren ver cómo te portas cuando estás con unas personas y no con otras.

Conté a todos el episodio en que me habían castigado por intentar escapar aquella primera vez, cuando el bote de remos fue empujado por la corriente hacia la isla y el barquero me dejó en las rocas. Después de aquello, no era el momento para realizar la evaluación psicológica que la doctora Winter quería hacerme y que ahora la señora Martin no dejaba de pedir. Estaba cansada y necesitaba descansar. Hunter iba a venir de visita esa tarde.

Sé lo que la gente decía de mí después de mi regreso, que parecía apática y sin emociones. Estaban fascinados por mi actitud y, cuando estuvimos a solas, la doctora Winter me dijo que era porque hay muy pocas personas a las que les ocurren cosas así y por eso todos observan atentamente, para ver qué efecto ha causado. Dijo que era como ir a ver a un alienígena. Y cuando la gente observa fijamente a alguien y además no sabe qué espera ver o qué quiere ver, exagera las diferencias.

Yo no creo que estuviera apática. Había llorado, y durante largos periodos. Estaba tan inquieta que el doctor Nichols me dio unas pastillas para calmar los nervios. Nunca he sido capaz de expresar mis sentimientos exteriormente, como Emma. Pero eso no significa que no los tenga por dentro. Cuando conseguí escapar por fin, creo que mis sentimientos eclipsaron cualquier cosa que Emma hubiera sentido. Sentía el grito dentro de mí. Lo había sentido aquella mañana en que tuve que taparme la boca con la almohada para que nadie lo oyera. Lo contuve solo por miedo a lo que originaría si lo dejaba salir. Hice lo posible por pensar serenamente y elegí palabras tranquilas.

Tras contar la historia de la primera vez que intenté escapar, tuve que salir de la habitación. Les mentí y les dije que quería beber agua, pero lo que realmente necesitaba era dejar que la rabia terminara lo que estaba haciendo y abandonara mi cuerpo. No quería que ellos lo vieran.

Hunter llegó a casa ya entrada la tarde. Yo estaba en la cama de la habitación de invitados cuando llegó el coche por el camino de vehículos. No estaba dormida. No podía dormir. Pero estaba agotada. Una cosa es imaginar hacer algo, como una maratón o cien abdominales, y otra hacerlo, o tratar de hacerlo, que es cuando te das cuenta de que no tenías ni idea de lo difícil que era. Y de que quizá ni siquiera era posible.

Así es como me sentía aquella segunda tarde en la habitación de invitados, mientras esperaba a que llegaran Hunter y su novia.

Mi padre quería que viera a Witt y a su mujer aquel mismo día. Pero mi madre había quedado con Hunter y yo había accedido. Necesitaba verlo, aunque el momento me daba pavor. Tenía que verlo con mis propios ojos.

—¡Cass! —oí gritar a mi madre al pie de la escalera—. ¡Están aquí! ¡Baja, cariño!

Me quedé quieta y oí su voz falsamente emocionada que subía por las escaleras desde la salita. Aunque ya no distinguía las palabras, sabía qué estaba diciendo porque era el tono al que recurría cuando pensaba cosas mezquinas y decía cosas bonitas. Me di cuenta de que la estaba juzgando, pero la sensación no era tan satisfactoria como cuando era más joven y estaba libre de la culpa que ahora me convertía en hipócrita. Tenía que bajar de la cama, cepillarme el pelo, hacer gárgaras con el colutorio, ponerme las ropas de gorda de la señora Martin. Bajaría la escalera, le daría un fuerte abrazo a Hunter, estrecharía la mano de su novia, tomaría el té. Sonreiría mientras maquinaba mis cosas mezquinas y decía mis cosas bonitas. Había pensado cosas mezquinas durante muchos años. Seguro que no iba a librarme ahora de ellas solo para tranquilizar mi conciencia.

Hunter tenía un aspecto diferente del que recordaba. Su rostro era más anguloso, y la nariz, los pómulos y la frente más pronunciados. La línea de nacimiento de su pelo había retrocedido ligeramente. Y tenía un aspecto musculoso y fuerte. Mi madre me contó que había empezado a levantar pesas en su lujoso gimnasio. Dijo que probablemente era una coartada para engañar a su novia, pero por el tamaño de sus brazos entendí que parte de la información debía de ser cierta. La señora Martin tenía que creer su versión porque la chica era muy guapa y muy joven. Tenía una hermosa cabellera rubia y larga, pómulos esculpidos, ojos hundidos y una boca grande y desdeñosa. La señora Martin dejaba de ser la mujer más guapa del mundo si la mujer de Hunter estaba delante. Así que tenía que inventar la patraña de que Hunter la engañaba. Tenía que creer que Hunter no la amaba *de verdad*.

Hunter se acercó a mí con la cabeza ligeramente inclinada y la cara contraída, como si estuviera a punto de llorar. Era la cara que pone la gente cuando su hijo pierde en el concurso de deletrear palabras, o se cae de un caballo, o se rasguña la rodilla en la acera.

—¡Cass! ¡Dios mío! —exclamó.

No me moví. Respiré hondo y contuve el aliento mientras me rodeaba con sus nuevos y fuertes brazos y me zarandeaba.

Su novia saltó sobre nosotros y me di cuenta enseguida de por qué la odiaba mi madre.

—Soy Brenda. —Lo dijo mientras Hunter seguía abrazándome. Lo dijo para que me soltara.

Me solté del abrazo para saludarla y, al hacerlo, noté una vacilación. Hunter no quería soltarme, lo cual me pareció extraño. Nunca me había abrazado de aquella manera.

—Es horrible lo que os ha pasado a Emma y a ti, Cass. ¡Y Emma sigue allí! Solo pensarlo ya es horroroso.

Repetí una parte de la historia mientras estábamos sentados en la salita tomando el té. Sabía que la señora Martin se lo había contado al señor Martin y que el señor Martin le había contado a Hunter casi todo lo que dije en el interrogatorio. Hunter no dejaba de sacudir la cabeza como si no creyera lo que había ocurrido y como si fuera lo más horrible que había oído en su vida.

Había pensado a menudo cómo sería el momento en que viera de nuevo a Hunter, al igual que en el caso de mis padres. Y en el de todos. Había tenido mucho tiempo para pensar en los reencuentros. Ninguno iba a ser como esperaba. Supongo que eso es normal. Primeros besos. Finales de estudios. Bodas. Victorias deportivas. Nunca se experimentan como creemos y nunca tendrán las consecuencias con que hemos soñado. A pesar de todo, estaba tan sorprendida por la reacción de Hunter como lo estuve cuando advertí que la señora Martin no me reconocía en la puerta de su casa.

Hunter había estado obsesionado por Emma desde el principio. Pero como nuestras familias se habían emparentado, Emma le estaba vedada y eso le resultaba insoportable.

Yo no era la única que podía verlo acechar en su mirada. Witt también lo había visto, aunque él y yo nunca lo comentamos. Yo me di cuenta porque erguía la espalda cuando estaba cerca de Hunter; porque su alegría desaparecía junto con su sentido del humor. No solían coincidir en el mismo espacio. A veces nuestro padre enviaba a Witt a recogernos a casa de nuestra madre para ir a pasar el fin de semana con él. Y a veces Hunter se encontraba allí. Otras veces era Hunter el que nos recogía en casa de nuestro padre, sobre todo los veranos, y en aquella coyuntura veía a Witt.

El verano que siguió a la aventura sexual de Emma con aquel chico, Joe, el que iba al mismo centro que Hunter —cuando yo tenía trece años, Emma quince, Hunter diecisiete y Witt estaba en primero de universidad—, estuvimos todos en la casa durante las dos últimas semanas de agosto. Hunter trabajaba de *caddie* en nuestro club. Witt colaboraba voluntariamente en la campaña política de un senador local y vivía con nuestro padre. Emma y yo habíamos vuelto de un campamento de verano en Europa y estábamos preparándonos para ir al instituto. Emma había empezado a salir con un chico del club de campo y Hunter no dejaba de burlarse de él. Creo que lo que había ocurrido con Joe la primavera anterior no había mejorado las relaciones. Los celos de Hunter crecían como las malas hierbas en el jardín de la señora Martin.

Emma y él se peleaban casi todos los días, aunque luego se emborrachaban juntos y veían películas en el sótano. A veces se sentaban muy cerca y Emma apoyaba la cabeza en su regazo. Una noche, el señor Martin bajó la escalera en silencio. Yo estaba sentada en el suelo, sobre unos cojines. Emma y Hunter estaban juntos en el sofá, ella con la cabeza en el regazo de Hunter y este acariciándole el pelo. Estábamos viendo *El resplandor*, que habíamos visto en incontables ocasiones, pero que aún seguía despertando nuestro interés. El señor Martin estuvo mirándolos un buen rato. Ellos no lo vieron, pero yo sí, y esperé a ver qué haría, a ver si lo que estaban haciendo le parecía tan inconveniente como para interrumpirlo. Pero no hizo nada. Se limitó a mirar y luego se fue sin que ellos lo hubieran visto.

Recuerdo haber pensado que a lo mejor era yo la que estaba loca. Quizá fuera normal lo que ellos hacían, y lo peor que pensé fue que tal vez yo estuviera celosa porque Hunter quisiera a Emma más que a mí. Quizá me pasaba igual que con nuestra madre. Ni siquiera me gustaba Hunter. Sin embargo, cabía la posibilidad de que yo solo fuera la típica hermana pequeña que quería todo lo que tenía la hermana mayor. Así que subí corriendo al primer piso y me fumé uno de los cigarrillos de Emma en mi ventana, y me odié a mí misma. Luego lloré en mi cama y seguí odiándome hasta que me quedé dormida.

La semana siguiente hubo una ruidosa discusión entre mi padre y la señora Martin. Una de las madres de nuestro instituto los había llamado para contarles que había fotos de Emma en Internet. Era una nueva página web que utilizaban todos los alumnos porque no era propiedad de una de esas grandes compañías que han de tener cuidado con publicar desnudos y palabras malsonantes. Los chicos la utilizaban para decir perrerías de otros chicos y de los profesores. En el instituto se nos dijo que no visitáramos esa página, pero nunca comprobaron nuestros teléfonos y ordenadores. Emma aparecía en las fotos con un vestido negro. Tenía una postura sensual en todas ellas, bajándose un tirante del hombro como si fuera a desnudarse

Pero en una el vestido le había caído hasta la cintura y se le veían los pechos desnudos. Parecía reír en aquella foto.

Mi padre preguntó a Emma quién le había hecho las fotos y ella dijo que una amiga y que solo estaban tonteando. Como Emma era menor de edad, mi padre lo denunció a la policía y la gente responsable de la página web dio toda la información que tenía. Investigaron la dirección IP. Las fotos se habían subido desde un ordenador de la casa de la señora Martin, y se habían colgado antes de que Hunter volviera al internado.

Todos supimos que lo había hecho Hunter y todos comprendimos por qué. Mi padre se puso furiosísimo y dijo que iba a pelear otra vez por la custodia. Mi madre le dijo: *¡Pues buena suerte, so imbécil!*, pero luego llamó a su abogado, por si las moscas. Mis padres se llamaron casi todos los días mientras duró esto, se chillaban, se insultaban, se echaban la culpa de esto y lo otro. Todo era ruido que se desvanecía como el humo.

El último novio de Emma rompió con ella. Dijo que su madre lo había obligado. Emma lloró tres días y se negó a hablar con Hunter. Dijo que nunca se lo perdonaría y que lo odiaría siempre y *bla bla bla*. También esto se desvaneció como el humo y se unió al *bla bla bla* de mis padres.

Fue Witt quien defendió la plaza. Esperó a Hunter en el aparcamiento del club una tarde. Cerró el puño y le atizó en la cara. Le rompió la nariz y le puso un ojo morado. Pero sobre todo lo hirió en su amor propio. El señor Martin fue a visitar a mi padre. Aunque yo no estaba allí, he oído dos versiones del episodio. En una, la de mi madre, el señor Martin cogió a mi padre por la mandíbula y lo estampó contra la puerta. Le dijo que lo mataría si Witt volvía a tocar a su hijo. En la otra versión, la de mi padre, el señor Martin llegó y amenazó con matarlo, y mi padre le dijo: *Vete a la mierda.*

La cosa no acabó ahí. Hunter fue a casa de mi padre una noche y pinchó las ruedas del coche de Witt. Witt lo denunció a la policía y la policía vino a casa a interrogar a Hunter.

El señor Martin mintió y dijo que Hunter había estado en casa toda la noche. La señora Martin no comentó que habían salido a cenar más o menos a la hora en que ocurrió todo. La policía no quería más peleas de esta familia, así que cerraron la investigación antes siquiera de empezarla.

Mi padre se puso otra vez hecho una furia, pero no tenía ningún plan para vengarse. Por otra parte, Witt se compró unas ruedas nuevas. No importaba que Hunter no hubiera recibido castigo. Incluso después de que se le curase la nariz y su piel recuperase el color normal, el amor propio herido quedó lesionado para siempre. Y eso fue suficiente para mi hermano. Mi hermano *de verdad.*

Tras aquel incidente, comprendí mejor la profundidad de los sentimientos de Hunter hacia Emma. Amor u obsesión, lo que había tras sus sentimientos era tan fuerte que prefería destruirla a verla con otro. Así que cuando volví de la isla y me senté en la salita de la señora Martin, y Hunter me preguntó por Emma, y cómo estaba, y cómo había sobrevivido, y cómo íbamos a buscarla y a salvarla, y cuando me di cuenta de que en su preocupación no había emoción alguna, de que Emma ya no le importaba en absoluto, sufrí una sacudida.

Entonces miré a su novia, a Brenda no sé cuántos. Vi cómo se movía, hablaba y fruncía los labios con malestar. Y empecé a entender. Era la nueva Emma. Me resultaba difícil verlo de lejos, como Witt. Quise ponerlos firmes y gritarles *¿Ya está? ¿Todo ha sido para nada? ¿Hemos*

pasado todo esto cuando había una nueva Emma a la vuelta de la esquina? No sé cómo me contuve. Respiré hondo y hasta llenarme los pulmones. Los llené hasta que me dolieron y empecé a marearme.

Cuando hubimos agotado las partes más dificultosas de mi historia, Hunter se retrepó en el sofá, con las manos enlazadas en el cogote.

—¿Y no supisteis quién era el padre? Si ocurrió en junio, apuesto
a que fue algún imbécil que conoció en París. Deberíamos denunciar
al campamento. Eso es lo que deberíamos hacer. Obligar a que pague
su compañía de seguros. —Asintió con la cabeza para mostrar su
acuerdo consigo mismo. Luego añadió—: Joder, Cass. No puedo creer
que te haya pasado esto. Lo siento muchísimo. He pensado muchas
veces que quizá podría haber evitado lo que os indujo a desaparecer.
Supongo que me equivocaba al pensar eso.

Me encogí de hombros.

—No podrías haber conseguido nada.

—Lo sé. Ahora lo sé.

Entonces habló el señor Martin, por primera vez desde que nos
habíamos sentado a tomar el té.

—Nadie habría conseguido nada. Emma era terca como una mula.
Hacía lo que quería y nadie podía detenerla. Todos la queríamos por
eso. Pero esa actitud la metió en problemas…, ¿verdad? Y más de una
vez.

Me habría gustado rajarle la cara con mi taza en aquel momento.
Él no sabía nada de mi hermana, solo lo que quiso entender cuando la
espió en el sótano con el degenerado de su hijo que ahora era don
perfecto con un trabajo de postín y una novia guapa. Deseé que la
doctora Winter hubiera estado presente en aquel momento. ¡Los habría visto a todos tal como eran!

No le rajé la cara con la taza. Pero *me serví de las palabras…* tal
como nos habían enseñado en nuestro elegante instituto.

—¿Por qué no nos limitamos a seguir buscándola? Así sabremos
luego, ¿verdad?, así sabremos luego qué pudimos haber hecho para
salvarla.

La señora Martin miró al señor Martin. Parecía incómoda. Abrió
los ojos de par en par como hace la gente cuando quiere enviar un

mensaje silencioso para indicar que alguien de la habitación está en otra onda. Supongo que esa persona era yo y en consecuencia me sentí mejor. Quería estar fuera de onda. Quería que se preguntaran qué iba a hacer yo y, por una vez, temieran que mis actos estuvieran fuera de su control.

Me disculpé y subí a acostarme. Cuando salí de la habitación se pusieron a murmurar sobre mí. Pero oía los murmullos.

Cuando se me despejó la cabeza y se calmó mi furia, pensé en Hunter y en la forma en que me había abrazado sin soltarme. Consideré la posibilidad de que me hubiera echado de menos. Que se hubiera preocupado por mí más de lo que yo pensaba. Pero entonces llegó la verdad corriendo y sonreí al caer en la cuenta. Saberlo sentaba bien porque era la verdad.

Él había pensado que su pasado se había esfumado junto con sus hermanas aquella noche, tres años atrás. Y ahora una de nosotras había vuelto. No me abrazó porque estuviera contento por mi reaparición. Me abrazó porque en algún rincón de su oscura mente pensó que podía hacer que me esfumara de nuevo.

10

DOCTORA WINTER

Dos días después de reaparecer Cass Tanner, la casa de los Martin era un caos total. O quizá se lo parecía a Abby.

Las furgonetas de los medios de comunicación llenaban la calle. Los coches patrulla bloqueaban el camino de vehículos de la casa. Dos agentes estaban sentados a la mesa del comedor con equipo para rastrear llamadas de un teléfono fijo, por si Emma llamaba o, para el caso, por si llamaban los Pratt. Siempre quedaba la posibilidad de que pidieran un rescate. Era poco probable, pero ¿y si llamaban y no estaban preparados? Al igual que tres años antes, cuando desaparecieron, no había un protocolo apropiado para este caso y para Abby todo parecía improvisado. Caos dentro y fuera.

Leo la estaba esperando en la salita. Estaba solo.

—Hola —dijo. Abby vio preocupación en su rostro.

Había despertado en el suelo de la cocina, medio sentada, con el perro en su regazo todavía, no más de dos horas antes. Se había levantado y revisado sus archivos, pero no era sano no dormir. Y las consecuencias empezaban a verse en su cara.

—Ven y siéntate, pequeña. —Le alargó un vaso de cartón con café que había sacado de una bolsa de papel que alguien había llevado de una tienda de dónuts.

Abby cogió el vaso y aspiró profundamente con la nariz en el borde.

—¿Así que no hay nada en los resultados de los análisis? ¿Ha tomado algún medicamento? —preguntó.

Leo asintió con la cabeza.

—Pequeñas dosis de alprazolam. Ya tenemos los retratos robot. Habrá copias en una hora. El análisis de la tierra de los zapatos de Cass ha dado caliza y *shale*, una roca parecida al esquisto y la pizarra. Concuerda con la costa de Maine.

—¿Dónde está la chica?

—Arriba, con su canguro —respondió Leo con sarcasmo.

Abby sonrió.

—¿Y el marido? ¿Y Owen? ¿No están aquí?

—Jonathan Martin se ha ido a la tienda. Owen fue a ver a su hijo. A contarle la historia en persona, sospecho. No es de esas cosas que se cuentan por teléfono.

Abby se sentía irritada e impaciente.

—Y ¿qué estamos haciendo?

—Ya bajará. Le dije que estabas en camino —repuso Leo con calma.

—Necesitamos el resto de la historia, Leo. De principio a fin. Todavía no le veo el quid a esta gente. Ni a Emma tampoco.

—Está bien. Te escucho. —Abby tomó un sorbo de café y cerró los ojos. La adrenalina disminuía para dejar paso a un agotamiento profundo—. ¿Qué has encontrado en tus notas? —preguntó Leo.

Abby suspiró y negó con la cabeza.

—No lo sé. Las he leído de nuevo esta mañana, pensando en el embarazo y en la persona que podría haberla ayudado. Los amigos de Emma en su último año de instituto. El director del programa en Francia, donde pudo haber conocido al padre. Las fechas coinciden. Seis semanas para descubrir el embarazo y dos o tres más para encontrar a los Pratt y hacer planes para irse…, eso la situaría más o menos en el momento de la desaparición.

—Ya. Y el nacimiento en marzo.

—¿Recuerdas a la orientadora de la escuela? Tenía mucho que decir sobre Emma, sobre lo que había observado en ella…, que mostraba indicios de arrogancia que en realidad eran de inseguridad.

Leo rio por lo bajo.

—Ah, sí. La rubia guapa. Creo que te mereció algunas opiniones un poco duras. La hora de los aficionados, ¿no? ¿No se licenció en un colegio universitario?

—Sacó un máster en asistencia social en una universidad a distancia.

—Eso es —recordó Leo, recostándose en el sofá con una sonrisa—. ¿Y qué? ¿Crees que conocía a Emma mejor de lo que creíamos? ¿Que quizás Emma le hubiera consultado sus problemas? ¿Su embarazo?

Abby negó con la cabeza.

—No. No lo creo. Parecía encantada consigo misma y con lo mucho que había percibido. Pero nadie dijo que Emma la hubiera visto más allá de los encuentros casuales en el pasillo.

Era extraño que Abby recordara tan bien todas aquellas entrevistas y la imagen de las chicas que se había formado basándose en ellas. Aunque ahora los detalles que atraían su atención eran totalmente diferentes. Ya no veía la información desde la misma perspectiva; ¿qué había impulsado a las chicas a irse o a dejarse atrapar por un depredador o a adoptar una conducta imprudente? Sabían adónde habían ido las chicas y las circunstancias de su desaparición. Ahora había que aplicar la nueva perspectiva a las personas que se habían quedado. ¿Quién la habría ayudado? ¿Y quién habría mentido al respecto?

—¿Y el hermanastro, Witt Tanner?

Abby empezó a contarle el contenido del interrogatorio, aunque Leo había estado también allí, en la habitación. Había hecho preguntas y escuchado las mismas respuestas. Abby había escuchado y lo había escrito todo meticulosamente.

El interrogatorio de Witt Tanner, sostenido tres años antes, había sido el más difícil de releer. Les había contado cosas que incluso su padre, Owen, había callado. Cosas sobre Judy Martin, como lo del collar, anécdotas sobre la vida en el hogar de los Martin, incluida la de las fotos de Emma desnuda que Hunter había colgado en una página web. Eso fue solo el principio. El cariño de Witt por sus hermanastras era indiscutible. Su desaparición le había afectado mucho. Y había estado sincero y comunicativo a propósito de una infancia que él había observado de lejos. Releyendo las notas de aquel interrogatorio, Abby se había fijado en dos palabras, palabras que Witt había pronunciado y Abby había escrito en un papel amarillo.

Es mala.

Abby había meditado sobre aquellas palabras y sobre las anécdotas que él le había contado. Antes del divorcio, cuando Witt pasaba en la casa un fin de semana de cada dos, había peleas entre Judy y Owen, peleas que Witt y sus hermanas oían sin proponérselo.

—¡Ocúpate de tus hijas, joder! —gritaba Owen.

—¡Ocúpate tú, imbécil! ¡Tú eres el que las quiere! —replicaba ella gritando.

Y Owen:

—Ah, ¿sí? ¡Yo no fui quien mintió diciendo que tomaba la píldora!

Cass se replegaba tratando de desaparecer. Emma miraba al vacío con expresión desafiante y concentrada, como si estuviera planeando una venganza contra los dos por no querer ocuparse de sus propias hijas, y por hacer que se sintieran tan insignificantes.

Cuando crecieron y Witt dejó de ir a la vieja casa, dijo que sus hermanas le contaban las peleas entre Emma y su madre, y los insultos que brotaban de la boca de ambas. *¡Zorra! ¡Puta! ¡Hija de puta!* Emma se burlaba poniéndose la ropa de su madre, algo que la ponía muy furiosa. Cass solía terminar la historia con algún detalle que acababa con las risas, por ejemplo que Judy, en cierta ocasión, obligó a Emma a quitarse en la cocina, delante de Cass, un vestido que le pertenecía. Emma corrió escaleras arriba llorando, en sujetador y bragas. Judy cogió el vestido y lo tiró al cubo de la basura.

Witt había intentado explicarlo.

—Emma siempre quitaba importancia a todo, como si nada de lo que hiciera Judy pudiera afectarla. Pero Cass contaba aquellos episodios como si fueran advertencias sobre el futuro…, como si fueran lecciones sobre quién era Judy Martin y de qué era capaz.

Las anécdotas se sucedían: unas se habían vivido personalmente, otras habían sido explicadas por las chicas después de haber visto a Witt en casa de su padre. Cuando Leo oyó todo esto durante la investigación inicial, había llamado la atención de Abby sobre otras cosas.

—Witt odiaba a Hunter por pincharle las ruedas. Witt odiaba a Judy Martin por robarle a su padre y destrozar su hogar. Estaba furioso y violento, lleno de ira y deseoso de venganza.

Cualquier anécdota podía contarse para inclinar la balanza en un sentido o en otro. Puede que Witt hubiera exagerado. Puede que los hechos parecieran más siniestros porque los hubiera filtrado la turbia perspectiva de Witt, su voz irritada y sus ojos húmedos.

La pregunta de Leo seguía colgando en el aire. ¿Y Witt Tanner?

—¿Abby? —avisó al advertir que la mujer no respondía.

Abby negó con la cabeza y se encogió de hombros.

—La verdad es que nada. Seguro que no fue él quien ayudó a Emma a marcharse. Ese muchacho estaba destrozado cuando las chicas desaparecieron.

No había habido nada nuevo. Aquella parte no era mentira. Pero aquellas dos palabras, «Es mala», se habían añadido al archivo que Abby guardaba ahora en la cabeza.

En el pasillo se oyeron dos series de pasos que se acercaban. Cass y Judy Martin entraron en la habitación. Leo y Abby se pusieron en pie.

—Veo que te has cambiado de ropa —dijo Abby, sonriendo a Cass, que se sentó remilgadamente en una pequeña silla que apartó de una mesa. Enlazó las manos sobre el regazo. Rodillas y tobillos juntos. La espalda recta como una tabla.

—Es de mi madre. Los zapatos son de Hunter. —Su voz era monocorde, sin emociones—. Hunter vendrá de visita más tarde.

—Hace unos años engordé un poco —dijo Judy, incapaz de controlarse mientras se dirigía a un sillón convencional. Solo tenía un par de tallas menos que su hija, algo que Abby ni siquiera había notado hasta que se mencionó. Pero Judy no podía correr riesgos. No podía quedar ninguna duda de que ella era más delgada que su hija, que ahora era una hermosa joven.

Abby advirtió que los ojos de la madre se volvían hacia Cass, que la miraba fijamente, como empeñada en que viera algo que solo las dos podían ver.

—¿Continuamos donde lo dejamos? —preguntó Leo—. Creo que la doctora Winter tiene algunas pistas sobre la isla que querría analizar.

Cass asintió con la cabeza y sonrió de nuevo con educación. Su conducta había cambiado drásticamente desde el día anterior. No había lágrimas. No había ruegos desesperados.

—Cass, ¿dijiste que fue aquella noche cuando te diste cuenta de que el barquero podía ayudarte? —preguntó Abby, mirando su cuaderno.

—Sí. Bueno, aquella noche no, sino a causa de aquella noche.

Parecía cansada, como si tampoco ella hubiera dormido mucho.

—¿A causa de lo que pasó cuando volviste a la casa… tras tu primer intento de fuga?

—Sí. ¿Lo cuento ahora?

—Sí —dijo Abby.

Cass tragó aire, lo expulsó y se puso a hablar con ritmo lento y metódico.

—Fue tres días después. Aquella noche, cuando conseguí volver a la casa, estaba todo oscuro y silencioso. Solo se oía el zumbido del generador. Se encendía y apagaba cuando algo de la casa necesitaba electricidad, como la calefacción o el agua caliente. Hacía mucho ruido y estaba en marcha cuando llegué a la puerta delantera, así que entré y subí a la habitación de Emma sin que nadie me oyera. «¿Qué ha pasado?», me preguntó. Me di cuenta de que le angustiaba que siguiera allí, en la isla. Le hablé de la corriente marítima y de los remos, y le conté que Rick se había llevado el bote. Me cogió por los brazos y me sacudió con fuerza, y me susurró vehementemente que lo había estropeado todo. Y tenía razón. Seis meses de planificación para nada. Me ordenó salir y lo hice. La oí llorar mientras iba por el pasillo.

»Mi habitación estaba al otro lado del piso superior, como he dicho, así que procuré no hacer ruido. Me acosté, pero no dormí. Y por la mañana, cuando apareció Rick con provisiones y el correo, hice un esfuerzo por quedarme en el pupitre en el que estudiábamos y hacer lo que hago siempre, que es mirar arriba y luego apartar la mirada, porque me resultaba difícil mirarlo a él. Si lo miraba mucho rato, sentía bullir su cólera como agua que hierve en un cazo. Nunca había pensado en pedirle ayuda ni en contarle nada, ni siquiera después de que

Lucy me hablara de su pasado y de cómo lo habían salvado de las drogas y de su culpa.

»El caso es que llegó y se fue, y todo parecía normal. Aquella noche dormí aliviada y agradecida, porque pensé que no les había contado nada y que todo se olvidaría. Pasó otro día y por la noche volví a dormir bien. Noté que se me calmaban los nervios y con la calma llegó la decepción. Me di cuenta entonces de que había vuelto al punto de partida, de que me había agotado y había preocupado a Emma inútilmente. Solo para volver al mismo sitio.

»No ayudaba que Emma estuviera enfadada conmigo, y no que fingiera estarlo por nuestro plan. Estaba enfadada porque yo había fracasado.

»El tercer día, Emma y yo bajamos a desayunar sentadas a la mesa. Normalmente preparábamos unas tostadas y nos las llevábamos a los pupitres. A Lucy no le gustaba vernos rondando a la recién nacida. «Sentaos», dijo Bill. Era raro que estuvieran los dos en la cocina. Pero hicimos lo que nos ordenaba y nos sentamos. Lucy nos sirvió zumo y luego nos dio dos gofres y jarabe en un plato. Luego también ella se sentó, con la niña en brazos y Bill de pie tras ella.

»"Hemos estado pensando —dijo Lucy—. Creemos que las dos lleváis aquí demasiado tiempo. Quizá sea hora de volver a casa."

»¡Sentí un brote de felicidad! Pensé que Rick les había contado lo del bote, y las rocas, y los remos con los que no había conseguido alejarme de la corriente, y que ahora simplemente nos iban a dejar marchar. No éramos prisioneras. ¡Qué estúpidas habíamos sido! ¿Por qué no nos habíamos limitado a decir que queríamos irnos? ¡Todo aquel tiempo nos habrían dejado ir! Y luego me sentí mal por pensar mal de Bill y de Lucy, por haber sido tan estúpida y melodramática.

»Emma miró a su hija y rompió a llorar. "¿En serio? —preguntó. ¿Podemos irnos a casa?" Lucy sonrió. "¡Pues claro que sí! ¡Habríais podido iros en cualquier momento!" Nos dijo que termináramos de comer y fuéramos a empaquetar nuestras cosas, y eso hicimos. Pero antes de eso, cuando estábamos en lo alto de la escalera, Emma a punto de ir a la izquierda y yo a la derecha, me dio un abrazo y me dijo que yo era la responsable de la salvación de todas. ¡Empaqueté mis cosas tan deprisa que no podríais ni imaginarlo! Llené tres bolsas de plástico, porque no disponía de nada más, y dejé todo lo que no cabía. Emma y yo estábamos en el embarcadero al cabo de media hora. Era febrero y el frío es difícil de describir. Te penetraba como una lluvia de agujas.

»Bill y Lucy estaban allí con la niña. Rick estaba en la lancha, esperando con el motor en marcha. Los abracé a los dos. Les di las gracias por todo lo que habían hecho por nosotras. Emma hizo lo mismo. Bill cogió nuestras bolsas y las puso en la lancha. Luego nos ayudó a pasar por encima de la borda. Lucy estaba a nuestro lado, con la niña en brazos. Emma alargó los brazos para recogerla, pero la lancha empezó a moverse, a alejarse.

»"¡Espera! ¡Detente!", gritó Emma a Rick, que apagó el motor. Estábamos a tres metros del muelle, Emma con los brazos estirados, tendidos hacia su hija. "¿Qué ocurre, cariño?", preguntó Lucy. Nos miraba con auténtica maldad. "¡Mi hija!", dijo Emma. «Ah, no —exclamó Bill—. Julia no va a irse contigo. ¿Por qué has pensado que sí?"

»Emma empezó a chillar, gritándoles palabras horribles. Era como si los once meses que la habían privado de su carne y su sangre la hubieran infectado con un veneno que ahora se extendía por todo su cuerpo como un volcán en erupción. "¡Dame a mi hija, vieja puta, puta subnormal!" Gritaba cosas así. Rick se limitaba a mirar hacia el océano. La lancha se movía poco a poco hacia el interior del puerto y supe que pronto sería arrastrada hacia el lado oeste de la isla. Todo estaba tan en silencio como la noche en que intenté huir; solo se oían el golpeteo del agua contra el costado de la lancha y los crujidos que el oleaje producía en el embarcadero de madera. No podía creer lo que estaba pasando, aunque sabía lo que estaba pasando.

»Entonces Bill levantó un papel. "No es tu hija, Emma. Es nuestra. "Certificado de Nacimiento. Niña, hija de Lucille Pratt y Bill Pratt." Leyó aquello en el papel, era una partida de nacimiento que dijo que estaba registrada en el ayuntamiento de Portland. Eso es lo que dijo. Rick puso en marcha la lancha. Emma gritó como no la había oído gritar en mi vida. Hasta ese momento no supe lo mucho que quería a su hija. Lo mucho que estaba sufriendo. «¡Volveré con la policía! ¡Demostraré que no es vuestra! ¡Lo demostraré!» Esperó una reacción, pero no hubo ninguna. La lancha siguió avanzando. Y entonces me di cuenta de lo que iban a hacer.

»"¡Emma! —Le grité dos veces. La primera vez le dije—: ¡No estarán aquí cuando volvamos! Se habrán ido. ¡Con tu hija! ¡Y con ese pedazo de papel podrán ir a cualquier sitio!" Emma me miró horrorizada. Luego subió a la borda de la lancha y saltó al agua, que estaba fría como el hielo. Lo que ocurre con el agua fría es que, cuando estás dentro, tu corazón empieza a latir salvajemente, fuera de control, y no puedes respirar bien. Es como si tuvieras un elefante en el pecho, y vi que Emma se esforzaba por nadar.

»Grité por segunda vez, esta vez solo su nombre. "¡Emma!" Pero ella no miró atrás. Siguió nadando y boqueando en busca de aire, a pesar del peso que sentiría en el pecho y la aceleración del corazón. Rick dio la vuelta a la lancha. No estábamos a más de seis metros del embarcadero, pero íbamos contra corriente, y Emma nadó hacia allí y subió al embarcadero por un lado. Bill y Lucy la miraron, nos miraron a las dos con aquella expresión suya, llena de suficiencia. Como si fuéramos niñas traviesas que merecían un castigo. Emma corrió hacia Lucy y su hija, empapada y tiritando, pero Bill la cogió por los brazos. Emma era como un animal salvaje, se revolvía y mojaba todo el embarcadero con las gotas que se desprendían de su larga cabellera. "¡Dame a mi hija!" Lucy abrazó a la niña con más fuerza y se volvió para que la niña no viera a su madre.

»Bill se puso a gritarle a Emma. "¡Estoy harto de vosotras! ¡Sois unas egoístas que no sabéis lo que es justo!" Dijo más cosas, cosas horribles, groseras, sobre mujeres, sexualidad y niños, y me di cuenta de que la tolerancia de que había hecho gala para que Lucy fuera feliz con la niña había acabado con su paciencia. Estaba harto de este mundo en el que chicas desagradecidas tienen hijos todo el tiempo mientras su preciosa mujer no podía tenerlos. Empezó a empujar a Emma hacia el borde del embarcadero. Emma me miró, se volvió hacia el agua ¡y él le dio un empujón y ella cayó al mar otra vez! Emma emergió a la superficie, nadó hacia el borde del embarcadero y trató de subirse. Pero Bill no la dejaba. Le pisó los dedos con el tacón de la bota hasta que la obligó a soltarse y volver de nuevo al agua.

»Emma lo repitió tres veces. Vi que sus labios se volvían azules, sus dedos rojos a causa de la sangre. Estaba histérica, no razonaba. No dejaba de gritar desde el agua. Bill gritaba desde el embarcadero. Yo gritaba desde la lancha. Y entonces Bill hizo lo más horrible que se puede hacer. No podía creerlo, aunque lo vi con mis propios ojos. Fue hacia Lucy y le quitó de los brazos a la niña, a la recién nacida. Lucy al principio no dijo nada. Creo que pensó que iba a llevarla a la casa. ¡Pero no hizo eso! Fue al otro lado del embarcadero y sostuvo con una mano a la niña, encima del agua, meciéndola en el aire. Y dijo; "¡Juro por Dios que dejaré que se ahogue!" Emma no podía pronunciar palabra porque tenía los labios helados, pero decía que no con la cabeza, la agitaba a un lado y a otro. Trató de nadar hacia ellos, pero Bill bajó la niña hasta el borde del agua. Todos nos dimos cuenta de que se hundiría bajo la negra superficie antes de que Emma pudiera llegar hasta ella.

»Cuando la lancha estuvo lo bastante cerca, salté al embarcadero y me agaché para ayudar a Emma. La cogí por el brazo y tiré de ella hasta el borde y luego hasta la plataforma. Pesaba tanto que apenas podía ayudarme. Tiré de su camisa, de sus pantalones, hasta que la apoyé en el borde de las tablas de madera y luego le di vueltas hasta que estuvo fuera del agua. "Nos quedaremos —dije—. Nos quedaremos y no causaremos ningún problema. ¡Te lo prometo!" Bill acunó a la niña, que por entonces gritaba con todas sus fuerzas, y se apartó del borde del embarcadero. Le dio la niña a Lucy, que se limitaba a mirar en silencio. Al recordarlo, creo que estaba convencida de que Bill nunca habría soltado a la niña, su niña, para que se ahogara en el agua, porque había estado en silencio. Pero no importaba la posibilidad de que lo hubiera hecho o no. Lo único que importaba era que no teníamos posibilidad de escapar. Si nos íbamos sin la niña, nunca volveríamos a verlos.

»Pero fue algo más que ese pensamiento lo que me hizo decir aquello de quedarnos. Fueron dos pensamientos. El segundo fue el siguiente: cuando Bill tenía suspendida a la niña sobre el agua, y cuando le pisaba las manos a Emma para que se soltara, haciéndole sangre, miré a Rick y vi la expresión de su rostro. Vi algo que no había visto durante el año y medio que llevábamos allí. Vi que su rostro se estremecía y lo imaginé en la cubierta de aquel barco, en Alaska, cuando los pescadores agredían a aquella mujer. Y entonces fue cuando supe que iba a ayudarnos a escapar de allí.»

Cass dejó de hablar. Ahí estaba, la historia completa, y no tenía nada más que añadir. Abby apretó el bolígrafo con una mano y el cuaderno con la otra. No podía apartar los ojos de la chica. Cass había contado la historia de principio a fin sin levantar la vista ni una sola vez. ¿Estaba concentrada? ¿Temía ver la expresión de incredulidad en el rostro de su madre?

Era como si el silencio se hubiera tragado la habitación.

—¿Puedo beber algo? —preguntó Cass. Estaba extrañamente calmada, si se tenía en cuenta la historia que acababa de contar.

Nadie se movió. Estaban esperando a que Abby accediera o no accediera. Pero Abby pensaba en el estilo narrativo de Cass, en aquella ocasión y en las anteriores. La enumeración de objetos. El detallismo. Y, aquel día, la ausencia de emociones.

—¿Abby? —dijo Leo, trayéndola de vuelta a la silenciosa habitación.

—Disculpa. Sí, hagamos un descanso.

Todo el mundo empezó a levantarse de sus asientos.

Abby sonrió e hizo lo mismo sin apartar los ojos de Cass. Había estado mucho tiempo entre las fauces de Judy Martin, la madre narcisista que había motivado la fuga de las hijas…, solo que no era esa la historia que se había contado. Entonces, la madre narcisista que había hecho…, ¿que había hecho qué, exactamente?

Vio que Cass se ponía en pie y se pasaba la mano varias veces por la parte delantera de su camisa, alisando las arrugas. También se dio cuenta de que miraba hacia abajo y desviaba los ojos, como si quisiera esconderse. Y la enumeración de las cosas, la afectación que Abby había descubierto en su investigación de años atrás, la que había visto en su propia hermana.

Pero en su historia había algunas cosas, algunos momentos que no se habían medido o enumerado, como por ejemplo cuánto tiempo había estado escondida y esperando en el coche de Emma la noche de su desaparición. O cuánto había durado el parto de Emma hasta que por fin trajo al mundo a la criatura.

¿Y cómo podía contar con tanta frialdad el horrible momento en que veía a la niña a punto de ser arrojada a aquellas aguas negras y frías?

Abby trató de terminar la frase. *Judy Martin, la madre narcisista que sembró la destrucción en sus hijas, haciendo que una quedase embarazada en la adolescencia y que la otra fuera introvertida e insegura, con instintos sociales anormales y trastorno obsesivo-compulsivo.*

O quizás algo más. Había momentos en que Cass miraba a Abby a los ojos con tanta fijeza que era como echar un vistazo al sol. Y siempre parecía que le estuviera enviando una especie de mensaje en un lenguaje secreto.

¿Estaba jugando con ella? ¿Estaba jugando con todos? La duda persistía, y aquel día tenía aún más fuerza.

¿Y si la frase terminaba de otro modo?

Judy Martin, la madre narcisista que creó otra narcisista.

¿Y si no fuera solo Emma, sino también Cass?

Abby los siguió fuera de la habitación, detrás de Leo. Quería atenazarlo, zarandearlo para que la ayudara a poner orden en su mente, que ahora giraba sobre sí misma como un perro persiguiendo su cola. Demasiados pensamientos.

Sabes demasiado. Quizá Meg tenía razón. Ahora estaba tan cansada que le costaba pensar. Necesitaba dormir.

Tienes que seguir adelante. ¿Algo de esto tenía importancia? ¿Qué repercusiones tuvo el narcisismo de Judy Martin sobre Emma? ¿Cuáles sobre Cass? Encontrarían la isla y encontrarían a Emma, y entonces lo sabrían y terminaría todo.

Y recordó las palabras de Witt, que seguían abriéndose paso desde las notas del cuaderno de Abby, donde las había escrito tres años antes.

Es mala.

Abby sabía lo que significaba esto. Conocía esta clase de maldad interior y exterior. Sabía qué la fortalecía y qué la debilitaba. Y sabía cómo entrar en ella, cómo ser parte de la abrazadera que mantenía unida la armazón.

Mientras salían de la casa y se dirigían a los coches, dando por terminada la jornada y despidiéndose, Abby veía que el plan adquiría forma para conseguir exactamente eso.

11

CASS, TERCER DÍA TRAS MI REGRESO

Cuando desperté el tercer día, me llevé tres sorpresas. La primera fue que había dormido más de dos horas seguidas. Tras la visita de Hunter, sentía el agotamiento en el estómago como una especie de náusea. Como si quisiera vomitar. Estaba igualmente en mi cabeza, latiendo como una migraña, pero también revolviendo mis pensamientos para que los peores se colaran delante de los mejores y parecieran auténticos. Necesitaba reiniciar mi cerebro para poner freno a los malos pensamientos. Y necesitaba alejar el dolor de cabeza y las ganas de vomitar. Para pensar claramente, el único obstáculo que supera al dolor y al vómito es el miedo.

Tomé dos píldoras del doctor Nichols y un vaso de vino. Cerré la puerta con llave y la atranqué con la cómoda. Debería haberlo hecho primero, porque casi no podía con mi alma después de tomarme las pastillas y el vino. Me acosté en la cama de la habitación de invitados y dormí ocho horas.

En la isla no había tomado ningún medicamento. Y no pensaba seguir tomándome las pastillas que me había recetado el doctor Nichols cuando hubiéramos encontrado a Emma. Pero hasta entonces haría lo que tuviera que hacer. Mientras las tragaba con el vino la noche anterior, pensé que resultaba irónico que fuera ahora, a salvo y en casa, cuando necesitara píldoras para dormir, y para reiniciar mi cerebro y poder pensar.

Lucy solía decirlo cuando tomaba sus pastillas por la noche. *Necesito una buena noche de sueño para reiniciar mi cerebro. A veces, tus propios pensamientos pueden matarte si no te libras de ellos.*

Yo veía sus pensamientos, los que podían matarla. La forma en que se quedaba mirando el océano la delataba. El universo había sido muy injusto con ella y estaba furiosa. Deseaba justicia. Creía merecerla. Y esa justicia llegó en forma de una niña. Sonreía y asentía con la cabeza. *Sí.* Yo adivinaba sus pensamientos. *Merezco un hijo.* Pero entonces se aposentaba en su rostro una expresión conflictiva, hasta que la tristeza derrotaba su santurronería. Hasta que empezaba a preguntarse si lo que estaba haciendo era justicia divina o solo simple locura. Y no podía permitirse tener ese pensamiento y acunar al hijo de otra mujer en sus brazos.

En la isla aprendí lo que eran las chifladuras. No tenéis ni idea de lo que se siente al ver tierra a media distancia, al ver barcos langosteros, yates y lanchas motoras a distancia suficiente para que no te vean bien, ni te oigan bien, ni sepan qué estás haciendo si te pones a dar brincos y a hacer señales, o si caes de rodillas con desesperación. Acabas pensando que cualquier cosa es mejor, incluso ahogarte en la corriente o morirte de frío en el agua helada. Tenía dos partes dentro de mí, como Lucy y Bill, la parte loca que deseaba algo con tantas ganas que estaba dispuesta a cometer cualquier locura para conseguirlo, y la parte que sabe que eso podría matarte, matarte realmente, físicamente. Esa parte de mí era más fuerte que la parte loca. Si no, creo que habría muerto intentando salir de aquel lugar.

Tuve otros pensamientos locos en la isla. Pensamientos sobre merecer lo que me pasaba. Pensamientos sobre ser una adolescente desagradecida que merecía el asco que había visto en la cara de Bill aquel día en el embarcadero. Se me colaban cuando no estaba mirando, junto con la imagen de Rick y la idea de utilizar esto para escapar. Y así como había un forcejeo entre la parte loca que quería arriesgarse a sentir el agua helada y la parte cuerda que se quedaba en tierra, esta parte de mí que creía tan desgraciada como para merecer lo que me pasaba estaba en guerra con la parte que pensaba que merecía la pena buscar venganza.

Cuando regresé a casa, esos pensamientos volvieron a mi conciencia, mezclándose con pensamientos que había tenido en la infancia sobre mi profunda falta de mérito. No sé cómo, pero estos pensamientos guardan alguna relación. Debe de ser porque me resultan familiares, como viejos amigos que no hubiera visto durante un tiempo, pero que al verlos los recuerdo bien e incluso les doy la bienvenida por muy terribles que sean y siempre hayan sido.

Y eran terribles. Me hacían añorar mucho a Emma. No sé por qué. A veces, cuando me oigo contar episodios, me doy cuenta de que Emma no siempre fue buena conmigo. Pero es que sucede algo cuando abrazas a alguien o te abrazan a ti. Hace que te sientas mejor. Aleja esas indeseables sensaciones de no valer nada.

Aquellos días cuando estaba en casa, cerraba los ojos y podía sentir a Emma abrazándome en medio de la noche. También sentía a aquella dulce niña hecha un ovillo en mis brazos, que la apretaban con fuerza. Le acariciaba el cabello, tan suave, igual que Emma me acariciaba el mío cuando nuestra madre estaba dormida. Anhelaba aquellas cosas. Era como si fuera a morirme sin ellas, como si no tuviera comida ni agua. Sin esas cosas, estaba perdida en los malos sentimientos y empezaba a temer la posibilidad de no encontrar nunca el camino de salida.

La segunda sorpresa de aquella mañana fue la ropa nueva que vi al otro lado de la puerta. Era de mi talla y muy bonita. Unos pantalones caqui de tejido muy fino, cerrados en el tobillo, y una camisa con botones cuyas mangas podían acortarse. Tenían una presilla que permitía llevarlas enrolladas por encima del codo. También había una bonita ropa interior de Victoria's Secret y un par de chancletas.

Lo introduje todo en la habitación de invitados y lo puse sobre la cama. Una pregunta irrumpió en mi cerebro y supe en aquel preciso momento que el sueño había obrado maravillas y que de nuevo pensaba con claridad. Con mucha claridad.

¿Cuándo, exactamente, había comprado mi madre la ropa? Estaba al otro lado de la puerta a las ocho en punto. Yo me había ido a dormir a medianoche. A esa hora no hay tiendas abiertas. No hay reparto de paquetes. No recibimos ninguna visita. Todo eso significaba que mi madre había comprado o, de alguna manera, conseguido la ropa el día anterior, pero que había preferido no dármela. Lejos de ello, me había dejado llevar su ropa de gorda y los viejos zapatos de Hunter. Como la única cosa que ocurrió la tarde anterior fue la visita de Hunter y su novia, llegué a la conclusión de que mi madre no había querido que yo estuviera presentable para Hunter. Y eso me obligó a sonreír como antes. Sonreí todo el rato mientras me ponía la ropa porque había caído en la cuenta. Al igual que en el largo abrazo de Hunter, hay algo en la comprensión que me consuela, aunque no me guste lo que comprendo.

Me llevé la tercera sorpresa cuando fui a la planta baja. La doctora Winter me estaba esperando. Y también el agente Strauss. Estaban esperando a que volviera el dibujante. Habían pedido a mi padre y a la señora Martin que reunieran todas las fotos de Emma que tuvieran desde que había nacido. El dibujante iba a hacer una especie de retrato evolutivo de ella, por si los Pratt habían huido y Emma estuviera con ellos. No me gustó cómo sonó eso, porque significaba que aún se estaban preguntando por qué Emma no había huido conmigo: si se había quedado voluntariamente y si, por deducción, tampoco yo había estado cautiva.

Se encontraban en la cocina con el agente que vigilaba la casa desde la calle y que impedía que las furgonetas de las cadenas de televisión entraran por el camino de vehículos. Estaban tomando café. La señora Martin también estaba allí, sacando algo del horno. Olía a plátano y canela. No mentiré. Aquella imagen y el olor a pan de plátano de la señora Martin —que solía prepararlo los domingos por la mañana con Emma— se introdujeron dentro de mí y se aferraron a mi corazón. Casi miré a mi alrededor en busca de Emma, pero me contuve. En aquel momento me sentía muy agradecida: al sueño, a las pastillas y el vino, al doctor Nichols.

—Buenos días, cariño —saludó la señora Martin—, ¿Qué tal has dormido?

Le dije que había dormido bien. Le di las gracias por la ropa. Dijo que más tarde iríamos de compras si yo quería, o que podíamos comprar por Internet para que no tuviera que enfrentarme a los reporteros. Dijo que solo había un conjunto porque quería que fuera yo quien eligiera por mí misma en el lugar que quisiera. Lo dijo con la cabeza ladeada y una dulce sonrisa de labios cerrados.

Había contado muchas cosas en los dos días que llevaba en casa. Entre los interrogatorios formales de la doctora Winter y el agente Strauss había docenas de preguntas sobre mi vida en la isla. ¿Qué hacía a lo largo del día? ¿Qué comía? ¿Quién me cortaba el pelo? ¿Cómo obteníamos la ropa? ¿Jugábamos a algo o escuchábamos música? ¿Y cómo no nos habíamos vuelto locas sin Internet ni ninguna otra forma de contacto con el mundo exterior?

Probablemente cuesta imaginar que mi vida en la isla después de aquel día en el embarcadero no fuera otra cosa que un constante deseo urgente por escapar. Que no pasara cada minuto de cada día planeando y preocupándome y llorando la pérdida de mi libertad. La pérdida de mi vida. O que el resto del día no estuviera lleno de pensamientos sobre merecer lo que me pasaba porque no valía nada, y que debería sentir gratitud por el hogar que se me había dado. Pero la naturaleza humana no permite eso. Al margen de dónde estemos y a qué estemos sujetos, terminaremos acostumbrándonos a la nueva realidad y trataremos de encontrar placer, aunque solo sea en una ducha caliente o en la comida o incluso en un vaso de agua. Creo que si me hubieran tenido encerrada en una jaula, a oscuras, con un poco de pan y un vaso de agua al día, habría terminado por encontrar la felicidad en ese pan y esa agua. Así que en la isla había risas, había amistad y había momentos de placer entre la tristeza, la urgencia y el odio a mí misma.

El señor Martin, que había tenido mucho éxito en los negocios y supuestamente era muy inteligente, me hacía más preguntas cada vez que yo daba una respuesta, especialmente sobre cómo pagaba Bill las cosas. El señor Martin era muy escéptico. ¿La isla era alquilada o era propiedad de Bill? ¿Cómo le pagaba al barquero? ¿Cómo pagaba la gasolina que necesitaba el generador, y la comida y los libros con que estudiábamos? Eso requería dinero. El dinero requería un trabajo. No dejaba de decir que un trabajo te introducía en «el sistema».

Mi madre me había preguntado por la ropa. Había vuelto a casa con unos vaqueros desgastados y una camiseta de Gap. Como calzado llevaba unas botas de senderismo. Yo elegía las prendas en un catálogo y el barquero las compraba y las llevaba a la isla. O quizá las pedían por correo. No llevaba paquetes a la isla. Todo estaba abierto, no había envoltorios. Las etiquetas con la dirección siempre estaban arrancadas de los catálogos. En la isla no entraba nada con un nombre o una dirección. Sabía que los Pratt se llamaban así porque Rick los llamaba de aquel modo. *Señor Pratt* y *señora Pratt*.

La señora Martin estaba obsesionada por el hecho de que no hubiera estado en una tienda desde la noche que desaparecí. Lo había mencionado a la doctora Winter la mañana de mi segundo día.

Doctora Winter, ¿imagina cómo puede afectar a alguien no salir nunca de un lugar? Durante tres años… no salir al mundo exterior. No comprar la propia comida, el champú, no ir a tomar un café o comer un bocadillo, no ir al cine. ¡Ni siquiera comprar la propia ropa!

Lo dijo como si sintiera lástima por mí. Pero yo sabía lo que estaba haciendo. Intentaba plantar la semilla de que me había vuelto loca por lo que había sufrido. *¿Imagina cómo puede afectar a alguien…?*

Aquella tercera mañana, en la cocina, después de que la señora Martin se ofreciera a comprarme ropa y pusiera el pan de plátano en la encimera, se acercó a mí y me acarició la mejilla. Los demás se derritieron. Pude verlo en sus rostros. Qué bonito, madre e hija reunidas. La madre cuidando a la hija. Miré a la doctora Winter. Observé su rostro en busca de algo, una señal de reconocimiento. Pero no encontré nada que me consolara aquel día. La señora Martin era muy poderosa y yo no podía olvidarlo.

De repente, la doctora Winter se puso muy amable con ella; y esa fue la tercera sorpresa. Y no fue agradable.

Le dijo que tenía que haber sido muy duro para Emma y para mí, y luego dijo algo sobre que le gustaba ir de compras y que lo echaba mucho de menos, pero cualquiera que mirase a la doctora Winter se habría dado cuenta de que no era la clase de persona a la que le gustara comprar nada. Había llevado los mismos vaqueros, las mismas botas y el mismo cinturón durante tres días. Y sus camisetas eran del mismo tipo, como si hubiera encontrado una que le gustaba y hubiera comprado muchas iguales, con diferentes colores.

No me hacía gracia que estuviera siendo tan amable con la señora Martin. La estaba tranquilizando, dando crédito a su teoría de que yo estaba loca. Yo no había vuelto para tranquilizar a mi madre. ¡Había vuelto para que entendiera lo que nos había hecho, para que lo viera todo el mundo! Había vuelto para que encontraran a mi hermana, y el tiempo no corría a mi favor.

Me consolaba un poco pensar que los técnicos forenses eran muy hábiles. Incluso el primer día, noté la importancia de cada palabra que yo decía, de cada respuesta que daba. Imaginad que las cosas que decimos movilizan a los agentes federales y hacen que los analistas se pongan a investigar las bases de datos…, todos los integrantes de un gran equipo de profesionales altamente preparados se lanzan a una nueva misión solo porque hemos dicho que las hojas se marchitan en otoño o que el aire huele a pino. Después de tantos años de impotencia, de no tener voz, de no tener a nadie que me oyera, me sentía abrumada.

El agente Strauss dijo que había estado investigando agencias y teléfonos de la esperanza que afirmaban ayudar a adolescentes embarazadas o que habían sido investigadas por tramitar adopciones ilegales. Y la doctora Winter nos dijo que había estado trabajando las veinticuatro horas rastreando su lista de personas del pasado, personas que podían saber algo de los Pratt o sobre el embarazo de Emma. Ya había hablado con profesores y amistades de ambas muchachas. Todos se habían enterado del regreso de Cass y de la búsqueda desesperada de Emma, aunque hasta ahora nadie había contado nada que resultara de utilidad. Se habían quedado atónitos al enterarse del motivo por el que nos habíamos ido de casa.

Pero a pesar de toda su habilidad, el FBI no tenía ninguna pista prometedora, ni siquiera después de revisar la costa de Maine de arriba abajo. Ni Bill ni Lucy Pratt constaban en ningún sitio, ni en la base de datos de la Seguridad Social ni en ningún otro documento público que hubieran revisado. Dijeron que la mayoría de las ciudades lo tenían todo informatizado, pero que también estaban mirando registros de la propiedad de las islas que no estaban informatizados todavía. Incluso habían investigado en los archivos de la sanidad pública de Maine, en busca de partidas de nacimiento de niñas que llevaran el nombre de Julia o el apellido Pratt, niñas nacidas alrededor de la fecha que yo les había dado. Todo esto consumió mucho tiempo y cada día importaba. Nadie parecía dudar de que los Pratt intentarían desaparecer y la preocupación al respecto contrarrestaba el alivio de tener a todos aquellos agentes trabajando para encontrarlos. Preocupación, y también desesperación. Por imaginar este resultado, que nunca encontraran a los Pratt, que nunca encontraran a la niña, ni a Emma; entendía lo que mi padre había sufrido.

Me dije a mí misma que no sería débil como mi padre. Me concentraría y los ayudaría de todas las formas que pudiera.

Habían movilizado a muchos policías locales para que fueran por los pueblos llamando de puerta en puerta. Nadie identificaba los retratos robot que había hecho el dibujante con mi ayuda. Nadie recordaba a nadie que encajara en las descripciones de los Pratt o del barquero. Y habían iniciado una investigación sobre el incidente de Alaska, esperando identificar al barquero en la época en que estuvo en el barco pesquero donde violaron a la mujer.

—Tener un retrato robot de Emma tal como sería ahora podría ayudar —informó el agente Strauss. La gente se fijaría en una pareja madura con una joven y una niña. Más que en una pareja madura sola. Y con mi ayuda, podrían tener algo más parecido a una foto real de Emma con su aspecto actual.

Accedí a ayudar, por supuesto, y fui a la salita, donde mi madre había sacado todos sus bonitos álbumes de fotos, los de cubierta de piel con los años troquelados en oro. La doctora Winter y el agente Strauss me siguieron. El agente Strauss tenía pósits amarillos y dijo que avisáramos cada vez que viéramos una foto de Emma con un año más: elijan la mejor, dijo, o quizá dos, una de ellas de perfil. La doctora Winter dijo que haría el repaso conmigo mientras el agente Strauss y mi madre revisaban el ordenador del estudio, en busca de las fotos almacenadas en él. Pero solo fue una excusa para que la doctora Winter se quedara a solas conmigo.

De hecho, todo el plan parecía una excusa. Tres años no eran muchos años. Ya éramos casi adultas cuando nos fuimos. ¿Qué diferencias podía haber en su aspecto? Pero les seguí la corriente.

Miramos fotos. Escogimos las mejores de cada año. La doctora Winter hizo muchas preguntas mientras observaba los cambios físicos de mi hermana. Una de las fotos llamó su atención: era del año en que Emma cumplió quince.

—¿Por qué se cortó el pelo? —me preguntó. Me pilló con la guardia baja, casi ahogué una exclamación y me llevé la mano a la boca. No esperaba que me preguntara por el cabello de Emma—. ¿Te dijo algo en ese sentido, Cass? ¿Dijo por qué se cortó el pelo?

La doctora Winter se puso a pasar páginas. Vio a Emma con el pelo largo y oscuro en verano y a principios de otoño, y luego corto, poco antes de que las hojas cambiaran de color. Lo llevaba por encima de la oreja, con ángulos agudos y puntas irregulares.

—¿Cómo es que no habíamos visto antes estas fotos? —preguntó. Me encogí de hombros.

—No lo sé —respondí—. No era ningún secreto.

En la cara de la doctora Winter se dibujó una expresión de curiosidad.

—Fue el año en que le hicieron aquellas fotos desnuda, ¿no? Las de Emma enseñando los pechos que subieron a Internet. —Yo guardaba silencio, pero apoyé deliberadamente la mano en el regazo—. Tu hermano me contó lo de las fotos. Y también tu padre. Hace tres años, cuando empezamos a investigar. Parece que todo el mundo pensaba que había sido Hunter. Que Emma mintió y dijo que había sido una amiga, bromeando, pero luego no supo explicar cómo Hunter había tenido acceso a ellas.

—Sí. —No dije nada más.

—¿Se sintió Emma tan humillada por las fotos que se cortó el pelo para sentirse mejor? A veces la gente hace eso, ¿sabes? —Negué con la cabeza—. Entonces, ¿por qué? ¿Por qué se cortó Emma el pelo?

—No fue así —respondí por fin.

La doctora Winter pareció confundida.

—¿Qué quieres decir?

—Emma no se cortó el pelo —aduje con más claridad.

—No lo entiendo —murmuró la doctora Winter. Se levantó y se acercó a mí. Puso la mano encima de la mía y la apretó con fuerza.

—¿Nadie se lo contó? ¿En su momento? —pregunté. No había imaginado que pudiera guardarse el secreto. No con tantos agentes del FBI, con su habilidad y su agudeza. De alguna manera, la señora Martin se las había arreglado para ocultarlo.

—No, nadie. ¿Debería habérnoslo contado alguien? —Asentí con la cabeza—. ¿Me lo vas a contar tú ahora?

—Fue el año de las fotos. A finales del verano. Salieron en Internet y a mis padres les dio un patatús. Las rastrearon y descubrieron que procedían del ordenador de nuestra casa, así que todo señaló a Hunter.

—¿Recuerdas por qué lo culparon a él?

—No lo sé —mentí—. No sé mucho de aquello.

No quería que perdieran el tiempo hablando con Hunter. No quería que perdieran el tiempo con nada. Y tampoco quería que escarbaran en las cosas que ocurrían en nuestra casa.

La expresión de curiosidad volvió a pasar por su cara.

—Witt le dio un puñetazo a Hunter y Hunter le pinchó las ruedas del coche, ¿no?

—Sí, y cuando pasó toda aquella historia, pedí vivir con mi padre. Pensé que sería por fin suficiente.

—Nadie dijo nada en ese sentido… y no vi ninguna solicitud en el juzgado. Revisé toda la historia del caso. ¿Llegó tu padre a presentar una solicitud de custodia?

No podía creerlo. No acababa de creer que no lo supieran. Y ahora tendría que contarlo y ellos tendrían que creerme.

—Mi padre llamó a la abogada que le había asesorado en el divorcio y la abogada envió una carta al abogado de mi madre amenazando con presentar una solicitud para cambiar el acuerdo de custodia si ella no accedía. Mi madre se puso furiosa. Supongo que empezó a llamar a mi padre para amenazarlo, cosas que contaría al tribunal sobre él y que no eran ciertas. Pero él dijo que no le importaba. Al menos, eso me contó a mí.

»Emma, Witt y yo habíamos estado en su casa aquel fin de semana. Estuvimos hablando de aquello. Me sentía aliviada. Witt estaba muy tranquilo, seguro de que eso era lo que debía hacerse. Emma parecía emocionada, pero nerviosa. Como si supiera que iba a soliviantar a nuestra madre y quisiera hacerlo, pero también como si estuviera un poco asustada.

—¿Tú no estabas nerviosa? —preguntó la doctora Winter. Su mente parecía trabajar. Pensar.

—Claro que sí. Pero pensé que nuestro padre nos respaldaría esta vez.

—¿Y qué pasó?

—Volvimos a casa de nuestra madre. Estaba amable, pero también fría como el hielo. Nos preparó una buena cena y nos sentamos todas en silencio. Hunter había vuelto al internado y el señor Martin estaba en un acto de la ciudad. Así que las tres nos sentamos allí, mirando los platos, comiendo y sin hablar.

»Me fui a la cama alrededor de las once. A las dos y media me despertó un grito de Emma. Corrí a su habitación. —Aquí me detuve. Era difícil contar esta parte. Recordarla.

—¿Qué ocurrió, Cass? ¿Qué le pasó a Emma esa noche?

—Estaba allí. La señora Martin. Estaba en la cama de Emma, sentada sobre ella. Tenía unas tijeras en la mano…, le había cortado el pelo…, el precioso cabello negro que le llegaba casi a la cintura. Maldita sea… —Sacudí la cabeza y me quedé mirando las manos; me las retorcía tanto que los nudillos se me habían puesto blancos—. Emma despertó al primer tijeretazo, pero fue igual. La señora Martin había conseguido cortarle casi todo un lado, hasta la oreja. Grité: «¡Basta! No fue ella, fui yo! Yo pedí irme, no Emma!» Pero no se detuvo. Emma estaba atrapada bajo las mantas y las piernas de la señora Martin, así que le dio un puñetazo. Le puso un ojo morado. La señora Martin tiró las tijeras al suelo y bajó de la cama. Cuando salía de la habitación, me miró y dijo: «¡Eso es lo que consigues por volver a traicionarme!»

»Emma lloró durante toda la noche y se arregló el pelo ella misma para igualarlo. Yo me quedé con ella, aunque ni siquiera me miró. "¡Todo esto es culpa tuya!", decía una y otra vez. Al día siguiente, fingió ir al instituto, pero se fue a la ciudad y se sentó a la puerta de una peluquería hasta que abrieron. Trataron de arreglarle el pelo lo mejor que pudieron. Yo tampoco fui a clase. Fui a ver a mi padre y le dije que no presentara la solicitud. Le dije que me había equivocado y le supliqué que no siguiera adelante.

La doctora Winter no supo qué decir. Si hubiera estado al tanto de este episodio, si lo hubiera conocido alguien, quizá nos habrían buscado más intensamente, y en los lugares indicados. Nunca habían visto ni oído nada sobre el pelo corto de Emma. Comprendí entonces que aquel álbum no había estado entre los demás tres años antes, cuando fueron a la casa a buscarnos. Había estado enterrado en el baúl del piso de arriba, donde lo había encontrado yo la noche de mi regreso, debajo de montones de mantas dobladas. Pensé que estaría allí, con el resto de las bonitas fotos de nuestra infancia, así que lo bajé.

—¿Se lo contaste a alguien? ¿Cómo es que tu padre no lo descubrió?

—Nuestro padre ve lo que quiere ver. Le dimos una salida y la aprovechó. No es un luchador. Nos quiere y lo intenta. Pero no es un luchador.

La doctora Winter me miró fijamente.

—Entonces, ¿quién lo sabe? ¿Emma o tú se lo contasteis a alguien para conseguir ayuda?

Negué con la cabeza.

—Mi madre se lo dijo al señor Martin porque había oído los gritos y salido de su habitación. No creo que ninguna de las dos se lo contáramos a nadie.

—Cass —dijo la doctora Winter, cogiéndome la mano de nuevo—. Siento mucho que haya ocurrido todo esto.

Quise apretársela. Me entraron ganas de confiar totalmente en ella y confesar todo lo que ocultaba. Pero no iba a ser débil.

—Fue la última vez que pedí irme.

—¿Y cómo estuvieron las cosas al día siguiente, cuando Emma llegó a casa con el nuevo corte de pelo y la amenaza por lo de la custodia había desaparecido?

—Llegamos a casa a la hora en que acababan las clases. Nuestra madre estaba en la cocina. Nos había hecho *brownies*. Nos sentamos juntas, comimos los *brownies* y dijo algo así como que «Nada nos separará nunca. ¿Lo entendéis?» Emma y yo asentimos. Y eso fue todo.

Debo de ser fatal ocultando sentimientos, porque entonces me preguntó:

—¿Por qué has venido aquí, Cass?

—Esta es mi casa —respondí. Pero era mentira. Estaba allí porque era mi única esperanza de encontrar a Emma.

—Podrías haber ido a casa de tu padre. Podrías haberte ido con Witt. ¿No te das cuenta de que puedo ayudarte, de que todos podemos ayudarte si nos dejas? ¿No quieres encontrar a Emma?

En aquel preciso momento volví a sentirme fuerte. La miré con calma.

—Sí —dije—. Encontraré a Emma.

Y entonces dije lo que había estado esperando decir cuando mi madre no estuviera en la habitación.

—¿Ha hablado alguien con Lisa Jennings?

—¿La orientadora de la escuela? Sí. La interrogamos hace tres años. No tenía mucho que decir que sirviera de ayuda, aunque creía que os conocía bien. ¿Por qué?

—Aquel otoño habló mucho con Emma. Yo iba a un aula que estaba enfrente de su despacho y vi a Emma tres veces salir de allí. Apuesto a que hubo muchas más. Quizás estuviera ayudando a Emma. Quizá fuera ella la que encontró a los Pratt.

La doctora Winter se quedó muy sorprendida.

—Si hubiera sabido algo tan importante, ¿por qué no nos lo dijo?

A mí me parecía obvio, pero de todas formas lo dije en voz alta.

—Bueno, si ella puso a Emma en contacto con los Pratt, podía tener problemas, ¿no?

En aquel momento entró la señora Martin. Tenía la mosca detrás de la oreja, porque andaba con la espalda muy recta y tenía los ojos entornados.

—¿Habéis encontrado algo útil? —preguntó.

La doctora Winter cerró el álbum que contenía las fotos de Emma con el pelo corto.

Miré a mi madre y sonreí, porque estaba a punto de descubrir que no era la mujer más inteligente del mundo. Y yo acababa de subir la apuesta en un juego que ella ni siquiera sabía que estaba jugando.

12

DOCTORA WINTER

Lisa Jennings. Abby oyó el nombre dentro de su cabeza. Evocó, como si fueran una foto, las notas que había tomado al principio de la investigación. Lisa Jennings no había mencionado ninguna conversación con Emma Tanner.

—Tenemos que localizarla —dijo a Leo cuando estuvieron por fin solos en la salita de los Martin. Ya habían elegido las fotos y se las habían dado al dibujante. Todos se habían tomado un descanso y lo estaban aprovechando en aquellos momentos—. Ya no trabaja en el instituto.

—Perfecto. ¿Y ese asunto del pelo? ¿Cómo es que no nos habíamos enterado de una cosa así? —preguntó.

Abby se encogió de hombros y le dijo lo que Cass le había contado poco antes de que la madre insistiera en que descansara un rato.

—Ella no lo sabe. Suponía que ya habíamos visto las fotos y preguntó por lo ocurrido.

Para una madre narcisista, era una conducta de libro: buscar la forma de dividir una alianza que se establecía contra ella, utilizando la violencia y el terror para que los sometidos volvieran al orden.

—Muy bien —dijo Leo—. No me gusta, pero centrémonos en el barquero, ¿quieres?

—Claro. —Había muchas preguntas, mucho terreno que cubrir ahora. Era el tercer día de investigación. Abby empezaba a preocuparse.

—Iré con Cass. Quizá podamos mantener a mamá a distancia un poco más.

Abby sonrió.

—Buena suerte con eso. Cass no quiere alejarse más de un metro de ella.

Leo fue a buscar a Cass. Y Abby se quedó con la angustiosa imagen de Judy Martin atacando a su hija mientras dormía, cortándole el pelo con unas tijeras.

Ya habían empezado a aparecer ante ella imágenes vívidas de su propia infancia, como si hubieran estado encerradas en una caja secreta que Cass acabara de abrir. La pequeña Meg, escondida debajo de una mesa mientras su madre la buscaba con un cinturón en una mano y una botella de vodka en la otra. Su madre con una camisa transparente en la escuela, para verlas en una representación. Su madre flirteando con un joven jardinero en el césped. Había muchas imágenes. Demasiadas. Pero nada que se acercara a la de Judy Martin con las tijeras.

El padre de Abby se había ido cuando ella tenía cinco años. No es fácil vivir con una esposa narcisista. El constante tira y afloja para confirmar una y otra vez el amor y la entrega del otro se vuelve agotador muy pronto. A pesar de toda su capacidad de manipulación, la madre de Abby no había comprendido al padre. Él se había sentido atraído por su belleza y su encanto, que eran innegables, pero quería una vida normal y había encontrado otra mujer que podía darle todo eso.

El divorcio fue un trauma para la madre. Perder al marido desmantelaba el frágil *alter ego* que la había estado protegiendo, la falsa ilusión de su elevado lugar en el mundo. La falsa ilusión de su poder y control sobre la gente. Reaccionó con violencia, al principio obstaculizando todos los pasos del divorcio, no presentándose en el juzgado, negándose a obedecer las órdenes que dictaba el juez, cualquier cosa que impidiera el final de la historia. Pero con el tiempo terminó y ella se dio al alcohol entonces. Murió una noche lluviosa mientras volvía en coche de un bar, colocada con cocaína y con un nivel de alcohol en sangre de 0,22. Abby y Meg se habían ido a vivir con su padre y su nueva esposa. Ambos ya habían fallecido.

Aquel día se había producido un cambio. Abby lo notaba. Empezaba a ver las fuerzas en juego, las pautas de la conducta y las actitudes de Cass. La muchacha se había resistido a sus constantes esfuerzos por hablar con ella a solas. Quería que su madre estuviera presente, pero no era para sentirse más cómoda. Quería que su madre escuchara los episodios ocurridos en la isla y las cosas horribles que les habían hecho a sus hijas y a su nieta. Se desesperaba y lloraba cuando su madre reaccionaba con sorpresa, indignación o incredulidad. *Eso es*, había pensado Abby. Era la incredulidad lo que más influía en los cambios de actitud de Cass, como si sufriera un ataque de pánico.

Y también había momentos en los que se ponía tensa y caía en el mutismo. Cuando sus ojos buscaban afanosamente entre el público, midiendo reacciones, emociones, ante lo que sostenía Judy Martin. No le gustaba que Abby fuera amable con Judy. Había empezado a ver a Abby como a una aliada, pero ¿en qué frente? ¿Encontrar a los Pratt? ¿Encontrar a Emma? ¿O era otra cosa? No le cabía duda de que Cass Tanner tenía un plan que no daba a conocer.

Pero Abby tenía sus propios planes para Judy Martin. Había estudiado a personas como ella. Las conocía por dentro y por fuera. Judy Martin tenía que confiar en ella; tenía que creer que Abby estaba bajo su influjo. Ya llegaría…, en las cosas que no decía y en las reacciones que no tenía. Judy tenía que confiar. Y Abby debía ser paciente.

La noche anterior había ido a su casa, al acabar el segundo día, después de oír la horrible historia de lo acaecido en el embarcadero y las represalias tomadas tras el primer intento de fuga de Cass. Había observado los retratos robot de Bill y de Lucy Pratt, del barquero Rick y del camionero. Había escrito un análisis preliminar sobre la psicología de los implicados, los traumas que podían estar en juego, y había hablado con los agentes destacados acerca de sus hipótesis. El barquero era fácil. Una infancia disfuncional lo había conducido todavía muy joven a la brutalidad de aquel barco pesquero. Y la violación de aquella mujer en el barco y el odio que había sentido contra sí mismo habían debilitado su carácter.

En cuanto a los Pratt, también habían sufrido alguna clase de trauma. Y tenía que ver con los niños. Su desesperación por tener descendencia, junto con la falta de compasión por la hija de Emma cuando gritaba de terror suspendida sobre las aguas negras y frías; eran personas que habían acabado por ser indiferentes a aquellos sentimientos.

Ahora la niña no era más que un objeto psicológico. No era real. Algo les impedía sentir amor auténtico.

Solo era una hipótesis de trabajo, pero por algún sitio tenían que empezar.

Cuando Leo volvió con Cass, Judy iba con ella. Leo dirigió a Abby una mirada que significaba que había intentado volver solo con Cass, pero había fracasado.

—Si estás preparada para empezar otra vez, queremos saber más detalles de Rick el barquero. Todo lo que nos puedas decir de él podría ser de ayuda —expuso Abby—. Nos dijiste que te ayudó a escapar. Y que la primera vez que lo intentaste, te dejó en la estacada.

—Sí —respondió Cass.

—Y dijiste que se produjo un cambio después del episodio del embarcadero, cuando quisieron que os marcharais sin la niña.

—Sí.

—Puso una cara muy particular, como si los Pratt hubieran colmado el vaso —dijo Abby—. Queremos que termines la historia, que llenes la laguna que hay entre tu primer intento de fuga y la huida final que te trajo a casa.

Cass se miró las manos y la concentración se adueñó de su rostro.

—¿Creen que lo encontrarán pronto? ¿Ahora que tienen el retrato robot?

Respondió Leo.

—El problema es que no tiene ningún incentivo para aparecer. Ha participado en un secuestro. Y aún se siente culpable por el incidente con aquella mujer en el barco pesquero de Alaska. También está la lealtad a los Pratt, o lo que quede de ella. Ayudaría encontrar a su familia, por si esas personas supieran algo. ¿Alguna vez mencionó a su familia?

Cass negó con la cabeza.

—No. Nunca.

—Perfecto, está bien —dijo Leo—. ¿Qué tal si nos cuentas todo lo que sepas de él?

Cass asintió lentamente con la cabeza y empezó a hablar sobre el barquero.

—Pensé mucho en la lealtad. —Su voz era firme, como si estuviera leyendo una redacción escrita en clase—. Creo que se basa en una de estas tres cosas. La primera es la deuda. Por ejemplo, si me salvas la vida, seré leal contigo para siempre. La fuerza de la lealtad y el tiempo que dure dependerán de la deuda contraída.

Leo se inclinó hacia delante, confuso y a punto de interrumpirla. Era una extraña forma de comenzar su historia sobre Rick y cómo pasó este de darle la espalda a ayudarla a escapar. Pero Abby estiró un brazo y le rozó la mano, negando con la cabeza. Deteniéndolo. Eso era exactamente lo que quería de Cass. La verdad surgiría tanto de las digresiones como del relato desnudo.

—¿Cuál es la segunda, Cass? —preguntó Abby.

—La segunda es el dinero. Si me pagas por ser leal, seré leal mientras necesite el dinero.

Leo afirmó con la cabeza.

—Eso lo entiendo. ¿Crees que era el dinero lo que hacía tan leal a Rick?

—Bueno, la tercera es guardar un secreto. Si yo sé que tú vas a guardar mi secreto, yo también guardaré el tuyo. Esta es la forma más pura de lealtad, creo. Pero, como muchas cosas puras, también es la más sensible.

—¿Porque los secretos pueden hacer daño? —sugirió Abby.

Cass asintió con la cabeza, con la vista fija en la mesa, en un punto situado delante de sus manos unidas.

—Pensé mucho en Rick después de mi primer intento de fuga. Pensé que daba la impresión de que no le importara nada. El barco pesquero debió de causar mucho perjuicio a su mente, según me contaron los Pratt, pero había una razón para que estuviera en aquel barco al principio. ¿Por qué elegiría nadie un sitio así a los dieciocho años?

Abby respiró hondo y se arrellanó en el sillón. Hacía tiempo para responder.

—A veces, la gente hace cosas así para escapar del sufrimiento emocional. Cosas extremas que les permiten concentrarse en situaciones que no tienen nada que ver con la causa del sufrimiento.

Cass levantó los ojos con expresión emocionada.

—¡Sí! Yo creo que es eso. Creo que sufría. El caso es que los Pratt le pagaban, pero habría podido conseguir trabajo como marinero en cualquier sitio. Y por su forma de vestir, no creo que le pagaran más de lo que le pagaría cualquier otro. Eso nos deja con dos cosas: deuda y secretos. Los Pratt lo ayudaron a dejar las drogas. Pagaron un programa de rehabilitación y le permitían ir a las reuniones los miércoles por la noche. Si alguna vez necesitábamos algo un miércoles por la tarde o por la noche, mala suerte. Lucy nos decía eso todos los martes, porque, como decía ella, «No quiero oír ninguna queja mañana si no tenéis helado o un nuevo DVD».

»En mi opinión, él ya había pagado su deuda. Los Pratt lo habían librado de las drogas y habían contribuido a tranquilizar su conciencia; sin embargo, él los había ayudado en nuestro secuestro. Se había llevado el bote de remos en el que intenté escapar y había regresado al embarcadero con él. Y además les había contado lo de mi fuga frustrada y, por su culpa, Emma y su hija casi se ahogan, y nos obligaron a quedarnos...

Cass dejó de hablar. Su rostro había enrojecido, como si estuviera a punto de gritar, o llorar, o golpear la mesa con los puños. Era muy diferente de las otras veces en que había descrito episodios difíciles de explicar. Episodios aún más lamentables que aquel. A pesar de lo cual, había mantenido una calma notable.

Abby le rozó la mano.

—Entiendo lo que dices. Él ya había pagado su deuda.

—Entonces, ¿crees que era por los secretos? —preguntó Leo. Cass asintió con la cabeza—. ¿El secreto de Alaska? ¿Que no había socorrido a aquella mujer?

Cass asintió de nuevo.

—Por lo que él sabía, los Pratt nunca habían contado a nadie lo que había presenciado en Alaska, lo que había permitido que ocurriera ante sus propios ojos. Pero yo lo sabía, ¿no? Sé que aún soy joven. Pero me escandaliza saber cosas que sé que otras personas no saben.

Volvió a fijarse en el punto de la mesa que había mirado antes.

—Los secretos nunca están a salvo. Jamás. A menos que no se los cuentes a nadie. Era evidente. Lucy se sentía inútil por no poder tener hijos. Ayudar a Rick era uno de sus aspectos gloriosos y así se sentía buena persona, aunque no pudiera tener hijos y se viera obligada a robar el de Emma. Pero se detestaba tanto a sí misma que no le bastaba con guardarlo, con saberlo ella. Necesitaba que nosotras supiéramos que había hecho algo maravilloso por Rick, y esa necesidad mató toda la confianza que este había puesto en ella. ¿Alguna vez han tenido ustedes un conflicto con esto? —añadió mirando a Abby.

—No estoy segura de entenderte.

—Sé que todos necesitamos a la gente. Es decir, necesitamos confiar en la gente y siempre estamos buscando cariño, ¿no?, pero yo no puedo hacer caso omiso de lo que tengo en la cabeza. Todas las personas en las que puedo confiar yo, todas las personas en las que pueda confiar usted, todas esas personas podrían traicionarnos. No importa quiénes sean ni si traicionan sin querer. Los amigos. El marido. La esposa. Los hermanos. Los hijos. Incluso los padres. Algunas personas lo hacen y les importa un comino. No lo piensan dos veces. Pero otras lo hacen y lo justifican mentalmente para eludir que las culpen. Tienen sus razones. ¿Saben de qué estoy hablando?

Abby asintió muy despacio con la cabeza.

—A eso me refiero cuando digo que esta clase de lealtad es vulnerable. Porque tus secretos nunca están a salvo y esa persona que tiene tu lealtad puede traicionarte un día. Eso es lo que le hizo Lucy a Rick. ¿Lo entienden?

Leo respondió a la pregunta.

—Sí, Cass. Lo entiendo.

Pero Judy Martin no lo entendía y no podía quedarse en silencio ni un segundo más. Algo de aquello se le había metido bajo la piel.

—Estás diciendo tonterías, cariño. Si eso fuera cierto, estaríamos matándonos unos a otros, ¿no te parece? Hay personas en las que se puede confiar. Si eliges a las que debes elegir. Y si eres de las personas que merecen su confianza. Eso es lo que yo creo —manifestó, afirmando con la cabeza para remachar su argumento.

Cass no le hizo caso y prosiguió:

—Cuando estaba en la isla y llegué a estas horribles conclusiones, no me entristecí. Sumé las conclusiones a la expresión que había visto en la cara de Rick aquel día en el embarcadero. De repente mi plan de fuga me pareció posible, tanto que me llenó de emoción.

»Un día estaba sentada en el muelle esperando la lancha. Rick la amarró y guardó las llaves en un pequeño monedero que llevaba alrededor de la cintura para que no pudiéramos llevárnosla. Pareció sorprendido al verme, pero no me preguntó por qué estaba allí. Lo vi hacer su trabajo y luego coger unas bolsas con provisiones. «¿Te ayudo?», pregunté. Dijo que no. Echó a andar y lo seguí. Y entonces se lo solté sin más: «Lamento lo que te ocurrió en Alaska». Dejó de andar, se detuvo, pero no se volvió a mirarme. Echó a andar de nuevo y lo dejé en paz. Fue suficiente. Había plantado la semilla.

Abby sabía exactamente lo que era aquello.

—Le diste a entender que habían traicionado su confianza. Habían chismorreado sobre algo horrible que había hecho él y de lo que estaba profundamente avergonzado.

Leo habló entonces.

—¿Así acabaste con su lealtad?

Cass asintió con la cabeza.

—Fue el principio, sí. Hizo falta mucho tiempo para que le fuera reconcomiendo por dentro, pero ocurrió. Y cuando ocurrió, dejó un vacío.

—¿Un vacío que tú llenaste? —preguntó Abby. Ya sabía la respuesta. Era el siguiente paso lógico en su plan de manipulación.

—Sí.

—¿Intimaste con él? ¿Sabes a qué me refiero?

Cass afirmó con la cabeza y levantó bruscamente los ojos, fulminando a Abby con la mirada.

—Sí —respondió.

Judy ahogó una exclamación y se cubrió la boca con la mano como si se horrorizara.

—¡Cass! —exclamó—. ¿Por qué no nos lo contaste?

Abby la ignoró.

—¿Cómo ocurrió? ¿Y cuándo? ¿Puedes contárnoslo?

—Me costó mucho tiempo, pero utilicé ese poder, ¿entienden? La sexualidad. Poder sexual. Así es como las mujeres obtienen poder sobre los hombres, ¿no? —Ahora miraba a su madre. La habitación quedó en silencio un momento.

Abby quería desesperadamente seguir por aquel camino, pero no en aquel momento. No con Judy allí. Cambió de conversación.

—Tú creaste el vacío y luego lo llenaste con algo distinto.

—Sí, lo llené con algo distinto. Lo llené con pedazos míos. Y cada vez que le daba un pedazo, yo tardaba varios días en recordar por qué hacía aquello —confesó.

Abby asintió.

—Debe de haber sido muy difícil estar con alguien de esa manera. Por razones que él no conocía, pero tú sí.

La habitación quedó en silencio un rato hasta que Leo insistió.

—Así que la noche en que pudiste escapar, él estaba allí esperándote. ¿Con la lancha y el amigo camionero en tierra firme?

—Sí —repitió la muchacha—. Como he dicho, no fue fácil. Y tardé mucho tiempo. Tardé meses.

—Y durante todo ese tiempo, supongo que hablasteis. ¿Surgió algo en esas conversaciones? ¿Algo sobre dónde estabais, de dónde era Rick, cómo conoció a los Pratt, cómo le pagaban...?

Cass negó agitando la cabeza.

—¡No! ¿No cree que se lo habría dicho? Apenas hablaba conmigo. ¡Y si yo hubiera insistido sobre aquellas cosas, habría dejado de creer que podía confiar en mí!

—Está bien, Cass. No pasa nada. ¿Y el camionero? ¿Comentó Rick cómo lo había conocido? —Leo no estaba dispuesto a rendirse.

Cass volvió a negar con la cabeza. Entonces intervino Abby.

—Cass, necesitamos que te reconozca otro médico. Un médico de adultos.

Pero Cass protestó.

—Quiero que sea usted quien haga ese reconocimiento, el reconocimiento que no deja de pedir mi madre. El reconocimiento que demostrará que no estoy loca.

—Nadie cree que estés loca, Cass —apuntó Leo.

—Mañana —accedió Abby.

—De acuerdo. —Cass pareció aliviada—. ¿Seguirán buscándolos? ¿Buscarán la isla? ¿Van a buscar a esos monstruos a pesar de lo que hice con el barquero?

Leo miró a Abby. Esta vio que el padre que su amigo llevaba dentro gritaba por salir. Era uno de aquellos momentos en que Cass parecía una niña, y contrastaba vivamente con los otros momentos en que su conocimiento del mundo parecía estar muy por encima de su edad.

Todo lo cual alarmaba a Abby.

—Los encontraremos —dijo Leo con convicción—. Y encontraremos a tu hermana.

Cass no pareció sorprendida ni consolada por la reacción que había provocado. Había algo más, algo parecido a la satisfacción, lo que significaba que había calculado la reacción.

Cass Tanner los estaba llevando a todos a hacer un viaje y la única forma de encontrar a Emma era ir con ella.

13
....
CASS

Nuestra madre nos había dado lecciones sobre el «poder sexual» cuando Emma tenía trece años. Fue poco después de que la señora Martin hubiera empezado a tener relaciones sexuales con el señor Martin a espaldas de nuestro padre, así que creo que estaba satisfecha de sí misma por haber descubierto que no había perdido aquella capacidad. El señor Martin era muy poderoso y mi madre se estaba haciendo vieja.

No solo es cuestión de edad y belleza, chicas, decía con una sonrisa que yo detestaba. *Es cuestión de hacer que se sientan como si fueran ellos los que tienen el poder. Como si fueran capaces de derretirte como ningún otro hombre. Es un truco que usan las mujeres. Pensad en ello como en un juego.*

Nos daba lecciones parecidas cada vez que surgía algo que le parecía pertinente. Una mujer de pechos generosos que aparecía en el club con un escote llamativo: *¿Veis cómo todos los hombres intentan hablar con ella?* Cosas por el estilo. Emma siempre escuchaba, aunque fingía que no. Yo, en cambio, fingía escuchar cuando en realidad estaba bloqueando el sonido de su voz idiota y sus palabras aún más idiotas.

Cuando conocí a la doctora Winter, me di cuenta de que nunca había utilizado con los hombres el poder sexual de la señora Martin. No sé cómo lo supe. Quizá porque seguía soltera. Tal vez porque no reaccionó ante la señora Martin como la mayoría de las mujeres, con una mezcla de envidia y desprecio, porque desearían tener su poder sexual, pero detestaban necesitarlo para conseguir cosas en la vida.

Creo que cuando ves a una mujer con poder sexual, pero que decide no utilizarlo, puedes confiar en ella.

Así que consideré la posibilidad de confiar en la doctora Winter. Consideré arrojarme en sus brazos de la misma forma que hice con mi hermano cuando lo vi al día siguiente, y hablarle de mi madre y de las cosas que había hecho. Pero había aprendido la lección años antes con aquella mujer del juzgado, y con mi padre. No dejo de decirlo, la gente cree lo que quiere creer, y no tengo ni idea de qué quiere creer la doctora Winter. Temía haberle contado ya demasiado con lo del pelo de Emma.

El poder sexual tiene sus límites. Lo sabía por las cosas que habían ocurrido en mi casa antes de irme. Lo supe de nuevo cuando vi a Hunter y su novia. Y lo supe por la forma en que el señor Martin miraba a Emma cuando la señora Martin estaba allí mismo para lo que él quisiera, cada segundo de cada día.

Lo supe antes de que colgaran en Internet las fotos de Emma desnuda. Así que, cuando las vi, supe quién las había hecho.

Habían rastreado la dirección IP hasta localizar el rúter de nuestra casa, lo que significaba que tuvieron que subirse desde el ordenador del estudio que todos compartimos o desde el portátil de Hunter. En ninguno de los dos había fotos de Emma con el pecho al aire, así que se dedujo que habían sido borradas. Habríamos podido permitir que revisaran los ordenadores en busca de restos en los archivos borrados, pero el señor Martin se negó. Le dijo a mi madre que, como Emma era menor de edad, si un técnico encontraba rastros de fotos con desnudos podrían acusarnos a todos de pornografía infantil, porque el técnico informático tendría que entregar la información al FBI. El técnico lo confirmó. Le dijo al señor Martin que en algunos casos de divorcio habían ocurrido cosas exactamente iguales: una mujer recelosa le había dejado hurgar en los archivos borrados del ordenador de su marido y había encontrado imágenes de chicas menores de edad procedentes de páginas que se te cuelan cuando navegas por sitios porno. El marido probablemente no estuviera buscando menores de edad cuando navegaba, pero eso fue lo que pasó, y una vez que se meten en el ordenador ya nunca desaparecen del todo.

La señora Martin no pudo discutírselo. Creo que se sintió aliviada porque no quería saber nada de las fotos.

Así que todo el mundo supuso que Hunter las había hecho y colgado en Internet. Witt le dio un puñetazo en la cara. Yo pedí vivir con mi padre. Y mi madre le cortó el pelo a Emma.

Pero lo que delató al señor Martin no fue lo que ocurrió después de que se colgaran las fotos. Fue lo que había ocurrido antes.

Había comenzado la primavera anterior, con aquel miserable del internado de Hunter con el que se acostó Emma. Emma no le dirigió la palabra a Hunter durante semanas después del incidente, porque Hunter la había llamado puta y se había reído de ella. Pero el enfado no duró mucho.

Hunter echaba de menos a Emma. Añoraba acurrucarse con ella en el sofá mientras veían películas de miedo, y colocarse con ella, y escabullirse con ella para divertirse en las fiestas de la playa. Echaba de menos que ella le sonriera, alborotarle el pelo y que ella le contara cosas de su vida. Así que, cuando Emma volvió del campamento de verano, Hunter se portó bien con ella y volvieron a sus habituales peleas, pero también a colocarse, y a reír, y a acurrucarse en el sofá. Pero tampoco esta paz duró mucho.

A principios de agosto, Emma empezó a salir con un chico del club. Hunter se volvió loco de celos una vez más. Se mostró tan cruel como había sido siempre. Cometía muchas tonterías, como robarle toda la ropa interior y esconderle el teléfono. Pero lo peor era que no dejaba de llamarla puta. *Buenos días, puta. ¿Qué tal la película, puta? ¿Otra vez has perdido el teléfono, puta?*

Mi madre hacía muy poco para solucionar el problema. Cada vez que hablaba del asunto con el señor Martin, este se enfadaba con ella porque le parecía que estaba criticando a su hijo. Eso decía. Pero también estaba enfadado con Emma por hacerle daño a su hijo, por cómo repercutía su conducta en los dos, un efecto que era malo para ambos, pero sobre todo para el señor Martin.

Avanzado el verano, Emma volvió una noche de una fiesta a la que había ido con su último novio. Hunter la estaba esperando. *¡Menuda putita estás hecha!*, dijo. Ella no le hizo caso y empezó a subir la escalera. Hunter la siguió. *¡Apártate de mí, fracasado!*, dijo ella. Pero Hunter no se apartó. La siguió hasta el pasillo de arriba y la empujó contra la pared, con tanta fuerza que una de las fotos enmarcadas de la señora Martin cayó al suelo. Hunter la inmovilizó con el antebrazo contra el pecho y luego le introdujo la mano bajo las bragas. *¿Es esto lo que le dejas hacer? ¿Eh? ¿Esto?*

Emma se limitaba a mirarlo. Yo estaba en la puerta de mi cuarto, paralizada. Aunque verlo era algo muy extraño y terrorífico, Emma no estaba asustada. Lo supe por su expresión, que era de desafío. Él podía introducirle la mano bajo las bragas. Incluso podía besarla y meterle la lengua en la boca. No importaba. Emma tenía poder sobre Hunter y no pensaba renunciar a él permitiendo que fuera suya. Iba a utilizarlo para torturarlo.

Al día siguiente, Emma estaba en su dormitorio. Se estaba vistiendo para otra fiesta y no me dejó entrar a verla. Dijo que quería intimidad y que yo era un incordio. El señor Martin iba a llevarla en coche porque nuestra madre estaba en un acto de beneficencia.

Oí que el señor Martin gritaba su nombre al pie de la escalera. Emma no respondió. Sentí curiosidad, así que bajé la música y escuché. Unos pasos subieron la escalera. Otro grito llamando a Emma en el extremo del pasillo. Un golpe en su puerta. La puerta que se abría. Luego, silencio.

Abrí la puerta muy suavemente. El señor Martin había desaparecido en el dormitorio de Emma. La habitación estuvo en silencio un momento y entonces salió el señor Martin, un poco aturdido. Yo estaba en el pasillo y me miró. Miró hacia atrás y otra vez a mí. Llevaba su teléfono móvil en la mano. Y vergüenza en la cara.

Dile a tu hermana que se dé prisa.

Entré en la habitación de Emma y la encontré sonriendo delante del espejo. Llevaba un vestido playero con tirantes muy finos y zapatillas Dr. Scholl. Se había planchado el pelo y tenía los labios pintados de un rojo muy subido y brillante. Estaba ruborizada.

Era exactamente así como aparecía en las fotos que colgaron en Internet: el vestido, el cabello, el maquillaje y la habitación. En una de las fotos se había bajado la parte superior del vestido para dejar al descubierto el pecho. Por supuesto, cuando vi las fotos, a diferencia de todo el mundo, supe el momento en que se habían hecho. Y supe quién las había hecho.

Emma nunca me contó qué había pasado, pero imagino que fue algo así: estaba furiosa con Hunter por haberla manoseado bajo las bragas y por llamarla puta todo el verano. Atrajo al señor Martin a su cuarto y probablemente le pidió que le hiciera una foto para colgarla en Instagram o algo igual de inocente. Y se bajó el vestido. Y puso a prueba al señor Martin. Emma era suya por fin, después de mirarla durante años y envidiar a su hijo por estar tan cerca de ella. Fue suya durante un breve momento. Y en vez de irse, hizo una última foto que guardó en su teléfono para recordar el momento y satisfacer sus impulsos. Es una pendiente resbaladiza, ceder a un deseo tan fuerte como el suyo. Aunque solo se ceda un poco.

También llegué a la conclusión de que el señor Martin nunca habría colgado esas fotos en Internet. Para él carecía de toda finalidad, y la página en la que se colgaron era desconocida para el personal adulto.

Así que no sé cuándo habló Emma con Hunter, pero debió de contarle lo de las fotos y lo del señor Martin. Y Hunter se vengó buscándolas y colgándolas. Era una guerra abierta, y esa guerra seguiría librándose en nuestra casa otros dos años. Hasta la noche en que desaparecimos.

Witt vino a verme la tercera noche después de mi regreso. Yo había decidido quedarme con mi padre esa noche. Creía que sería un alivio, pero no se encontraba muy bien y yo me sentía arrastrada a su tormenta emocional.

Sé que la doctora Winter había hablado con él sobre cómo tenía que hablar conmigo. Le dijo que no fuera demasiado sentimental cuando me hiciera preguntas sobre el tiempo que pasé en la isla, que no diera la impresión de que me estaba juzgando. A mi padre le costaba mucho. Sé que lo intentaba. Veía la tensión en su cuerpo cuando reprimía preguntas, cuando reprimía el dolor que sentía por sus hijas.

Las venas que le recorrían la frente, el cuello y los antebrazos se hinchaban debajo de su piel cuando estábamos sentados a la mesa del comedor, dando cuenta de unos platos de encargo.

—Imagino que habrás echado de menos la comida china. Siempre fue tu favorita.

Le dije que la había echado mucho de menos.

—¿Y la televisión? ¿Podías ver alguno de tus programas favoritos? ¿Viste alguna película?

Le hablé de algunas películas y programas que habíamos visto. Teníamos una antena parabólica que al parecer no era legal, porque no siempre funcionaba. Le pregunté si él había visto los mismos programas o películas.

Algo de lo que dije hizo que rompiera a llorar y saliera de la habitación. En realidad me preguntó si me importaba que saliera de la habitación porque quería llorar. Dijo que iría a comprar helado. Pensé que era muy considerado. Pero al mismo tiempo me enfadé con él. Quería que fuera más fuerte.

Me di cuenta de que Witt apenas lo soportaba, como era habitual en él. Su falta de respeto por él nunca desaparecería, y pensé que era extraño que eso molestara menos a mi padre que el hecho de que la señora Martin hubiera elegido al señor Martin para abandonarlo a él. Pero supongo que todo se remite a una de las lecciones que nos dio la señora Martin sobre que todo el mundo desea lo que no puede tener. Yo nunca quiero desear nada después de ver el daño que acarrea el deseo.

Bueno, quizás esto no sea cierto. Nunca dejé de desear que encontraran a mi hermana.

Nuestro padre siempre había sido así. Teníamos que ver sus sentimientos y, en buena parte, compartirlos, porque eso es lo que hacen las personas normales, sobre todo cuando son muy jóvenes y están aprendiendo a entender a los demás y a identificarse con ellos. Siempre se lamentaba por ser tan débil. Por llorar delante de nosotras, por haber negociado en el juicio por la custodia, por haberse acostado con nuestra madre y por haber pulverizado los lazos familiares con su primera esposa y con Witt. Pero yo estaba harta de lamentaciones. De las suyas.

De las de los millones de personas que veían mi historia y hacían comentarios imbéciles en televisión. De las de todos los que decían «Lo siento mucho». Se siente cuando ha ocurrido algo malo, cuando la gente ha permitido que ocurra. Para mí se habían vuelto despreciables todos aquellos lo-siento-mucho.

Estar a solas con Witt casi me hizo polvo: me descompuse en pedazos que cayeron al suelo, y no tenía ni idea de cómo volver a unirlos. Suena mal, pero era todo lo contrario. Cuando mi padre se fue, cuando oí cerrarse la puerta, me arrojé en brazos de Witt y rompí a llorar. Él había oído lo que yo había contado sobre la isla y no me había hecho ninguna pregunta. Ni una. Me dijo que todo iba bien y que procuraría que siguiera así. Dijo que podía ir a vivir con él y su esposa. Hablamos de logística y estrategias para encontrar a Emma —¡la encontraríamos!— y también del futuro, cuando los medios de comunicación se hubieran ido y mis quince minutos de fama hubieran acabado. Iba a darme clases para poder reanudar la enseñanza secundaria y terminar el bachillerato. Y luego me ayudaría a ingresar a la universidad, aunque fuera lo último que hiciera. Me dijo estas cosas muy deprisa al oído mientras me abrazaba y yo lloraba. Asentí moviendo la cabeza y dije de acuerdo una y otra vez, para que supiera que lo había oído y que le creía. Pero no le creía. No del todo, aunque lo fingí.

—¿Qué pasó, Cass? ¿Te preocupa que no la encontremos nunca? —Witt me soltó y me miró a los ojos.

—Sí —respondí.

—¿Por qué? ¿Se han torcido las cosas con el FBI o con esa doctora...?

Fue entonces cuando le conté la conversación que había oído entre mi madre y el señor Martin, cuando estaban tras la puerta cerrada de su dormitorio:

Jonathan, está desquiciada. ¿Has oído lo que dice? Hablando de esa gente y de la hija de Emma..., ¡son locuras!

¿Y qué? ¿No lo entiendes? Tienen que darse cuenta ellos mismos. No puedes ser tú la que diga que está loca. Deja que lo descubran con sus investigaciones. Encontrarán la isla y a ese barquero.

¿Y si no?

¿No qué?

Si no está loca. ¿Y si la loca soy yo?

¡No pienso tener esta conversación otra vez, joder! Lo juro por Dios, Judy…, a veces eres rematadamente idiota…

No te enfades conmigo. Estoy asustada. Las cosas que está diciendo…

Cass no está bien de la cabeza. Fin de la historia.

Hablaban de aquello cada vez que pensaban que no los oía. Creían que estaba paranoica. Si le contaban a la doctora Winter o al agente Strauss que yo no parecía ser yo, podían descuidar la búsqueda de Emma para centrarse en mi cordura. Fue otra de las razones por las que pedí dormir en casa de mi padre. Necesitaba verme a mí misma a través de los ojos de Witt para convencerme de que los Martin estaban equivocados sobre mí. Y de que, aunque tuvieran razón y yo estuviera mal de la cabeza, nadie les creería y seguirían buscando a mi hermana.

Witt rio brevemente. No porque estuviera contento ni porque encontrara divertido lo que le decía. Era la risa de la gente cuando piensa en la venganza.

—Bien. ¡Dejemos que crean que estás loca! Dejemos que se peleen y se preocupen por eso. Dios mío, Emma y tú lo hacíais a menudo de niñas. Mira, es muy fácil. Mañana te sometes a la evaluación psicológica y ahí acabará todo.

—Y seguirán buscando a Emma por encima de todo.

—Sí. Seguirán buscando a Emma. Y hablarán con la orientadora de la escuela. Y, de una manera u otra, encontrarán a Emma.

Le pregunté entonces qué pensaba mientras oía mi historia y me miraba. ¿Creía que estaba loca? La señora Martin tenía una gran habilidad para confundir a la gente sobre lo que es real. Quizás había influido sobre mí hasta ese extremo.

—¡No! —exclamó con vehemencia. Con demasiada vehemencia. Pero no volví a preguntar. Me rodeó con los brazos—. ¡No, Cass, no! Te doy mi palabra.

Seguí llorando con la cara en su pecho, humedeciéndole la camisa con mis lágrimas. Quería volver atrás en el tiempo, incluso a los malos tiempos, cuando Witt, Emma y yo estábamos juntos en aquella casa.

Quizá mi padre estuviera en lo cierto. Tal vez fuera peligroso tener cosas así, porque cuando ya no las tienes, te rompes en pedazos.

Witt no sabía qué pensar de mí. Pero me daba cuenta de que todo se había desvanecido salvo el cariño que me tenía.

—Vente a casa conmigo. ¡Ahora mismo! Ya has hecho todo lo posible por encontrar a Emma. Has sufrido mucho, Cass.

En aquel momento llegó nuestro padre con el helado. Dejé de llorar y Witt dejó de decirme que me fuera a casa con él. Nos tomamos el helado con nuestro padre, en la mesa de la cocina.

Pensé en lo que Witt me había dicho mientras me tranquilizaba. Pensé en subirme a su coche y no volver nunca. El alivio se apoderó de mí y me sentí como nunca me había sentido, como si alguien me hubiera inyectado una potente droga que eliminaba todo el sufrimiento. Necesitaba que desapareciera el sufrimiento.

Pero no podía subirme al coche de mi hermano y alejarme para emprender una nueva vida. En aquel momento no. Todavía no.

Aún no había terminado con la señora Martin.

14

DOCTORA WINTER, CUATRO DÍAS DESPUÉS DEL REGRESO DE CASS TANNER

Cuatro días después del regreso de Cass Tanner estaban sentados en el aparcamiento del instituto Danbury hablando sobre el barquero, que acababa de ser identificado como Richard Foley. La identificación se había producido aquella mañana y ahora todo estaba en compás de espera. Era su mejor pista. Si encontraban al barquero, encontrarían la isla, y, esperaban, a Emma y a su hija.

—¿Están seguros? —preguntó Abby.

—¿Cuántas violaciones en grupo de funcionarias gubernamentales del Departamento de Pesca y Caza crees que se han cometido en Alaska?

La policía de Alaska había encontrado un artículo en el *Ketchikan Daily News* de siete años antes en el que un pescador contaba la violación.

—Han hablado con el reportero. Foley se negó a dar el nombre de la mujer y, como no hubo confirmación, el periódico tampoco pudo dar los nombres de los implicados.

Abby meditó aquello. Siete años era mucho tiempo. Pero las ciudades pequeñas tienen buena memoria.

—Bien, escucha esto. El reportero dijo que Foley vivió en Ketchikan unos tres años. Pasaba de un barco a otro. Se fue después del incidente, según su propia versión, y volvió siete años después para reparar el daño causado por su silencio.

—¿Demasiado tarde para hacer una acusación?

—El fiscal del distrito dijo que no pudieron hacer nada sin la cooperación de la mujer. Todo el mundo sabía quién era. Es una ciudad pequeña. Pero ella no quiso tomar parte en la historia después de tanto tiempo. Dijo que se había mudado. El artículo fue relegado a las últimas páginas y ahí acabó todo.

—¿Y Foley? —preguntó Abby.

—Llegó y se fue el mismo día. Supongo que no tenía ganas de encontrarse con sus viejos colegas de pesca.

—¿Y por dónde anda?

—Están indagando. Preguntando por la ciudad si alguien lo recuerda, si recuerda haberle oído decir de dónde era o adónde se dirigía. Consiguieron su número de la Seguridad Social del patrón que lo empleó allí. Y también su dirección en el lugar. Interrogarán a la casera, si la encuentran. Vendió el inmueble poco después de irse él.

—¿Y del número de la Seguridad Social nada?

—No. Solo tenía dieciocho años. Fue su primer trabajo para un autónomo. Y al parecer, el último.

Abby sentía la mirada de Leo clavada en ella. Lo hacía a menudo: observarla cuando ella miraba a otro lado, cuando pensaba que no se daba cuenta.

—¿Duermes? —preguntó.

Ella asintió con la cabeza. Pero acto seguido negó.

—Un poco —respondió por fin.

—No tenemos mucha suerte —comentó Leo, mirando la foto de Foley.

—¿Por qué dices eso? Tenemos al barquero. —Abby lo miró con perplejidad. Había sido él quien no había parado de decir que encontrarían la isla, que encontrarían a Emma. Tenían a Cass, una persona real que sabía lo ocurrido. Y ahora tenían a Richard Foley. Abby había empezado por fin a creer en él.

—Tenemos el *nombre* del barquero. No su paradero. Es una diferencia importante, pequeña —respondió Leo.

Los padres de Richard Foley no lo habían visto ni sabido nada de él desde que se había ido a Alaska al cumplir dieciocho años. Había sido un adolescente conflictivo y respiraron aliviados al ver que se iba a correr mundo. Se lo habían imaginado trabajando mucho, encontrando una meta y quizás aprendiendo a valorar las virtudes que ha de tener un adulto responsable. Siempre creyeron que volvería a casa, a Portland, donde la familia llevaba viviendo tres generaciones.

Abby no estuvo presente cuando interrogaron a la familia. La madre, el padre y dos hermanas mayores se quedaron de piedra al enterarse de que Rick estaba implicado en el caso de las hermanas Tanner, la historia que llevaba varios días apareciendo en todos los noticiarios. Habían aportado nombres de amigos y de otros parientes, fichas médicas y dentales…, todo lo que se les pidió. Desde su punto de vista, Rick había ayudado a la hermana más joven a escapar y ahora podía estar huyendo o amenazado por los secuestradores que vivían en aquella isla.

El Instituto Danbury estaba a una hora al norte de la Academia Soundview, donde habían estudiado las hermanas Tanner. Abby había repasado las notas que había tomado en el interrogatorio de la orientadora, Lisa Jennings. La mujer aseguró que no conocía bien a Emma y que nunca había tenido con ella ninguna entrevista. Los agentes de New Haven habían investigado su nombre y no habían encontrado nada de interés. Pero Cass insistía en que aquella mujer había aconsejado a Emma, que las dos se llevaban muy bien. Parecía preocupada por esta pista. Tenía que haber una razón.

—Infórmame —dijo Leo.

Abby sacó unas notas de un bolso. No las necesitaba para explicarle la breve historia, pero de todos modos las leyó.

—Trabajó de orientadora en Soundview durante seis años. Lo dejó a finales del año en que desaparecieron las chicas. Treinta y cuatro años. Soltera. Tiene un título en asistencia social por la Universidad de Phoenix.

—¿Y el interrogatorio inicial?

Abby se encogió de hombros.

—Tenía muchas opiniones sobre las chicas, pero también dijo que solo las conocía de lejos, de verlas en los pasillos, y por los chismorreos de los profesores. Hace tres años nos fue útil para hacernos una idea de cómo eran, pero nada de lo que dijo sirvió para localizar al padre ni para saber quién podía haber ayudado a Emma a escapar.

—Muy bien. Vamos a resolver este pequeño misterio para poder concentrarnos en Richard Foley.

Abby lo siguió por la escalera del instituto hasta la recepción y luego por un estrecho pasillo gris hasta el despacho de la orientadora, Lisa Jennings.

Aquello era muy diferente de los suelos de mármol blanco de la Academia Soundview.

Se sentaron en sillas de metal alrededor de una pequeña mesa de centro, en la que destacaba un ordenado montón de revistas de adolescentes. Lisa Jennings seguía siendo tan guapa como tres años antes, aunque su cara había empezado a ahuecarse bajo los pómulos y, camino de los treinta y cinco, en los rabillos de los ojos le habían aparecido pequeñas patas de gallo. En el dedo llevaba un anillo de compromiso con un diamante.

—Me alegro mucho de volver a verla, doctora Winter, en unas circunstancias más felices —saludó con una amplia sonrisa.

Abby le devolvió la sonrisa.

—Sí, así es. Y enhorabuena. Es un anillo precioso.

Lisa abrió los dedos y admiró el diamante.

—Gracias. ¡Solo quedan unos meses para el gran día!

—Tiene que ser muy emocionante —sugirió Abby.

Leo no estaba de humor para las charlas triviales. Se sentó en el borde del asiento, abarcando con las piernas abiertas la esquina de la mesa y con los codos apoyados en las rodillas.

—¿Qué ha leído sobre el regreso de Cass Tanner?

La mujer se sorprendió por la brusquedad de la pregunta. Se retrepó en la silla y se llevó la mano a la cara como si meditara cuidadosamente la respuesta.

—He leído todo lo que he encontrado, por supuesto.

Recitó los hechos que eran de conocimiento público: que se habían ido porque Emma estaba embarazada, que habían vivido en una isla de la costa de Maine, con unas personas llamadas Bill y Lucy Pratt. Que había un barquero llamado Richard Foley que había ayudado a Cass a escapar, y que creían que Emma seguía en la isla con su hija, ahora de dos años.

—¿Hay algo más? —preguntó.

Abby fue al grano.

—Tratamos de averiguar quién puso a Emma en contacto con los Pratt. Es muy probable que ese no sea su auténtico apellido, así que tenemos que volver atrás, buscar alguna conexión anterior a la desaparición.

—Vaya, ojalá pudiera ayudarlos, pero ni siquiera sabía que Emma estuviera embarazada, por no hablar de buscar a alguien que la ayudara a huir.

Leo la miró con curiosidad.

—Qué raro. Cass nos ha contado que Emma y usted se habían hecho muy amigas. Que Emma acudía a su despacho cada vez más a menudo a principios de aquel otoño. Estaba segura de que usted debía de saber algo de utilidad, incluso quizás el nombre de un chico con el que había estado saliendo.

Lisa Jennings negó con la cabeza.

—Eso no es cierto, en absoluto. Traté de hablar con Emma varias veces con el paso de los años, por la desorganización que había en su casa por culpa del divorcio. Ella no manifestó ningún interés. Creo que ya les conté que Emma se había construido un muro muy sólido alrededor y que parecía tener mucha seguridad. Mucha confianza. Otros habrían dicho que era arrogante.

Abby intervino.

—Pero usted dijo que detrás de ese muro había inseguridad. ¿Por qué pensaba eso?

—Bueno, si no recuerdo mal, me basé en comentarios hechos por algunos de sus profesores. Y también por la forma en que utilizaba su aspecto para hacer amistades. Sobre todo masculinas.

—Ajá —murmuró Abby, pasando las páginas del cuaderno—. ¿Qué pasaba con su aspecto? Estoy segura de que lo tengo entre mis notas, pero he dormido muy poco...

—Sí, claro..., pues que a veces se maquillaba. Línea de ojos y pintalabios. Siempre llevaba el pelo suelto y muy liso, artificialmente liso. Le gustaba enseñar las piernas, así que llevaba minifaldas y pantalones ceñidos. Teníamos unas normas indumentarias, pero las chicas siempre encontraban la forma de esquivarlas.

Cuando calló, Abby y Leo dejaron que el silencio llenara la habitación para forzar a Jennings a proseguir. La medida surtió efecto.

—Luego hubo una época en que llevó el pelo muy corto, y todas las chicas pensaron que era muy valiente. Los chicos también sentían curiosidad. Era como si Emma hubiese decidido hacer una declaración de intenciones sobre la presión que se ejercía sobre las chicas para agradar a los chicos. Y lógicamente, solo consiguió que los chicos la buscaran más. Dejó que todo el mundo creyera que era así de audaz. Le gustaba que la gente pensara eso de ella.

Leo se guardó el teléfono en el bolsillo como si estuviera preparado para irse.

—Entonces, ¿Emma no acudió a verla a usted?

—No. Nunca.

—¿Y no sabe con qué chicos salía en el momento de su desaparición?

—No.

—¿Y tampoco sabía que estaba embarazada?

—No, no sabía nada.

—¿Se le ocurre alguien que pudiera ayudarla en sus planes de fuga? ¿Profesores, amigos o padres de amigos que pudieran pensar en el aborto o la adopción, o que trabajaran con adolescentes en apuros?

Negó con la cabeza.

—No. Lo habría dicho la primera vez. Todos nos estrujamos el cerebro tratando de entender qué les pasó a esas chicas. Recuerdo haber respondido en su día a esas mismas preguntas... sobre hombres, amigos, profesores y padres. Lo siento. Me fui de allí al final de aquel curso escolar.

Abby no estaba dispuesta a irse todavía.

—¿Puedo preguntar por qué?

—Necesitaba un cambio. Las escuelas públicas tienen un perfil demográfico diferente. Aquí puedo ser más útil.

—Y las escuelas públicas pagan más, ¿verdad?

Lisa sonrió.

—Sí, eso también.

—Yo pensaba que había sido por su prometido —dijo Abby.

—Nos conocimos después de trasladarme a este centro. Él enseña historia.

—En fin —concluyó Leo, poniéndose en pie—. Gracias por su tiempo.

Abby lo imitó a regañadientes. Necesitaba respuesta para una pregunta que Lisa Jennings no podía contestar. *¿Por qué Cass nos ha conducido hasta usted?*

—Siento no poder serles de más ayuda. Seguiré pensando en ello y, si recuerdo algo más, se lo comunicaré.

—Gracias. —Abby le dio su tarjeta personal y Leo la suya. Se volvieron para dirigirse a la puerta.

—La familia debe de estar eufórica. Por favor, salúdela de mi parte —dijo Lisa para despedirse.

Abby se volvió hacia la mujer, picada de repente por una curiosidad cuya causa no habría sabido explicar.

—Es una familia complicada, como ya debe de saber.

—Sí, por desgracia. Estaba al tanto de la situación con los padres. Nunca olvidaré la verdadera razón por la que Emma llevó el pelo tan corto. Fue terrible, pero todos pensamos que iba a ser el final del caos.

Leo también se detuvo. Ambos la miraron y acto seguido se miraron entre sí.

—No sé si esas situaciones finalizan alguna vez —dijo Abby con cautela. Se acababa de abrir una nueva puerta y no tenía ni idea de adónde daba.

—Con personas así tampoco se sabe. Yo pensaba que se trataba de malos tratos. Cuando me enteré de que la señora Martin le había cortado el pelo en mitad de la noche, bueno, traté una vez más de hablar con las chicas. Quizás eso fuera lo que recordaba Cass. Que traté de ayudarlas. Pero no querían hablar del asunto…, ni de ninguna otra cosa, para el caso. ¿Sabe?, a veces me pregunto si debería haberlo denunciado a los servicios sociales. Quizás habría detenido el proceso que concluyó en la fuga. Pero tiene que entender que yo tenía que ceñirme al protocolo. No era un caso denunciable según el centro, y yo trabajaba allí.

Abby volvió a pasar las hojas del cuaderno y se detuvo en una página al azar.

—Exacto. Recuerdo eso. Judy Martin le cortó el pelo para castigar a las chicas por querer vivir con su padre. Debió de ser muy difícil. Es una lástima que no confiaran en usted.

Lisa Jennings levantó las palmas al cielo.

—Adolescentes…

—Recuerdo cuando yo tenía esa edad —contó Abby. Sonrió y tocó con cordialidad el brazo de la mujer—. ¿Recuerda quién se lo contó…? Vamos, que las chicas no fueron, ¿verdad?

—Ah —murmuró Lisa, desconcertada y tratando de recomponerse—. A ver, creo que fue el padre, Owen. Qué raro que no pueda recordarlo. Fue hace mucho tiempo.

Abby sonrió.

—Sí, mucho.

—Y estoy seguro de que usted hizo todo lo que pudo —intervino Leo—. Ya sabe lo que dicen sobre ver las cosas *a posteriori*.

Se despidieron. Abby recorrió el pasillo a toda velocidad y cruzó la puerta de salida. Leo le pisaba los talones. Ninguno de los dos habló hasta que estuvieron en el exterior, bajando a toda prisa los escalones de piedra que daban al aparcamiento.

—Hay que joderse —dijo Leo.

—Ya me doy cuenta. —Abby estaba sin respiración y con el corazón acelerado. Se detuvieron a ambos lados del coche, mirándose por encima del techo.

—¿Qué te contó Cass de ese episodio?

—Que solo cuatro personas sabían que fue Judy quien le cortó el pelo a Emma.

—Cass, Emma, Judy…

—Y Jonathan. Jonathan Martin.

—Lo que significa que Owen Tanner no pudo contárselo. Y Judy Martin seguro que no fue. Y si se lo hubiera contado una de las chicas, se habría acordado.

—Dice que no llegó a reunirse con las chicas —apuntó Abby.

—Eso quiere decir que se lo contó Jonathan Martin. Pero ¿por qué?

Abby podía ver los pensamientos de Leo desfilando por su cara.

—Por la misma razón por la que ella nos ha mentido.

15

· · · · · · · · · · · · · · ·

CASS

Después de hablar con Witt, volví a casa de la señora Martin y me concentré en demostrar que estaba cuerda. Habían transcurrido cuatro días desde mi regreso.

La señora Martin no cabía en sí de felicidad. Por fin había accedido a someterme a la evaluación psicológica que ella quería que dirigiera la doctora Winter. Que diera un resultado «normal» era lo de menos. Lo que importaba era que mi estado emocional, mi cordura, se comentaran y estudiasen en relación con la búsqueda de Emma.

La primera vez que oí la expresión «evaluación psicológica», imaginé que tendría que acostarme en una camilla con electrodos conectados a mi cerebro. Imaginaba que iba a ser físicamente dolorosa, como la terapia de choque. Pero no tenía nada que ver con mi cerebro. Se trataba de un simple papeleo, 567 planteamientos en un cuestionario llamado MMPI 2, cuyas respuestas indicarían una cosa u otra. Entendí que las conclusiones se sacarían según las diferentes respuestas. «Tengo malos pensamientos más de una vez por semana», por ejemplo. ¿Por qué iba a responder nadie que sí a una pregunta como esa? ¿O a «Me poseen espíritus malvados»? ¿O a «Tengo acidez de estómago casi siempre»? ¿O a «Me vengaría si alguien me hiciera algo malo»?

Las preguntas van de aquí para allá porque intentan descubrir a quienes creen que pueden hacer trampa. Había algunas preguntas sobre el sueño y otros síntomas físicos de angustia o ansiedad, pero también, por ejemplo, una pregunta sobre la autoestima. Algunas eran muy engañosas, preguntaban por figuras de autoridad y si a veces te sentías sola en el mundo. Nadie te entiende. Me di cuenta de que, si las contestaba haciéndome la perfecta, la prueba me calificaría de embustera. Nadie es perfecto. Y todos nos sentimos solos a veces.

No era difícil responder las preguntas para que me calificaran de cuerda. Tampoco era difícil alertar a la doctora Winter de la extrema situación emocional en que me encontraba, tanto por mi experiencia en la isla como por mi obsesión por encontrar a mi hermana. «Tengo problemas para dormir.» «No puedo dejar de dar vueltas a una misma idea.» «Tengo problemas para concentrarme.» A todo esto respondí que sí.

La señora Martin no solo estaba contenta porque los profesionales estuvieran investigando mi cordura; lo estaba también porque podía confiar de nuevo en mí. Pude verlo en su rostro y en la cantidad de tiempo y atención que me dedicó aquella tarde. Fuimos de compras. Nos hicimos la manicura. Salimos a comer. De lo que más hablaba era de cotilleos locales y yo fingía que me interesaban. Habló conmigo sobre ser mujer, sobre mi futuro y las cosas que necesitábamos hacer por mí, como buscar un instructor privado o irnos juntas de vacaciones, quizás a un balneario de Florida. Y a veces, de manera inopinada, dejaba lo que estaba haciendo y me miraba fijamente. Me acariciaba las mejillas, sacudía la cabeza y decía que era preciosa y que se sentía afortunada porque hubiera vuelto.

Y en todo lo que hacía y me decía había una corriente subterránea de comprensión. Yo estaba loca. La pobre y loca Cassandra.

La señora Martin tiene un interruptor. Lo activa y desactiva según lo que siente por ti. Si la adoras y estás de su parte, y si la haces sentirse bien o que parezca estar bien ante los demás, confía en ti y en consecuencia te quiere. Si representas para ella una amenaza de cualquier clase, o compites con ella por algo que quiere o necesita, te desprecia y pondrá todo su empeño en destruirte. Entre una y otra actitud hay una postura neutral en la que se muestra indiferente. Ahí has sido totalmente neutralizada, lo que significa que no podrás hacerle daño nunca. Y no tienes nada que ofrecerle, nada que ella quiera o necesite. No puedes hacer que parezca buena o mala. No puedes hacer que se sienta bien ni mal.

Era fácil ver cómo tenía el interruptor en relación con mi padre. Tras la pelea por la custodia, tras haber ganado, estaba en posición neutral. Mi padre siempre la querría y la desearía. No podría obtener nada de ella. Y ella lo había vencido públicamente y le había arrebatado a sus hijas. No pensaba en absoluto en él, salvo durante aquel breve episodio durante el que intenté dejar la casa de ella para irme a vivir con mi padre. Resolvió el asunto con unas tijeras, cortando el pelo de Emma para castigarme a mí, y fui castigada porque, cuando Emma tuvo que ir así a la escuela, sentí su humillación en mi estómago, peor que si me hubieran cortado el pelo a mí. Siempre quise que mi padre encontrara una mujer guapa y se casara con ella solo para ver a mi madre activar el interruptor y amarlo otra vez. Lo habría amado hasta la muerte, o al menos hasta que hubiera conquistado de nuevo su deseo y confiara en él otra vez. Pero él estaba demasiado cerca para darse cuenta de todo esto.

La situación era muy distinta con el señor Martin. Mi madre nunca dejó de esforzarse por mantener vivo el deseo masculino, porque este siempre estaba en peligro. Emma le impedía olvidarlo y, cuanto más envejecía ella, más se intensificaba la inseguridad. La señora Martin no quería a nadie en el fondo, no de la forma en que yo pienso en el amor. Así que utilizo esta palabra más que nada para describir cómo se comportaba ella con los demás. Su interruptor, con el señor Martin, siempre tenía activado el amor.

Con Emma podía cambiar en cuestión de minutos. Emma la hacía sentirse orgullosa porque era muy deseable. El interruptor estaba con el amor activado. Pero entonces pillaba a su esposo mirando demasiado a Emma, y sobre todo a Hunter y Emma cuando estaban juntos, y el interruptor desactivaba el amor y activaba el odio. Emma era una operadora competente del interruptor de la señora Martin. Había estudiado el circuito durante años y era como su primera lengua. No le costaba el menor esfuerzo. Quizás incluso era algo inconsciente.

Antes de mi desaparición, yo estaba casi todo el tiempo en el terreno neutral de la señora Martin. No tenía capacidad para ayudarla ni para perjudicarla, y ella estaba demasiado ocupada con la amenaza que suponía Emma, el pararrayos, para fijarse en mi existencia. Cuando regresé, todo se confundió. Primero me odió, cuando ella pensaba que yo estaba loca pero nadie más se daba cuenta, y todos me creían y sentían pena por mí. Lo sentía incluso a través de sus sonrisas de plástico y sus abrazos mecánicos. Pero ahora que se había convertido en la madre abnegada de una hija perdida hacía tiempo, de una hija mentalmente trastornada y necesitada de ayuda, ahora que las cosas que yo contaba no eran una amenaza para ella, ahora podía amarme de nuevo y eso representaba un gran alivio para ella.

—Sé que estabas en tu habitación aquella noche —decía una y otra vez aquel día—. No estabas escondida en el coche de Emma. No fuiste con ella a la playa, ¿verdad? Lo recordarás cuando te cures —añadió con una sonrisa mientras se secaban nuestras uñas.

Sabía que, cuando aquello terminara, el interruptor se movería de nuevo. Y que sería la última vez que se moviera.

Aquel mismo día, más tarde, localizaron la lancha de Richard Foley. El propietario dirigía un muelle comercial en New Harbor, y alquilaba atracaderos y embarcaciones: contratos a largo plazo para residentes locales y pescadores de langosta, y contratos estacionales para turistas y visitantes. Habían encontrado la lancha seis días antes frente a la costa, cerca de Rockland, a unas treinta millas náuticas al norte del muelle del que procedía. Pero el propietario no se dio cuenta hasta cuatro días después de mi regreso, y entonces avisó al FBI. Dijo que su mujer había visto la historia y la foto de Richard Foley en un informativo de aquella mañana. Habían estado alquilando la lancha a Foley durante cinco años, aunque utilizaba un nombre diferente. Había pagado en efectivo, incluso el depósito de seis mil dólares.

Yo apenas podía contener la excitación y el miedo. Sabía que ahora encontrarían la isla y saboreaba la venganza, que veía más cercana. Pero la noticia no alteró a mi madre, y empezaba a pensar que nada lo conseguiría. Se había vuelto más fuerte sin nosotras allí, sin que Emma desportillara continuamente su fachada de perfección. Y aunque me habían declarado cuerda, estaba convencida de que la gente dudaba de mí porque había aceptado someterme a la evaluación a la primera. Así que había tanto miedo como excitación.

Y también hubo algo más cuando me enteré de la identificación de Richard Foley y de la localización de la lancha. Parecía muy fácil responder a aquella pregunta. *¿Intimaste con él?* Pero no había ninguna facilidad en ella, y no pude expulsar los recuerdos de mi cerebro cuando oí la noticia y supe su nombre completo.

Fui amante de Richard Foley durante 286 días. No diré mucho más de esto porque aún sigue todo confuso en mi cabeza. Cuando lo pienso se me revuelve el estómago de vergüenza y asco, y también por la constancia de que existe el mal en el mundo y de que el mal puede disfrazarse de amor tan convincentemente que nos deja ciegos ante la verdad. Son cosas muy nauseabundas y no me gusta sentirlas.

Sabía tres cosas sobre Richard Foley. La primera, que no era fácil de conquistar con la clase de poder que la señora Martin me había enseñado. Por muy fuerte que fuera su deseo, su voluntad de no ceder era aún más fuerte. La segunda tenía que ver con su experiencia en Alaska como testigo de la agresión de aquella mujer. Tenía conciencia y sentido de la moralidad. Había estado tan afectado por lo que había visto que se volvió drogadicto para acallar su cerebro. Y luego se había desenganchado y había tratado de reparar el daño causado volviendo a Alaska para contar lo sucedido al periódico, dando los nombres de los agresores. Lo tercero que sabía de Richard Foley era que los dos primeros puntos eran perfectamente compatibles entre sí.

No fue complicado. Empecé dando largos paseos cuando sabía que iba a llegar la lancha con provisiones o para llevar a Bill a tierra firme. Esperaba a que Rick estuviera solo en el sendero y yo aparecía por allí, no todos los días pero sí muchos. Que se cruzaran nuestros caminos tenía que parecer casual. Y aquellos días caminaba lentamente, con los brazos cruzados y la cara irradiando desesperación. A veces me sentaba en el embarcadero, mirando el océano que me tenía prisionera, dejando resbalar ruegos silenciosos por mis mejillas. No lo miré ni le hice caso durante varias semanas. No hablé hasta que lo hizo él.

Comenzó en marzo, año y medio después de nuestra llegada en aquella lancha. Yo estaba en el sendero del muelle, la nieve había endurecido la tierra. Los árboles estaban pelados. Había dejado de caminar y estaba en cuclillas, apoyada en un árbol, con las rodillas en el pecho, sacudida por violentos temblores. Rick me vio y se detuvo un segundo, como si mi presencia lo hubiera impresionado y luego sorprendido. Se repuso y siguió andando, pero entonces se detuvo, dio media vuelta y, por primera vez en todo aquel tiempo, me dirigió la palabra.

Deberías volver a la casa. Va a llover. Y hace demasiado frío aquí fuera.

Lo miré directamente a los ojos y le alargué la mano. Él vaciló, pero la cogió y me ayudó a ponerme en pie. Había estado llorando, así que no me resultó difícil llorar de nuevo, dejar que fluyeran las lágrimas y que mi respiración se volviera jadeante. Quiso seguir su camino, pero lo así por los antebrazos. Los sujeté con fuerza, como si fueran cuerdas de un bote salvavidas que se alejase, dejando que me ahogara. Tiré de aquellos brazos, me acerqué a él y apoyé la frente en su pecho. No me acerqué más. No intenté abrazarlo ni hacer que me abrazara. Esperé hasta que me apartara, pero no lo hizo. Dejó que le sujetara los brazos y apoyara la cabeza en su pecho hasta que cesó mi llanto.

Entonces levanté los ojos hacia él solo un segundo, me limpié las mejillas y eché a andar hacia la casa.

Había aprendido mucho de la señora Martin y de Emma. Me había vuelto más lista gracias a ellas. Todo el mundo necesita algo. Y lo que Rick necesitaba era lo que no había podido hacer años antes en aquel barco pesquero. Necesitaba salvar a la mujer. Así que me convertí en la mujer a la que podía salvar. Dejé que me salvara con pequeños momentos como el del sendero. Y luego me salvó un poco más, escuchándome y acompañándome en mis paseos. Y me salvó aún más, amándome y dejándose amar por mí.

Con aquel comportamiento mío había sembrado las semillas para destruir la lealtad que debía a los Pratt. Esa es la parte que conté a la doctora Winter y al agente Strauss. Nada que tuviera yo era suficiente para vencer esa lealtad, así que antes tuve que romper su punto de apoyo. No corrí ningún riesgo. Y fui paciente. Asombrosamente paciente.

Hubo muchos días en los que pensé que se me había acabado la paciencia. Mi deseo de irme, de ser libre y buscar venganza, crecía desmesuradamente. Día tras día, al ver a Lucy con la niña, fingía no sentir ganas de matarla, le robaba momentos con la niña porque la quería tanto como quería a Emma. Quizás incluso más. Amaba su olor. Amaba su risa. Amaba sus brazos regordetes y sus brillantes ojos azules. Era el primer amor que sabía que era puro porque ella era demasiado pequeña para obligarme a amarla, o para engañarme para que la amara. La quería tanto que era una tortura verla tan cerca y no poder abrazarla. Desde aquel maldito día en el embarcadero, tardé 247 días en doblegar a Richard Foley. Y otros 286 días en ganar su lealtad para que me ayudara a huir. Reprimí este doloroso deseo todo aquel tiempo.

No sé exactamente cuándo sucedió, pero mi deseo de manipular y controlar a Richard Foley para poder huir de la isla se confundió con desearlo a él. Tuve que quererlo de verdad para hacer que me creyera. Y así en cada interacción, en cada mirada, en cada momento en que me preparaba para verlo, cepillándome el pelo, eligiendo la ropa, pellizcándome las mejillas para que estuvieran más rosadas, no pensaba sino en sus manos en mi cuerpo, su boca en mi boca, su piel pegada a mi piel. Pensaba en él por la noche. Pensaba en él cuando el aire era más cálido o me daba el sol en la cara. El deseo de salir de allí se confundió con el deseo de poseer a aquel hombre.

Todavía veo el sufrimiento de su rostro cuando tenía mis mejillas entre sus fuertes manos. No quería hacerlo, pero estaba demasiado aplastado para luchar contra mí. Yo había hecho aquello; lo había abatido con mis palabras y mi poder. Lo miré con deseo, y era verdadero y puro, aunque fingí apartarme. Me cogió el rostro con más fuerza y lo acercó al suyo. Fue un beso que nunca olvidaré, y no solo porque fue mi primer beso, sino porque ambos estábamos sedientos, nos ahogábamos, nos moríamos, y aquel beso era lo único que podía salvarnos.

Nos tendimos entre las altas hierbas, delante de las rocas del lado oeste de la isla. Dejó de mirarme y fue como si la comunicación que se había establecido en aquel lugar, entre nuestros ojos, nuestros pensamientos y nuestras palabras, se trasladara a nuestros cuerpos, y allí fue donde se quedó durante todo el tiempo en que fuimos amantes. Yo lo esperaba en alguna parte, en la hierba, en el embarcadero, en el cobertizo del generador. Y él me besaba y me quitaba la ropa, y me ponía donde quería ponerme. Unas veces, cara a cara. Otras, poniéndose detrás. Pero yo siempre estaba debajo de él, sintiendo su poder sobre mí tal como yo había ejercido el mío sobre él. Es difícil describirlo. Es difícil pensar en ello ahora. Pero era dulce con su poder, por mucha cólera que quisiera desahogar en esos momentos. Y pudo haberse desahogado. Pudo haber descargado la cólera en mi cuerpo, la que lo había alejado de su casa de joven y la que le producía el hecho de odiarse por no haber ayudado a aquella mujer en el barco pesquero. Reprimir la cólera lo fue curando de algún modo, poco a poco, como pequeños hilos de agua que fluyeran de un embalse.

El cuarto día después de mi regreso, mis pensamientos volvieron a estar con Richard Foley. Mi cuerpo añoraba su cuerpo. Y mi mente estaba llena de nudos. Ahí es donde comienza el deseo, y no se limita a desaparecer porque lo ordenemos. Sentía cosas que no quería sentir. Añoranza. Hambre. Asco. Pensaba que había dejado esas sensaciones en la isla, así que aquella mañana me pregunté si esas sensaciones habían estado también conmigo en la casa donde estaba ahora, esperando a que yo regresara.

Me di una ducha, una larga ducha, para que se las llevara el agua.

La guerra desatada en nuestra casa tras el episodio de las fotografías tuvo periodos críticos y periodos tranquilos. Los periodos tranquilos no eran momentos de paz, sino más bien momentos de reagrupación, rearme y planificación estratégica. Guerra fría. No sé en qué momento exacto se enteró Hunter de que su padre había hecho las fotografías de Emma con el vestido bajado, solo sé que fue durante las tres semanas posteriores al hecho y al momento en que Hunter las colgó en la página web. Creo que todo pasó muy rápido, catapultado por la furia que sentía Hunter contra Emma y contra su padre. El señor Martin veneraba y adoraba a su hijo tanto como este idolatraba y admiraba a su padre. A Hunter le gustaba hablar de los logros y la riqueza de la empresa del señor Martin, exagerándolo todo, e incluso insinuaba que su padre hacía negocios indirectos con el crimen organizado. Su padre le había causado una profunda herida por desear a Emma y ceder a sus impulsos. Y Emma había sido una depravada por utilizar a su padre como arma contra él.

Publicó aquellas fotos sin pensarlo ni planearlo. Hunter lo pagó cuando Witt le dio el puñetazo en la cara y cuando la señora Martin le echó la culpa de todo. Creo que, si no se hubiera dejado llevar por sus emociones y su rabia feroz, habría ideado un plan mejor.

Aprendió de aquel error.

La guerra fría en nuestra casa duró meses; el señor Martin evitaba a Emma para no tener que pensar en sus pechos; Hunter se quedaba en el internado siempre que podía para castigar a su padre; y Emma se regodeaba de su victoria en la última batalla, aunque le hubiera costado la relación con el chico con el que había salido durante el verano. *Hay más chicos*, dijo. La guerra fría terminó con un ataque devastador al principio de la primavera, cuando todos los miembros de la familia fuimos a St. Barts. Fue un golpe rápido y decisivo. Y eso que fue tan sutil que yo casi ni me di cuenta; y a pesar de que me había dedicado a observar la guerra como si me fuera la vida en ello.

Ahora sí me doy cuenta, porque tengo más años y he pasado por todo lo que ocurrió en la isla.

Los profesores de la academia Soundview nos explicaban que los seres humanos tienen un deseo natural de aprender. Yo creo que es más exacto decir que los seres humanos tienen un deseo natural de aprender las cosas que tienen que aprender para sobrevivir. En la isla eso significaba conocer a las personas: qué las motiva, qué significan sus expresiones, qué las impulsa a obrar y a reaccionar. Y qué desean en su fuero más íntimo y oscuro. Aunque no eran cosas que pudieran encontrarse en los libros de texto que compraba Lucy, de un modo u otro las aprendí. Y las aprendí sin siquiera darme cuenta de que las estaba aprendiendo.

Cuando por fin regresé a casa, fue como si alguien me hubiera inyectado ese conocimiento en el cerebro. No sé cómo describirlo exactamente. Era como si me hubiera puesto unos patines por primera vez y de alguna manera supiera dar un triple salto mortal. Utilicé este conocimiento para ayudarlos a encontrar la isla y a encontrar a mi hermana. Pero también la apliqué a todos los recuerdos que me bullían en la cabeza. Cosas a las que no había encontrado sentido, ahora estaban claras. Cosas que habían hecho mi padre, el señor Martin, Hunter, Emma e incluso yo misma, las entendía ahora por lo que eran.

No digo que las perdonara, sino que las entendía.

Aquel principio de primavera, cuando la guerra fría se volvió caliente, alquilamos una casa en la montaña. Tenía vistas al océano y creo que era la mejor casa que habíamos tenido en los tres años que llevábamos juntos. San Bartolomé es un lugar muy elegante. Y muy caro. Es territorio francés, así que hay mucha comida selecta y salas de baile que abren toda la noche. Allí van modelos y estrellas de cine, motivo por el que la señora Martin, después de casarse con el señor Martin, había insistido en convertirlo en tradición para las vacaciones de primavera. Mi padre se había negado. Dijo que era demasiado ostentoso y, además, a él le gustaba esquiar, así que la obligaba a ir a Utah, donde ella, con la cara larga, se quedaba en el hotel para no hacer el ridículo intentando aprender. Mi padre era un esquiador experto y se ofreció a darle lecciones en privado. Pero ella prefirió quejarse del viaje.

Hunter tenía varios amigos en el internado que pasaban las vacaciones de primavera en San Bartolomé y se reunía con ellos en la capital o en la playa. Emma siempre había ido con él. Pero aquel año no la invitó. Juraría que esto la puso triste, porque se vio limitada a ir a la piscina conmigo y nuestra madre, y luego solo conmigo si los adultos salían por la noche. Estaba tan triste que intentó hacer las paces con Hunter pidiéndole que le pusiera bronceador en la espalda. Sé que esto parece una nadería. Pero aquello fue algo más que pedir que la ayudara a untarse el bronceador. Le estaba pidiendo que las cosas volvieran a ser como antes. Le estaba diciendo que sentía haber permitido que el señor Martin le hiciera las fotos y que lo perdonaba por llamarla puta y por no contarle lo de la novia de Joe antes de tener relaciones sexuales con él. Incluso estaba dispuesta a perdonarlo por colgar las fotos en Internet. Eran grandes concesiones.

Pero, como he dicho, Hunter había aprendido la lección: no hacer planes de guerra sin la debida preparación, y llevaba meses organizando su próximo movimiento. Así que le dijo que no. No podía ayudarla a ponerse el bronceador.

Tengo prisa, Em. Que te ayude Cass.

Emma se fue de inmediato a su habitación y ya no salió en todo el día.

Hunter no se reunió con sus amigos la tarde siguiente. Se quedó en casa y se sentó en la orilla de la piscina; conmigo, con Emma y con la señora Martin. Al señor Martin no le gustaba el sol, así que iba a la capital todos los días, y también aquel, a beber vino y dar paseos. También cumplía así el objetivo de no ver a Emma con su diminuto bikini. Nos evitó durante todas las vacaciones, de lo cual se alegró mucho la señora Martin porque gracias a eso pudo leer las revistas que le gustaban de verdad, sin que el señor Martin se lo echase en cara. Creo que, si no hubiera estado tan contenta, se habría dado cuenta de lo que estaba ocurriendo y la alegría le hubiera desaparecido como por ensalmo.

Hunter estaba sentado de cara al océano, con las gafas de sol puestas, así que no sabíamos si nos miraba a nosotras, al océano o a las musarañas. Pasó un largo rato. Emma escuchaba música y cambiaba mensajes de texto con sus amistades, riendo de vez en cuando, pasándose las manos por el corto cabello. Yo leía un libro para clase (*El dador*, que trata sobre un lugar inventado en el que la gente ya no tiene sentimientos). Era muy incómodo estar allí con dos enemigos que fingían ser una familia de vacaciones, cuando en realidad estaban pensando en la forma de destruirse entre sí.

Fue inmediatamente después del almuerzo cuando Hunter hizo su movimiento mortal, un movimiento que aumentaría la tensión bélica y cuyo resultado fue todo lo malo que le ocurrió a Emma. Y a mí.

¡Hace mucho calor hoy!, dijo la señora Martin. Dejó a un lado la revista, tomó un sorbo de su bebida de ron y buscó el bronceador.

Hunter, que no se había movido desde el desayuno salvo para saltar a la piscina en una ocasión, se levantó de la silla y se sentó al borde de la tumbona de la señora Martin. *Yo te frotaré la espalda.*

La señora Martin sonrió de un modo curioso. Quizás incluso con cautela. Me di cuenta de que calculaba cómo responder y, con todo lo que he aprendido, ahora sé por qué. Si decía que no, estaría admitiendo que había algo malo en el hecho de que su hijastro le friccionara la piel con la loción. Pero si decía que sí, su hijastro le tocaría la espalda desnuda y se la frotaría. Estuvo indecisa durante ese segundo antes de responder, hasta que notó la expresión dolida de Emma.

Qué amable eres, querido.

Hunter sonrió. Cogió la loción, se echó un poco en la mano, la frotó con la otra y apoyó las dos manos en la espalda de nuestra madre.

Eso fue todo lo que ocurrió en ese viaje. Pero fue suficiente. Hunter volvió al internado y ya no lo vimos hasta el verano, cuando se libraría la siguiente batalla, esta vez por iniciativa de Emma.

Llamaron a la puerta de la calle el cuarto día después de mi regreso. Lo oí desde mi dormitorio. Luego oí que el señor Martin se levantaba para ir a abrir.

La doctora Winter y el agente Strauss estaban en la puerta, pero no quisieron entrar y prefirieron hablar con el señor Martin en el porche, a solas. Los vi a través del arco que hay entre la sala y el vestíbulo: los gestos, el hombro encogido por la sorpresa, la salida y la puerta cerrándose. No estaba segura de que hubieran descubierto lo que yo necesitaba que descubrieran, pero de repente me sentí esperanzada. La señora Martin había ido poniéndose cada vez más nerviosa conforme transcurría el tiempo sin que encontraran la isla y conforme aumentaba la credibilidad de mis informaciones. Las conversaciones en susurros con el señor Martin eran más frecuentes; las arrugas de preocupación empezaban a notársele en el rostro.

Pero no era suficiente. Nada de aquello había sido suficiente.

Hasta el cuarto día.

Al día siguiente averiguarían dónde vivía Richard Foley, y eso los conduciría a la isla. Pero el cuarto día habían descubierto la otra cosa que yo necesitaba que descubrieran. Había valido la pena soportar la torturante espera, pasar el día entero con el interruptor de la señora Martin en posición de amor y que me tratara como a una paciente del psiquiátrico. Habían valido la pena su regodeo y su arrogancia. Valió la pena todo, incluso lo que supuso para la doctora Winter.

16
DOCTORA WINTER

Aquel anochecer, el del cuarto día después del regreso de Cass Tanner, Abby y Leo volvieron a casa de los Martin.

Se sentaron en el porche en sillas de hierro labrado. Jonathan Martin cruzó las piernas, se arrellanó y sonrió como si estuviera tomando unas copas con unos amigos del club.

—¿En qué puedo ayudarles? —preguntó.

Leo le devolvió la sonrisa. La función era suya y él era un actor excepcional. Pero trabajaba con muy pocos accesorios.

—Lisa Jennings —respondió.

Jonathan pareció confuso.

—¿Perdón? ¿Quién dice?

—La orientadora escolar. De la Academia Soundview.

—Ah, sí, ya caigo.

La sonrisa de Leo se amplió.

—Ella se acuerda de usted. Y bastante bien, en realidad.

Jonathan contraatacó.

—¿Por qué no dice lo que ha venido a decir?

—Usted tuvo una aventura con ella. La tenía cuando las chicas desaparecieron —expuso Leo con calma—. Se reunían en un edificio de la academia. Es muy atractiva.

—Eso es absurdo —replicó Jonathan.

Abby observaba sus facciones mientras Leo presentaba las pruebas. Tras su reunión con Jennings, habían repasado el expediente y el listado de las llamadas que había hecho Jonathan Martin durante dos años con el móvil, listado que habían obtenido durante la investigación inicial. El analista que había revisado el registro cuando las chicas desaparecieron había escrito un informe en el que relacionaba los números de teléfono a los que había llamado o enviado mensajes de texto y los nombres de los titulares. Se habían enviado docenas de llamadas y textos a Lisa Jennings. Había pasado demasiado tiempo para acceder al contenido de los mensajes que intercambiaban. No había hoteles, ni comidas, ni viajes. Ningún portero en su puesto que los hubiera visto entrar o salir. Básicamente, no tenían nada. Solo la confesión de Lisa.

—Ya les dije que quería ayudar. Que intentaba conseguir información de ella —explicó Jonathan.

Leo había aceptado esta explicación en aquel entonces, que llamaba porque estaba preocupado por las chicas. Lisa Jennings también había sido interrogada a fondo sin que hubiera saltado ninguna señal de alarma. En aquella época tenían el foco puesto en forasteros, desconocidos, gente que pudiera haber secuestrado o hecho daño a las chicas, no en las relaciones entre las personas que intentaban ayudarlos.

Al reconsiderarlo todo ahora, con la sospecha flotando en el aire, resultaba raro que Jonathan hubiera contactado con alguien de la academia de las chicas. Y ahora sabían por qué.

—Fuimos a ver a Lisa Jennings tras revisar la lista de llamadas telefónicas y esa no es la explicación que nos dio ella. Nos contó lo del flirteo en aquella reunión escolar, la lenta seducción mediante los mensajes y luego las tardes en su apartamento. Llevaban así varios meses y entonces desaparecieron las chicas. Sus hijastras.

Lisa Jennings no lo había ocultado mucho tiempo. Ellos le pusieron delante la mentira que había contado, que se había enterado de lo del pelo de Emma por Owen Tanner. Owen no lo sabía. A partir de ahí, tenían las llamadas y los mensajes de texto. La mujer era una *milenial*, estaba acostumbrada a las huellas indelebles de las redes sociales, así que no fue difícil convencerla de que los mensajes de texto habían quedado almacenados en su servidor.

Tenía lágrimas en los ojos cuando les contó que se dio cuenta de que él nunca la había amado, de lo fácil que le resultó a Jonathan cortar con ella con un telefonazo. No es que ella no lo entendiera. Por supuesto que tenían que cortar, al menos durante un tiempo, mientras buscaban a las chicas. La familia, la escuela... estaban en el centro de la atención. Fue el hecho de que él no sintiera nada en absoluto. Ni tristeza, ni añoranza, ni espacios vacíos dejados atrás. Ella había sentido todo eso. Por culpa de él: «Ahora me doy cuenta de que todo era mentira. Toda la ternura de sus ojos y las palabras que salían de su boca; todo era mentira. Y era muy bueno mintiendo».

—Bien —dijo Jonathan, sentado en el porche—. Está claro que está muy resentida.

Abby lo observaba mientras Leo y ella interpretaban el baile de rigor. Era un vanidoso. Sabía que nunca podrían demostrar que se había acostado con la joven. Pero ellos no lo estaban juzgando. Su fingida ignorancia cuando pronunciaron el nombre de la mujer confirmaba la aventura, y eso era lo que buscaban en aquella casa. Confirmación.

Lisa Jennings también les había hablado de la obsesión que sentía por su hijo. Que hablaba de él como si fuera un «regalo de Dios», aunque ella lo había visto y le parecía «un capullo engreído y flacucho». Dijo que, aunque había creído que él la amaba, siempre supo que Jonathan la abandonaría en un abrir y cerrar de ojos para mantener limpio el apellido familiar.

Lisa accedió a trabajar con un agente en New Haven. A entregar sus facturas telefónicas. A someterse al polígrafo para demostrar que no tenía nada que ver con la desaparición de las chicas..., que todo había sido una aventura con el padrastro y nada más. Pronto contrataría un abogado y probablemente no haría nada de lo dicho sin negociar su inmunidad. Pero lo haría.

Parecía una pista. Jonathan Martin le había contado cosas, le había confiado datos sobre su mujer, las chicas y su hijo. Tal vez recordara cosas insignificantes en apariencia, pero que a lo mejor servían para conducirlos hasta los Pratt o para identificar al padre de la hija de Emma.

Leo se concentró en aquello, en la conexión entre Lisa Jennings, Jonathan Martin y un posible nexo para descubrir la identidad de los Pratt.

Pero Abby sentía curiosidad por otra cosa y era el motivo que había inducido a Cass a darles las migajas que conducían a aquella puerta. Cass había mentido a propósito de la relación de Emma con Lisa Jennings. Hasta cierto punto creían que era así, lo cual significaba entonces que Cass tenía que saber lo de la aventura y había querido ponerla al descubierto. ¿Por qué otra razón iba a inventarse una mentira para enviarlos allí? Quería que preguntaran a Jonathan Martin y luego a su madre, para que esta se enterase por fin. Pero ¿con qué finalidad? ¿Para vengarse de la horrible infancia que había tenido? ¿O por otra cosa? Abby no tenía la menor duda de que Cass sabía exactamente lo que iban a descubrir cuando investigaran a Lisa Jennings.

Leo se quedó en silencio un buen rato. Luego hizo una pregunta que no habían planeado.

—¿Alguna vez llamó usted Lolita a Emma Tanner?

Jonathan Martin enderezó el espinazo de golpe. Parecía indignado por la pregunta, pero estaba sobreactuando.

—Basta ya —exclamó, levantándose de la silla.

Lisa Jennings les había contado que Jonathan Martin hablaba de la supervivencia de los más aptos, de que la historia había demostrado que la tribu siempre era la fuerza más potente. Que la tribu solo se podía conquistar cuando se infiltraban en ella elementos ajenos. Conocía numerosos ejemplos históricos y sostenía unas opiniones políticas radicales sobre cómo evitar que ocurriera algo así. Lisa Jennings le había preguntado cómo se aplicaba eso en el caso de su mestiza familia, y él había hablado de las chicas. Cass, le contó, no era ninguna amenaza. Era débil. Era una segundona, una vasalla. Pero Emma, Emma era un problema. Quería el poder y no sabía cuál era su lugar, algo que sí sabía su madre. Había sugerido que era consciente del atractivo que ejercía sobre los hombres y había empezado a usarlo. Dijo que Jonathan había utilizado esa expresión: que Emma era una Lolita.

Leo y Abby también se pusieron en pie, el primero bloqueando la puerta para impedir el paso a Jonathan.

—Encuentro muy desagradable todo esto —se quejó este—. Mi hija está desaparecida y ustedes pierden el tiempo con estas tonterías. Creo que deberían irse antes de poner nerviosa a mi mujer.

Leo se hizo a un lado y lo dejó pasar. Abby esperó a que se hubiera ido antes de expulsar el aire que había estado reteniendo.

Miró a Leo y sonrió.

—¿Qué? Pareces sorprendida.

Estaba sorprendida. Leo había hecho preguntas sobre la familia.

—¿En qué estás pensando, Leo? La Lolita de la novela era una colegiala que sedujo a un hombre mayor…

—Él no estuvo en París ese verano, si es ahí donde quieres llegar. Ni tampoco el hermanastro, Hunter.

—¿Averiguaste eso? ¿Cómo es que no me lo dijiste?

Leo le hizo una seña para que se alejaran de la casa, bajaron los peldaños del porche y se dirigieron al camino de vehículos.

—No esperes mucho de esto. Me he fijado en ese tipo y no creo que le importen mucho las chicas, en ningún sentido. Entró en la vida de las dos cuando eran casi adolescentes. Once y trece años. El hermanastro detestaba a su hijo y ellas adoraban a Witt. Hunter estaba obsesionado por Emma, y estoy seguro de que él la culpaba de ser una tentación para un muchacho sano y con muchas hormonas…, ya sabes cómo es eso. Pero créeme, cuando Cass dijo que Emma estaba embarazada y no quería revelar quién era el padre, lo pensé. Pensé en Jonathan Martin y pensé en su hijo. Esa sería una razón para que ella se marchara, para que temiera lo que podría pasar si se quedaba y si uno de los dos era el padre.

—Solo que estaba en Francia cuando se quedó embarazada, ¿no? Cass dijo que tuvo la niña en marzo. Eso sitúa la concepción en junio, julio como mucho. Emma no volvió a América hasta mediados de agosto.

—Cierto. Así que comprobé que no estuvieron en París, eso es todo. Para cerrar el círculo.

—¿Y ahora qué?

Leo se encogió de hombros.

—Veremos a Judy Martin dentro de una hora. Es perfecto…, él lo ha negado, así que tenemos una excusa para interrogarla. Y le hemos dejado una pequeña salida para que se lo cuente él mismo.

—Me parece bien.

Siguieron andando por el camino de vehículos hasta que llegaron al coche de Abby. Esta sacó las llaves.

—Yo conocía tu tesis, ¿sabes? —informó Leo.

Abby se volvió para mirarlo.

—¿Cuándo la leíste?

—El año pasado. Y anoche, por segunda vez. Estaba en la cama. Susan estaba profundamente dormida. Ella tiene en la mesita una foto de los niños cuando eran pequeños. Creo que miro esa foto diez veces al día, porque está ahí, ¿entiendes? Y estaba pensando en una madre que le corta el pelo a su hija de ese modo. Con saña. Para vengarse. Y para castigar a la otra. —Hizo una pausa. Sacudía la cabeza y se miraba las botas—. Esas cosas que escribiste sobre los hermanos. Que el progenitor narcisista escoge a un hermano como favorito y hace todo lo posible para manipularlo. Reforzando el *alter ego*...

—Emma —dijo Abby—. Eso es lo que le hizo a Emma.

—Y a Cass, la otra hija, que considera a la favorita como a una madre. Una hija que educa a otra cuando los padres están ahí. Me da náuseas.

—Sí —admitió Abby. No tenía ni idea de adónde llevaba todo aquello, pero ver que Leo comprendía, que veía las cosas que ella había visto en aquella familia..., lo significaba todo en aquel momento.

—Me da náuseas por ellas. Y me da náuseas por ti.

Abby no supo qué responder. Las palabras de Cass estaban allí, las palabras con que había descrito el conflicto: la necesidad de amar y ser amada, pero sabiendo que «todas las personas en las que puedes confiar podrían traicionarte». La mayor parte de la gente vivía en una bendita ignorancia. Pero la madre de Abby se la había quitado. Y Judy Martin se la había quitado a Cass. Y no hay vuelta atrás, no se puede recuperar la ignorancia. ¿Había algo que lamentar? ¿O eso las mantenía a salvo?

Entonces se le ocurrió una idea. Asió a Leo por los brazos.

—¿Qué pasa, pequeña?

—Todo el mundo puede traicionarte —manifestó Abby.

Leo estaba confuso.

—¿Qué significa eso?

—Eso es lo que Cass quiere que sepa su madre. ¡Por eso nos condujo hasta Lisa Jennings…, para poner al descubierto lo de la aventura sentimental, para obligar a su madre a pensar, o a saber, que su marido la traicionó!

—¿Y entonces qué?

—No lo sé…

—¿Y por qué no se limitó a decírnoslo? ¿Por qué nos hizo creer que esto tenía que ver con Emma?

—Porque ella tiene que ser la persona en la que confíe su madre… y no me preguntes por qué, porque todavía no lo sé. Solo sé que ella necesita que su madre empiece a confiar en ella, a creerla, y a dejar de creer en Jonathan Martin.

—Abby, no sé qué tiene que ver todo esto con encontrar a Emma.

El argumento de Leo fue interrumpido por el zumbido del teléfono móvil que llevaba en la chaqueta. Lo sacó para responder.

—Sí —dijo; y escuchó. Dilató los ojos.

Abby esperó mientras veía que la cara de Leo cambiaba de expresión, pasando de la sorpresa a la emoción. Colgó y sonrió. Sus palabras, imposibles de creer, congelaron el tiempo.

—Han localizado la isla.

17
CASS

Todo cambió cuando descubrieron la aventura que habían tenido el señor Martin y nuestra orientadora escolar, Lisa Jennings. Como el señor Martin lo negó, tuvieron que preguntar a mi madre. Y cuando le preguntaron si lo sabía, en realidad se lo estaban contando.

A pesar de la inteligencia de la señora Martin, de su huida del puesto de secretaria, de haber seducido a mi padre y al señor Martin, del control que había ejercido sobre nosotras con sus manipulaciones, la tonsura forzada y las maniobras legales que había hecho para impedir que nos fuéramos, en ningún momento le había pasado por la cabeza la posibilidad de que su marido se hubiera acostado con una mujer más joven y más guapa. Creo que esto la puso más nerviosa que el hecho de que su marido la engañara. No saberlo, no verlo, ser engañada… te hace cuestionar todo aquello en lo que habías confiado. Te hace dudar de tu propio juicio y de las verdades en las que crees, que a veces están tan profundamente arraigadas que ni siquiera sabes que están ahí, dando forma a tus pensamientos.

El señor Martin no pudo negar su conducta. Estaba allí, negro sobre blanco, su número de teléfono aparecía una y otra y otra vez, y también la confesión entre lágrimas de Lisa Jennings. Estoy segura de que lamentó no haber sido más precavido, no haber utilizado un teléfono prepago o el teléfono fijo del club.

No, no podía negarlo. Aunque eso fue exactamente lo que hizo.

La señora Martin trató de obligarlo a que lo contara todo. Aunque no pude escuchar toda la conversación desde el pasillo, capté lo suficiente.

—No me encuentras atractiva…

—¡Eso no es verdad! Siempre has sido muy atractiva. Muy sexy…

—Pero no lo bastante. ¡No lo bastante!

—¡No tuve relaciones sexuales con esa mujer! ¿Por qué no me crees?

—¡Creo que te gustan las jóvenes!

—No…

—Creo que te gustan las chicas…

—¡Basta ya! Yo no tuve nada que ver con lo que les ocurrió a las chicas…

—Chicas jóvenes…

—¡Para de una vez!

—Vi cómo mirabas a Emma… Dios mío, ¿me estoy volviendo loca? ¿Sufro alucinaciones? ¡Oh, Dios mío! Tú conoces a ese hombre. ¡A Bill! ¡Emma está allí! ¡Emma está allí! Y tú lo has sabido todo este tiempo, ¿no es cierto? ¡Tú lo hiciste, no sé cómo, entregaste a mis hijas a ese monstruo!

—¡Basta, basta! No voy a escuchar esto. No tengo nada que ver con esa maldita isla, joder, y es la última vez que me defiendo…

—Nada es verdad. ¡Nada de lo que dices es verdad!

—Se acabó. Me voy a la ciudad. Estás perdiendo la cabeza. ¡Estás perdiendo la puta cabeza!

El señor Martin se fue a Nueva York para pasar la noche en su club deportivo. Y mientras estuvo fuera esa noche, ocurrieron dos cosas. La primera fue que la señora Martin pasó a su humor invernal.

Yo estaba al otro lado de la puerta de su dormitorio. La oía llorar con la cara en la almohada como hacía cuando yo era más pequeña, y necesité todas mis fuerzas para no echar a correr por el pasillo hacia la habitación de Emma. Me grité en silencio a mí misma. *¡Emma no está ahí!* Y también me recordé: *Has venido aquí por una razón.*

Entré en el dormitorio y me quedé inmóvil un momento para comprobar si reaccionaba y cómo reaccionaría cuando me viera. Había podido amarme otra vez porque pensaba que yo estaba loca y nadie me creía. Pero ahora se estaba rompiendo en pedazos. Su propio marido la había engañado y le había mentido. Había otra mujer mejor que ella y eso significaba que ella no era la más importante.

—¡Cass! —sollozó desde la cama, desplomada, despatarrada, como si hubiera estado en una taza y la hubieran vaciado encima del colchón—. ¡Ven aquí, Cass!

Entonces reaccioné y me acerqué a ella. Me subí a la cama y dejé que me rodeara la cintura con sus brazos y enterrara su rostro en mi regazo.

—¡Nada es real, Cass! Dime qué es real. Dime que no estabas en el coche de Emma aquella noche. Dime que estabas en tu habitación con la puerta cerrada...

Ojalá pudiera decir que yo estaba tranquila en aquel momento. Que sonreía con satisfacción al verla deshecha. Pero no soy tan fuerte.

Antes bien, me esforzaba por contenerme. La sangre se me iba de la cabeza mientras el corazón me golpeaba las costillas. Latía tan fuerte que me dolía. Esperé a que la sangre volviera y entonces susurré:

—Shhhh.

—¡Cass! ¡Dímelo! —sollozaba.

—Shhh, señora Martin. Todo está bien.

Mientras hablaba le acariciaba el sedoso cabello.

Se contorsionaba a causa del sufrimiento.

Me puse a recordar cosas. Yo en un rincón. Emma en aquella misma cama, abrazando a nuestra madre.

—Shhh, señora Martin —susurré. Y entonces dije lo que Emma habría dicho—. Eres una madre maravillosa. No hay una madre mejor en todo el mundo.

Me quedé con ella hasta que se tranquilizó. Le subí una bebida del piso de abajo, se tomó una pastilla, se tomó la bebida y se quedó dormida en mis brazos.

Y mientras dormía, yo rezaba para que aquello hubiera sido suficiente. Rezaba para que el señor Martin no utilizara su encanto y deshiciera lo que yo había hecho. Eso era lo único que yo tenía, la aventura con Lisa Jennings, que descubrí antes de desaparecer. El señor

Martin fue muy descuidado y casi todas las noches dejaba el teléfono en cualquier parte. Yo solía fantasear con contárselo a ella. Solía quedarme en la cama, a veces cuando Emma estaba conmigo, y pensaba en cómo y cuándo daría este regalo a mi hermana…, esta arma que seguramente destruiría a nuestra rival. Pero entonces desaparecimos.

Lo segundo que ocurrió aquella noche cuando el señor Martin se fue es que localizaron al barquero, Richard Foley. Y al descubrir su paradero, localizaron la isla.

Fueron allí aquella misma noche. Ocho agentes del FBI, contando al agente Strauss y a la doctora Winter. Pasaron la noche en un pequeño hotel y vigilaron. Consiguieron imágenes vía satélite, registros inmobiliarios, permisos de construcción y todo lo que necesitaban para idear un plan de ataque que pondrían en práctica la mañana siguiente.

Aquella noche no dormí. No nos habían contado nada de las indagaciones, ni de las imágenes vía satélite, ni de los detalles del plan. Pero sabía que todo iba a ocurrir muy rápido. Y sabía que iba a ser peligroso, porque me hicieron preguntas sobre escopetas, armas y objetos que los Pratt pudieran utilizar. Y me consumí pensando que moría gente a la que amaba.

Así que estuve despierta toda la noche haciéndome preguntas sobre la muerte. Nadie que haya muerto puede contarnos qué se siente. No creo que haya ninguna muerte indolora, aunque solo dure un segundo. Aunque nos corten la cabeza o nos disparen en el corazón. La vida es demasiado fuerte para desaparecer sin algún tipo de sufrimiento.

Nuestro padre era muy paranoico con la idea de que la vida nos abandonara, a Emma, a Witt y a mí. Se ponía furioso cuando no hacíamos lo que nos decía para salvaguardar la vida. Los cascos de ciclista y los cinturones de seguridad eran lo peor. No sé qué pensarían Witt y Emma cuando no se ponían el casco o no se abrochaban el cinturón de seguridad. Quizá lo hacían a propósito porque querían librarse de esas restricciones. Pero en mi caso se trataba de olvidar. Nuestro padre nos sermoneaba cada vez que se presentaba la ocasión, sobre que los jóvenes se sentían invencibles, que no se daban cuenta de que podían morir. Que tarde o temprano morirían. Que eran perecederos. Emma reía por lo bajo y yo veía que las palabras de mi padre le entraban por un oído y le salían por el otro, como una brisa. Le traía sin cuidado la posibilidad de que algún día renegara de su actitud. Era como ser guapa. Pensaba disfrutarlo mientras pudiera…, si no, ¿qué sentido tenía?

Quisiera desaparecer en una enorme bola de fuego en cuanto me sienta como se siente papá. Prefiero vivir la mitad de tiempo sintiéndome viva que el doble sintiéndome ya muerta.

Emma me susurró esto al oído una noche que estaba acostada en mi cama. Tenía dieciséis años y por entonces ya no iba en bicicleta, pero siempre se ponía el cinturón de seguridad porque ya tenía coche y no quería que la policía le pusiera una multa. Aun así, seguía habiendo muchas otras cosas parecidas, leyes y restricciones. Cuando me dijo esas palabras, yo habría jurado que se sentía muy adulta. Que se sentía como si hubiera descubierto algo que no se le había ocurrido antes a nadie. Pero ahora sé que solo estaba buscando la forma de entender lo que pasaba dentro de ella misma.

Cuando un grito quiere salir, nada puede detenerlo. Ni leyes. Ni restricciones. Ni siquiera el sentido común que se aferra a la vida.

Yo era más como mi padre. Desde los primeros pensamientos y sentimientos que recuerdo, sé que temía la muerte y que pensaba que la muerte vendría a buscarme como un castigo. Cada vez que fumaba un cigarrillo me decía que sería castigada con el cáncer. Cada vez que bebía alcohol, me imaginaba en una cama de hospital con la piel amarillenta porque estaba enferma del hígado. Y cuando llevaba a Emma en su coche sin tener permiso de conducir, me resignaba a sufrir una muerte sangrienta en el arcén.

Lo que he llegado a saber de la muerte es que no es así. No es justa. No suma tus cigarrillos ni tus bebidas ni tus comportamientos irresponsables y viene a buscarte cuando has agotado la cuota. Todos los días mueren personas que eran muy buenas y muy responsables. Y hay personas malvadas y responsables de muchas maldades que viven mucho tiempo y mueren de muerte natural. La señora Martin probablemente vivirá hasta los cien años. Y el señor Martin estará junto a ella.

Yo no merecía la muerte cuando era joven. Nunca he hecho nada tan malo como para merecerla, ni siquiera después de empezar a beber, a fumar, a tener malos pensamientos y a cometer maldades. Sin embargo, la temía como si la mereciera solo por ser yo, y creo que nunca dejaré de sentirme de esa manera hasta que por fin llegue.

Cuando ahuyentaba la muerte de mis pensamientos, estos corrían instantáneamente a la isla y a lo que ocurriría por la mañana, cuando cayeran sobre ella. No dormí. Ni un minuto.

Cuánto eché de menos a Emma aquella noche, acostada en la cama, preguntándome qué encontrarían en la isla. Y sabiendo lo que no encontrarían.

18

DOCTORA WINTER, CINCO DÍAS DESPUÉS DEL REGRESO DE CASS TANNER

A cinco millas de la costa de South Bristol, Maine, se encuentra la isla de Freya. La había llamado así la última propietaria, una empresa llamada Freya Investments, LLC. El nombre era escandinavo, el de la diosa nórdica del amor y la fertilidad.

Freya Investments, LLC, estaba registrada en Delaware y pertenecía a un hombre llamado Carl Peterson.

Encontraron la isla de Freya cinco días después de la reaparición de Cass Tanner. Comenzó con el hallazgo de una embarcación que iba a la deriva a varias millas de distancia, cerca de Rockland. La barca pertenecía al propietario de un muelle y de un pequeño club náutico de South Bristol. Dicho propietario había alquilado la embarcación a Richard Conroy, que en realidad era Richard Foley. La mujer del propietario reconoció a Foley en un informativo en que aparecía su foto, y avisaron a las autoridades.

Abby, Leo y el Grupo de Respuesta a Incidentes Críticos, GRIC, se trasladaron al punto de tierra firme más cercano, Christmas Cove, que estaba unido a South Bristol por un puente colgante. Se habían analizado todas las imágenes vía satélite de las islas que había en la bocana de la bahía. Cass había descrito tres estructuras y un muelle. La casa principal estaba en el punto más oriental, de cara al Atlántico. El muelle estaba al sur, de cara a una isla más grande. Y las dos estructuras más pequeñas, un invernadero y un cobertizo para generador, estaban al norte de la casa. En el lado occidental estaban las traicioneras rocas.

Solo una isla coincidía con la descripción.

—¿Estás lista? —preguntó Leo en el muelle. A poca distancia había un cañonero de la guardia costera. Abby y el equipo forense esperarían en el cañonero hasta que la isla estuviera despejada. Leo iba a ir con el GRIC.

—Estoy nerviosa —dijo Abby.

Miró fijamente el mapa que habían conseguido vía satélite. Veía dónde estaba situada Freya y las estructuras de la isla. Imaginó a Cass y a Emma en el embarcadero, mirando la isla de Thrumcap y, más allá, el continente, una libertad casi al alcance de la mano, pero inalcanzable. Era imposible que nadie pudiera recorrer a nado toda aquella distancia sin traje de submarinista. Y la guardia costera había confirmado que las corrientes eran fuertes. Nadar en aquel tramo de agua sería como recorrer nadando dos veces la misma distancia, y eso si la corriente no te empujaba hacia las rocas del extremo occidental.

Todo había ocurrido muy rápido. Demasiado para que Abby le encontrara sentido. La motora se había encontrado dos días antes de que Cass volviera a casa, aunque el propietario del muelle había tardado cuatro días en descubrir la relación. Sin embargo ella había contado que había llegado a casa aquella misma noche, en aquella misma lancha. Y se encontró a la deriva, con la llave en posición de encendido y el depósito de gasolina vacío.

—Eso no es propio de Rick —les había dicho el propietario del embarcadero. Siempre había tenido mucho cuidado con la lancha—. No teníamos ni idea de que tuviera problemas hasta que vimos las noticias esta mañana. Llamamos al *sheriff* local, pero él no conocía su nombre verdadero, así que nadie lo relacionó.

Los equipos habían llegado en el momento en que recibieron el aviso. Encontraron el apartamento de Foley en Damariscotta, a unos quince kilómetros de South Bristol. También se había alquilado con el nombre de Conroy. Un equipo forense estaba registrando la casa. Hasta el momento no habían encontrado nada de interés. Ni papeles ni archivos. Richard Foley se había mantenido al margen de los controles sociales, al igual que los Pratt, utilizando un apellido diferente y pagándolo todo con dinero en efectivo.

Y tras interrogar a Lisa Jennings durante varias horas solo habían conseguido más descripciones escandalosas de la escasa moralidad de Jonathan Martin y de su obsesión por favorecer los intereses de su hijo. No habían encontrado conexión entre ninguno de los dos y los Pratt, ni indicios que sugirieran que sabían algo del embarazo de Emma y hubieran intentado ayudarla a huir. Su aventura, aunque poco recomendable, no parecía tener nada que ver con la desaparición de las chicas. Pero Abby ya sospechaba algo así.

Lisa Jennings volvió a su trabajo aquella mañana. Y Judy Martin se había negado a ser interrogada.

Abby, desde el cañonero, vio que el equipo desembarcaba y se dispersaba por la zona boscosa que conducía a la casa. Tenían puesta la radio del cañonero y oía los informes mientras investigaban cada construcción. *«La casa… despejada. El cobertizo… despejado. El invernadero… despejado.»*

Dos miembros del GRIC entraron en la casa con Leo. Los otros se dispersaron en el bosque. Y a la guardia costera se le dio luz verde para que amarrara y escoltara hasta la orilla a Abby y los demás.

Los episodios contados por Cass resonaban en la cabeza de Abby mientras se acercaba a la isla. La casa, sobre una colina y mirando al océano abierto. El muelle de madera, las escaleras a un lado y al otro el lugar donde Bill Pratt había estado a punto de ahogar a la niña. Cuando el cañonero atracó, Abby se las imaginó allí, aterrorizadas, Bill pisándole las manos a Emma para que se soltara, haciéndole sangre en los dedos mientras ella tiritaba en el agua helada.

Abby desembarcó con uno de los guardias, que la acompañó por el largo sendero, a través de los árboles, hasta la entrada de la casa. Leo la esperaba allí.

—Es de verdad —dijo la mujer.

Leo asintió con la cabeza.

—Lo sé. Espera a verla por dentro.

Entraron por la puerta delantera, que daba a un pequeño vestíbulo. La escalera estaba enfrente mismo y Abby distinguió el pasillo de la segunda planta. Había un ventanal en el descansillo superior y desde allí el pasillo giraba a derecha y a izquierda. Las ventanas estaban cerradas a cal y canto, por lo que el aire estaba viciado. Las moscas zumbaban pegadas a los cristales, tratando de escapar.

El equipo forense se había repartido, dos agentes estaban en el piso de arriba y otro ya estaba trabajando en el dormitorio de la planta baja.

—No toques nada —dijeron a Abby, como si no lo supiera. Pero era la primera vez que estaba en el escenario de un crimen, o de un crimen en potencia. Hasta el momento, su trabajo en el FBI se había limitado a analizar personas: su salud mental, sus emociones, sus motivaciones. Ahora iba con un mono de polietileno, con zapatos cuidadosamente envueltos y guantes dobles en las manos. Imposible no pensar en la energía nerviosa que la recorría.

Leo llamó a los demás al pie de la escalera.

—Necesitamos saber dónde coño han ido: cualquier cosa, papeles, documentos, ordenadores…

—El bote de remos —dijo Abby, que estaba a su lado—. No estaba en el embarcadero.

Leo asintió con la cabeza.

—Sí, lo sé. ¿Crees que pudieron irse remando, cuatro personas? ¿Y en qué condiciones? ¿Apoyaban una pistola contra la cabeza de Emma? Una vez que dejaran la isla y llegaran al continente, no veo cómo podrían retenerla a ella y a la pequeña contra su voluntad.

—No lo sé. Pero quiero ver todas las habitaciones de esta casa.

Empezaron por la planta baja, primero la salita con la barra de *ballet* y el televisor. Luego el comedor, con la larga mesa rectangular, ocho sillas con sendos cojines de pana roja atados a los asientos. Una pintura que representaba una granja colgaba encima de un aparador. Y en el tablero de este, saleros y pimenteros desordenados, como si los hubieran puesto allí con prisa después de quitar la mesa. La cocina también era exactamente como Cass la había descrito. La cocina de gas. Las tazas de cerámica blanca con diminutas flores azules en el borde. Cuatro estaban limpiamente colocadas en un escurreplatos, al lado del fregadero, junto con una sartén, una rasera y vasos. Había más moscas zumbando alrededor de un cubo de basura metálico.

—Parece que se fueron por la mañana —dijo Abby—. Cenaron, lavaron los platos y se fueron a la cama. Y cuando despertaron, vieron que Cass ya no estaba.

A continuación fueron al dormitorio de la planta baja, que estaba al lado de la cocina. Era grande pero informal, y su situación en la casa indicaba que originalmente se había destinado a los criados y no a los dueños. Había tres camas individuales en fila, con las sábanas y las mantas desordenadas, sin hacer.

—Mierda —dijo Leo. Estaba mirando la cama más cercana a la pared del fondo. No tenía sábanas ni mantas—. ¿Por qué se llevaron la ropa de esta cama y no la de las demás?

—La hija de Emma. La tercera cama. Todo es tal como ella lo contó.

No tocaron nada y salieron mientras el equipo forense hacía su trabajo. Los cajones estaban abiertos, dejando a la vista la ropa de un hombre alto, de una mujer baja pero regordeta, con una talla de sostén de 22 cm. Al fondo del cajón de un armario había ropa de niña: unos leotardos rosa, camisas y vestidos con flores estampadas. Varios pares de calcetines blancos con volantes. Estaban limpios y bien doblados. En un cepillo del cuarto de baño vieron un largo cabello gris. También encontraron cajas de Grecian Formula, debajo del lavabo, en un pequeño mueble de madera. Había champú infantil en el borde de la bañera.

—Quiero ver las habitaciones de arriba —dijo Abby.

A la derecha del descansillo del primer piso había dos pequeños dormitorios y un cuarto de baño. Uno de los dormitorios daba a la fachada de la casa, a los bosques del oeste. El segundo daba al patio, al norte. El cuarto de baño daba al este, al Atlántico.

Los cajones de los dormitorios y de los armarios del baño estaban vacíos, alguno de ellos abiertos, como si hubieran vaciado las habitaciones a toda prisa.

Abby no dejaba de pensar mientras recorría todos los espacios donde Cass había vivido durante tres años. *Aquí es donde miraba los barcos langosteros… Aquí es donde permanecía acostada, sufriendo por volver a casa… Aquí donde se duchaba, donde se lavaba el rastro del barquero, la culpa y el sufrimiento.*

Desde allí se dirigieron a las dos habitaciones del otro lado del patio, una de ellas más grande y con cuarto de baño propio. Era, o debería haber sido, la habitación principal. Allí también habían vaciado todos los cajones. No quedaba ni una pastilla de jabón, ni una cuchilla de afeitar, ni un cepillo de dientes.

Leo se quedó en el centro, girando lentamente sobre los talones.

—¿Nada? —preguntó a una técnico forense.

La mujer negó con la cabeza.

—Hay pocas huellas. Intentaron borrarlas. Pero las encontraremos. Solo hace falta seguir buscando.

Abby, llena de perplejidad, suspiró con los brazos en jarras.

—Así pues, se levantan y descubren que Cass se ha ido. No pueden ponerse en contacto con Richard Foley. ¿Empaquetan todas las pertenencias de las chicas, tratan de limpiar toda la casa y luego se van en el bote de remos? Tenemos a cuatro personas, ¿y cuántas bolsas con cosas?

—Tirarían las bolsas al océano —completó Leo—. Metieron piedras en las bolsas, las ataron bien y las hundieron.

Abby fue a la ventana del dormitorio y miró hacia el océano.

—¡Eh! —exclamó la técnico forense. Estaba arrodillada al lado de la cama—. He encontrado algo. Estaba pegado en el armazón con cinta adhesiva. Alguien quiso esconderlo.

Abby y Leo se acercaron a observar el objeto que tenía en la mano.

Colgando del guante de látex blanco había un collar. Consistía en una diminuta cadena de plata y un medallón con un ángel. La cadena estaba rota, como Cass les había contado.

—El collar de Emma —dijo Abby en un susurro.

Leo miró a Abby con los ojos como platos.

—Lo ha dejado ella.

—Sí. Fue ella —confirmó Abby.

—Lo escondió de los Pratt.

—Sí —dijo Abby.

Leo estaba confuso.

—¿Por qué no se lo llevó?

Abby ya lo sabía.

—Porque quería que lo encontráramos.

19
. . . .
CASS

La primavera del último año de Hunter en el internado sucedió algo terrible. Lo primero fue que lo admitieron en la Universidad de Hamilton. Tanto el señor Martin como él habían presumido de esta admisión desde que llegó la carta a finales de marzo, poco después de que regresáramos de San Bartolomé. El señor Martin había estudiado en la Universidad de Hamilton y hablaba de ella como si fuera Harvard. Incluso ahora me repatea recordarlo. Yo estaba en el último año del bachillerato elemental. Emma estaba en segundo curso del superior y en nuestro instituto tenías que empezar a pensar en la universidad muy pronto. Entre Emma y Hunter, en nuestra casa todo era hablar de exámenes de selectividad, pruebas de ingreso para la universidad, cursos de nivel universitario para estudiantes de secundaria y actividades del verano. Incluso los fines de semana en que no venía Hunter, el señor Martin repetía que su hijo debía ir a la universidad —a la de Hamilton en concreto— y la señora Martin le replicaba que había que pensar también en la de Emma, porque sus hijas eran tan importantes como el hijo de él. Si el señor Martin hubiera querido que Hunter se uniera a un circo, la señora Martin habría llevado a Emma a clases de funambulismo.

No podía admitir ante sí misma que él había recibido una educación mejor o más refinada que ella, porque entonces él podría sentirse más poderoso y eso era algo que solo se le permitía en el dormitorio, aunque ambas cosas fueran verdad y aunque el dormitorio fuera el único sitio donde perdía su poder. Y eso prueba mi opinión sobre el poder sexual que tienen las mujeres y lo limitado e imperfecto que es. Incluso el poder sexual de la señora Martin palidecía al lado de la condición social y el dinero del señor Martin, y ella lo sabía. Lo sabía en lo más profundo de su corazón.

El señor Martin tuvo que desembolsar mucho dinero en Hamilton solo para que Hunter tuviera una posibilidad de ser admitido, porque sus notas no eran buenas y su puntuación tampoco lo fue. Y es que no era bueno en términos generales. No practicaba ningún deporte universitario, no pertenecía a ningún club y no cultivaba la beneficencia. No sé cuánto dinero costó conseguir aquella carta, pero el señor Martin anduvo preocupado y se quejó durante meses, así que tuvo que ser mucho. Pero valió la pena porque se trataba de él. Hunter era el único hijo del señor Martin. Le habían puesto ese nombre por su difunto abuelo, y había vivido con el señor Martin desde siempre. Todo lo que el señor Martin hacía y todo lo que él era empezaba y terminaba con su hijo. Su sagrada progenie. Su heredero.

Mi madre no fue a la universidad, pero hablaba de Hamilton con desdén cuando el señor Martin no estaba delante. Decía que era de segunda categoría y le dijo a Emma que ella tenía mejores estudios y que siguiera sacando notas altas para poder aspirar a algo mejor. La familia de nuestro padre tenía contactos en Columbia. Nuestro padre estudió allí y también Witt, aunque sé que Witt habría podido ingresar en Columbia por sus propios méritos, porque también fue a Princeton y eso que allí no conocíamos a nadie. Mi madre no conoció la diferencia entre universidades como Columbia y Hamilton hasta ese año, cuando lo necesitó para el pulso de poder que sostenía con su marido. Nadie era mejor que ella. Ningún vástago mejor que los suyos.

Cuando llegó la carta hubo un gran alivio en nuestra casa. El señor Martin estaba lleno de orgullo. Mi madre estaba llena de determinación por Emma. Yo estaba llena de fastidio. Y Hunter se comportaba como un auténtico engreído. De hecho, su engreimiento era tal que se imaginaba invencible. Se volvió arrogante. Y descuidado. Un fin de semana fue tan descuidado que lo pillaron esnifando cocaína en el campus de su internado.

El señor Martin no paraba de decir que, *en mis tiempos*, una cosa así habría merecido una expulsión temporal. Pero en los tiempos que corrían no. La gente consideraba las drogas de otro modo y los centros que no mantenían una actitud firme en este asunto no atraían a los mejores estudiantes ni a los padres con más dinero. El instituto celebró una audiencia disciplinaria. El tribunal estuvo compuesto por estudiantes y profesores, a los que se permitió interrogar a Hunter, oír sus disculpas y verle suplicar indulgencia por ser su último año de secundaria. El señor Martin firmó otro cheque, esta vez para el internado. Otro cheque abultado.

Nada de aquello fue suficiente. Hunter no se había hecho ningún favor a sí mismo, dada la clase de persona que era, y por otro lado caía mal a casi todos los profesores y estudiantes que formaban el comité disciplinario. Al parecer, algunos lo odiaban. Recomendaron la expulsión y, tras tres años y siete meses de matrícula pagada, Hunter Martin fue expulsado de su elegante internado. Como es lógico, Hamilton retiró su oferta y dijo al señor Martin que Hunter podía volver a intentarlo al año siguiente, pero que «le convenía» mejorar su conducta durante el año de asueto y cambiar de vida.

Hunter volvió a casa en mayo de aquel año. Se matriculó en el instituto público para conseguir el título, lo cual fue una profunda humillación para él. Tuvo que examinarse de asignaturas que no había estudiado en todo el año y sacó muy malas notas, incluso peores que las que había obtenido antes. Conocía a muchos alumnos de la ciudad, por haber coincidido en fiestas veraniegas, o de años antes, por haber estudiado la enseñanza primaria con ellos. Hunter no toleraba bien las humillaciones. Y tampoco el señor Martin. Hubo muchas llamadas telefónicas en todas las direcciones, para repartir culpas y planear la forma de salir del lío que Hunter había organizado a todos, a él y a su familia.

Yo entendía al señor Martin. Había gastado montañas de dinero para que Hunter pudiera tener el nombre de aquel centro en su currículo. Lo tendría el resto de su vida. Cualquiera podía hacer el bachillerato en un instituto público. Es obligatorio que te admitan si vives en la misma población. Como el señor Martin explicó a Hunter, hay un momento en la vida en que las notas y los méritos en la secundaria carecen de importancia. Lo único que importa es el nombre del centro y el nombre del colegio en el que se empieza. Y luego el nombre del lugar en que se trabaja, la compañía, la persona e incluso la universidad, si uno se hace profesor. Nombres, nombres, nombres. No era diferente de ir a comprar provisiones. *¿Comprarás kétchup Heinz o una marca blanca? Si puedes permitirte Heinz, comprarás Heinz.* Quería a toda costa que su hijo lo entendiera.

Hunter no podía defenderse, así que no lo intentó. Y además sabía que el señor Martin había hecho aquellas fotos de Emma, de modo que el señor Martin no pisaba precisamente un terreno firme cuando hablaba de ser una buena persona. Hizo lo posible por darle la vuelta a la tortilla.

Te lo jugabas todo. Podías perderlo todo. Lo único que tenías que hacer era aguantar siete semanas. Nada más. ¡Siete putas semanas! Podías haber venido a casa a consumir tu cocaína. ¿Querías ser expulsado solo para fastidiarme? Y ahora mira lo que has hecho. ¡Al único al que has hecho daño es a ti mismo!

El señor Martin juró que no extendería más cheques para la Universidad de Hamilton, pero yo sabía que lo haría. No podía soportar que Hunter no fuera allí, que no acumulara nombres en su currículo.

A la gente le contamos que Hunter había decidido aplazar el ingreso para hacer servicios comunitarios y ganar algo de experiencia vital. Mi padrastro le buscó un trabajo de voluntario para el verano en una residencia de ancianos. Y después pasaría tres semanas construyendo viviendas en Costa Rica. Luego volvería para buscar un trabajo en el que ganar dinero, y se presentaría voluntario en alguna parte los fines de semana. También seguiría un programa para adictos a las drogas y el alcohol. Incluso a mí me sonaba fatal.

Hay muchas piezas en nuestra historia cuya eliminación podría haber cambiado todo el curso de las cosas. Y no me refiero solo a las piezas grandes, como que la señora Martin se liara con el señor Martin y abandonase a nuestro padre, o que nuestro padre volviera a fumar marihuana y tuviera que abandonar la pelea por la custodia, o que Emma se acostara con aquel chico del internado de Hunter. También estaba el hecho de que Hunter la llamara puta, que Emma se bajara el vestido delante del señor Martin, que el señor Martin se dejara llevar por sus fantasías y le hiciera una foto, que Hunter colgara fotos en Internet. El bronceador en San Bartolomé, luego otro verano de insultos y de arrumacos en el sofá. Hizo falta también esta última pieza, que Hunter fuera expulsado y no fuera a Hamilton al acabar la secundaria. Y, por supuesto, también hicimos falta todos nosotros, nuestros errores y nuestros deseos. Mi ansia de poder, de la que hablaré enseguida. Todo estaba allí, en nuestra historia, como los ingredientes de una receta complicada.

Recuerdo el día en que Emma se enteró de la expulsión de Hunter y de que habían dejado en el aire su admisión en Hamilton. Vino a mi cuarto, donde yo estaba haciendo los deberes, y se tiró en la cama con los brazos abiertos, algo que rara vez hacía. Siempre era yo la que iba a su cuarto, la que se entrometía, la que suplicaba que me dejara pasar, la que se colaba furtivamente. Ella venía a mi cuarto solo de noche, a veces cuando necesitaba decir cosas que no podía decir a ningún otro ser humano porque eran cosas feas…, cosas que brotaban de la ira, la tristeza o el miedo. Emma no podía tolerar que nadie pensara que era fea, por dentro o por fuera, y sabía que yo siempre la vería hermosa.

¡Ja, ja, ja!

Lo dijo unas cuantas veces con una alegría total.

Pequeño imbécil. El muy cagón. Creyó que podría salirse con la suya. Pero estaba equivocado.

Me contó lo que había ocurrido y yo no podía creerlo. No porque Hunter fuera incapaz de hacer cosas así, sino porque a mí me había parecido invencible, una de esas personas a las que la muerte no se llevaría nunca, por muchas cosas malas que hiciera o por mucho que lo mereciera. Parecía ir contra la lógica que fuera a recibir lo que se merecía.

Voy a hacerle sufrir. Pensó que lo que me hizo en San Bartolomé era malo. ¡Espera y verás! Toda la ciudad va a saber lo que ocurrió. ¡Tendrá que andar por ahí con una bolsa en la cabeza!

Emma cumplió su palabra. Se lo contó a todos sus conocidos, y conocía a mucha gente. Hunter no tuvo ocasión de darle la vuelta, y cuando llegó a casa la noche siguiente, las redes sociales solo hablaban de su caída.

Su siguiente movimiento fue mostrarse solidaria, ser la única salvación del caos emocional que Hunter estaba sufriendo. Agua para su desierto. Pero es evidente que no intentaba que él se sintiera mejor. Nadie se siente mejor cuando necesita beber el agua de su archienemigo.

¿Sabes lo que sienta como la sal en una herida como esa? Hacerse la buena. Te apenas por la otra persona y esta se siente hecha una pena.

Aquel verano se compadeció mucho de Hunter. Volvió a estar con él, en la casa y en la ciudad. Fiestas, cenas, paseos. Volvió a ver películas en su compañía. Y lentamente se fue acercando a él, en el sofá y en muchas otras situaciones, centímetro a centímetro.

No sé si Hunter se conducía con inteligencia o si lo de la expulsión y lo de la Universidad de Hamilton habían quebrantado su ánimo. Pero se comportaba como un perro faldero, lamía el agua que le daba Emma con las manos en el tórrido desierto, y Emma confundió aquello con una victoria.

El señor Martin no le dirigía la palabra. Creo que ni siquiera miró a Hunter en todo el verano. Mi madre y él salían mucho, incluso hicieron algún viaje. Cuando no estaban, yo me iba a casa de mi padre. Pero Emma se quedaba con Hunter. Esto ponía a mi padre muy triste. Y preocupado. Incluso Witt estaba preocupado por ella.

Mi madre estaba en el séptimo cielo. El señor Martin había quedado debilitado por el fracaso de su hijo, y ese fracaso le hacía sufrir como una herida abierta. Gemía a ratos durante el día como si pensar en lo que había ocurrido saltara sobre él, pillándolo por sorpresa y causándole más dolor del que podía soportar sin alguna clase de expresión verbal. Mi madre le acariciaba la espalda y lo miraba con afecto. Y él apoyaba la cabeza en la suya y la abrazaba con fuerza y le decía lo mucho que la quería.

Al igual que Emma, mi madre se compadecía de él. Atajaba cualquier comentario sobre universidades que se hiciera delante de él, reservando esas conversaciones para las reuniones secretas que celebraba con Emma a puerta cerrada. La señora Martin se comportaba con el señor

Martin del mismo modo que Emma con Hunter, y creo que ambas se daban cuenta. Quizás incluso lo hablaban y trazaban estrategias en la cocina, cuando cerraban la puerta o mientras yo estaba en casa de mi padre. El vínculo que tenían se fortaleció mientras cuidaban de las heridas de sus hombres y absorbían a través de ellas todo el poder posible.

Era extraño. La guerra fría y la guerra caliente entre Hunter y Emma se habían convertido hasta cierto punto en una guerra de subterfugios y agentes secretos. La Emma vengativa en secreto que fingía ser amiga de Hunter, y el Hunter celoso y furioso que fingía haber perdonado a Emma por hablarle a todo el mundo de su expulsión y su rechazo universitario. Había veces en que yo creía que la guerra había terminado y que todo aquello era fruto de mi imaginación. Pero no lo era. Estaba lejos de acabar.

Mi padre quedó desolado cuando supo que habían encontrado la isla pero no a Emma. Todos nos habíamos reunido en casa de la señora Martin en espera de noticias. La señora Martin estaba en cama y el señor Martin seguía en Nueva York, así que solo estábamos mi padre y yo en la salita cuando entró un agente de la policía estatal para informarnos. Acababa de llamarlo el FBI. Mi padre lloraba y al mismo tiempo se paseaba por la salita, tirándose del pelo con ambas manos.

—¿Es que no se dan cuenta? ¡Él se la ha llevado! ¡Ha vuelto a llevársela!

Llamó por teléfono a un agente de New Haven, rogándole que prosiguieran la búsqueda, ahora que Bill y Lucy habían huido de su escondrijo.

—¡Es como un nido de cucarachas! ¡Se dispersan y corren, pero es entonces cuando se las caza, porque no saben adónde ir, ya no tienen nido al que volver! ¡Es el momento de encontrar a esos monstruos, ahora que huyen a la luz del día!

No hacía falta que dijera todo esto. Lo que realmente hacía era sondear a las autoridades para saber si creían que Emma no quería volver a casa. Que quizá se había ido con los Pratt por propia voluntad. Después de todo, ¿cómo podían llevársela de una isla con una niña de dos años, en un bote de remos, sin que ella fuera capaz de avisar a las autoridades? La idea era aterradora.

El agente se quedó con nosotros un rato. Empezó a hablarnos de víctimas de «secuestro» que en el fondo no quieren irse del sitio al que las han llevado. No solo habló de Patty Hearst, sino también de personas que se unen a sectas o comunas y cosas por el estilo. En estos casos, las perspectivas de las familias son muy poco halagüeñas. Nunca abandonan la esperanza de llegar al corazón de sus seres queridos para reprogramar su conducta o expulsar el demonio que los ha poseído. Como Linda Blair en *El exorcista*. Y tienen razón. Estoy convencida de que la gente no cambia nunca, de tal modo que si un hijo, un hermano, una hermana, un marido o una esposa eran antaño de una forma, pero han sido seducidos por un grupo de *hippies* psicóticos, siempre creen que pueden rescatarlos. Las personas no cambian. Pero nadie está dispuesto a ayudarlas… salvo cuando hay mucho dinero por medio.

Aprendí todo esto después de mi regreso, en las incontables, interminables horas que pasé esperando y hablando con gente. A los adultos se les permite hacer lo que quieren siempre que no infrinjan ninguna ley, así que si quieren hacerse los estrambóticos y vivir en una isla con otros personajes estrambóticos, pueden hacerlo. Incluso se les permite educar a sus hijos de esa manera.

Mi padre me acribilló aquella tarde a preguntas sobre la forma de ser de Emma, sus creencias, su salud mental. Yo no soportaba verlo tan deshecho, así que me alegré cuando se fue. Necesitaba estar sola con mi madre. Necesitaba ver si seguía destrozada. Los Pratt habían desaparecido. Emma seguía desaparecida. Necesitaba que algo saliera de todo esto. Si no había venganza, si no se encontraba a Emma, ¿qué sentido tenía? Cuando la noche anterior salí de su habitación, la señora Martin estaba encogida en su cama, como una niña. Pensé que aquello iba a ser el final, su final. Pensé que encontrarían a los Pratt y a mi hermana y que todo aquello acabaría. ¡Vamos!, quería gritar a todo el mundo. Todo lo que yo había hecho era como tirar de una cuerda…, se enroscaba pero no se movía. ¡Nada se movía! ¡No estaba pasando nada!

Pero entonces oí que el coche del señor Martin entraba en el garaje, lo que significaba que ella lo había llamado por la noche.

Los oí pelear en cuanto llegó a su dormitorio. No tenía que oírlo todo, porque ya sabía lo que ella le decía y lo que él le respondía sobre su aventura con Lisa Jennings, y qué significado tenía todo aquello en las demás cosas que habían ocurrido entre ellos. Ella no iba a arrojarse en sus brazos ni a perdonarlo. Él ya no era la persona a la que ella creía cuando le decía que la amaba…, exactamente como había ocurrido con Emma y conmigo cuando éramos pequeñas.

El interruptor había cambiado de posición.

Me acordé de la bruja de *El mago de Oz* cuando le echaban agua encima. Así era mi madre. Solo que no era agua. Era la realidad. Y aunque ella no decía estas palabras, yo las oía en mi cabeza mientras la veía trastear por la casa muy nerviosa, mordiéndose las uñas y escondiendo cigarrillos en el porche trasero durante todo aquel día en que encontraron la isla pero no a mi hermana.

Me derrito…

En septiembre del año anterior a nuestra desaparición, y tras pasar el verano tratando con ancianos, Hunter fue a Costa Rica a construir viviendas y Emma y yo volvimos al instituto. Emma no tardó mucho en encontrar otro novio, o más bien fue el otro novio quien la encontró a ella; fuera como fuese, el caso es que en octubre estaba saliendo con otro. Se llamaba Gil, tenía veintiséis años y era el encargado del establecimiento de comidas preparadas en que nos reuníamos después de clase.

He de admitir que Gil era muy guapo. Era alto y delgado, con ojos azules y pelo moreno, y lo que más recuerdo de él es su actitud, como si no le importara nada de lo que pasaba a su alrededor. Incluso en nuestra elegante ciudad, sirviendo a niños mimados, preparándoles los bocadillos y vendiéndoles cerveza si su documento de identidad estaba bien falsificado, parecía estar por encima de todo. Esto atrajo a Emma. Estaba tan acostumbrada a que todos cayeran rendidos a sus pies, y que nuestra madre estuviera celosa de ella, con el señor Martin torturado por sus conflictivos sentimientos hacia ella, y Hunter obsesionado por ella…, que el hecho de que aquel chico de la tienda no le hiciera caso le resultó embriagador.

Emma se puso a hablar de él cuando volvíamos a casa. Dijo que era *auténtico*. Yo me limitaba a escuchar porque no quería estropear el hechizo. Si le daba la razón podía subvalorar al muchacho, porque ya me subvaloraba a mí en general. Si no se la daba, a lo mejor pensaba que solo era un perdedor que con veintiséis años trabajaba en una tienda y no tenía planes para el futuro, y que lo que en realidad le interesaba, y mucho, era preparar bocadillos a los niños mimados, pero que lo ocultaba bajo su actitud de indiferencia. En cualquier caso, no quería que Emma perdiera el interés por Gil. No quería que siguiera mimando a Hunter como si fuera un niño pequeño y chupando todo el aire de nuestra casa de tal manera que yo casi no podía ni respirar.

Así era como me había sentido…, como si no mereciese ni respirar, ya que todo giraba alrededor de Emma. Hunter desesperado por tener relaciones sexuales con ella. El señor Martin muy preocupado y furioso, pero también curioso, y la señora Martin amenazada por la curiosidad de su marido y ofendida por sus crueles palabras, como cuando llamaba Lolita a Emma todo el tiempo. Ojalá hubiera terminado todo antes de que terminara en catástrofe.

Se cumplió un deseo, pero no el otro.

Cuando Hunter volvió de Costa Rica, esperaba que todo fuera igual que durante el verano. Emma no se comunicaba con Gil a través de las redes sociales, ya que no quería que la señora Martin lo descubriera, y la señora Martin conocía formas muy astutas de infiltrarse en la vida de Emma. También creo que Emma se avergonzaba interiormente de su relación con Gil el encargado del establecimiento de comidas preparadas, y que la vergüenza era parte de la atracción que sentía. Era difícil de entender. Si yo hubiera tenido lo que tenía Emma, lo habría utilizado mucho mejor. No lo habría utilizado para nada que estuviera por debajo de un amor verdadero o el poder absoluto.

Cuando Hunter llegó a casa y descubrió lo de Gil, quedó hecho polvo. Si la amabilidad que había mostrado con ella en verano era sincera o si, simplemente, había ganado la guerra, carecía ya de importancia, porque la guerra estaba activa otra vez, más caliente que nunca.

Emma lo abordó directamente y le dijo que ambos tenían que salir con gente y tratar de ser amigos. Le recordó que, técnicamente, eran parientes y que por mucho que se gustaran nunca podrían estar juntos, porque el mundo pensaría que eran monstruos. El mundo es muy crítico con el incesto, aunque creas en lo que dice la Biblia, que todos somos hermanos y por lo tanto incestuosos. Yo nunca había entendido eso. Pero no importa lo que yo entienda o deje de entender. Era la primera vez que uno de los dos admitía lo que estaba ocurriendo realmente entre ellos, y eso hizo que Hunter volviera a odiar a Emma. Y durante el resto del año nuestra casa fue un campo de batalla de ofensas, portazos y miradas frías. Hunter contó a todo el mundo lo de Gil y Emma. Emma le quitó la marihuana y la cocaína y las tiró al inodoro. Hunter volvió a llamarla «puta» y Emma lo tildaba de «perdedor».

Las cosas se pusieron tan mal que la señora Martin preguntó a Emma si quería ir a vivir con nuestro padre, a lo que ella se negó. Yo no creía que fuera a ver nunca ese día. Así de mal iba la guerra.

Iba tan mal que cuando llegó la carta de Hamilton en marzo, informando de que Hunter había sido aceptado nuevamente, solo el señor Martin pareció interesado.

Pero Hunter se había recuperado aquella primavera. Empezó a salir con una guapa alumna de último curso de nuestro instituto y los dos se comportaban como si estuvieran felizmente enamorados. La traía a casa siempre que podía para que la señora Martin pudiera adularla y el señor Martin pudiera no darse cuenta, decentemente, de lo guapa que era, y todos se sintieran normales. Y todos pudieran meterse con Emma. Cuando estaban en casa era como si todos subiéramos al escenario a representar una comedia. Una vez y otra, y otra. Yo solo estaba en el coro, pero Emma no tenía ningún papel. Así que cuando el verano empezó a asomar por el horizonte, Emma planeó ir a un campamento en París, lo que me pareció muy sano, y yo hice mis propios planes para asistir a un curso en Inglaterra. A veces puedes ganar la guerra abandonando el campo de batalla antes de que maten a todo tu ejército.

Entonces fue cuando Hunter decidió contarle lo de las fotos a la señora Martin. O eso creo, porque el momento de revelarlo y las acciones que siguieron causaron demasiado perjuicio como para no haber sido planeados.

Era la celebración del Día de los Caídos, el último lunes de mayo, y aquel fin de semana Emma y yo lo pasamos con nuestro padre y Witt. El señor Martin había ido a Florida a jugar al golf, algo que hacía todos los años con sus compañeros de habitación de Hamilton. La señora Martin se quedó sola con Hunter.

Cuando volvimos, Hunter le dijo a Emma que había aprovechado muy bien el tiempo que había pasado con nuestra madre. Le dijo que, mientras desayunaban el domingo por la mañana, se había confesado con ella. Ya no podía guardar más el secreto. No podía soportar que ella pensara mal de él porque creía que le había hecho aquellas fotos a su amada hija. Luego soltó la bomba nuclear y le contó que había sido su padre quien había hecho las fotos. Incluso había guardado una captura de pantalla del teléfono de su padre para demostrarlo. La señora Martin habló con su marido cuando llegó por la tarde y, como quien no quiere la cosa, la guerra se extendió de Hunter y Emma a nuestra madre y nuestro padrastro.

Pero ese no fue el final. Hunter tenía más bombas que soltar y, según resultó, solo estaba esperando pacientemente, con el dedo encima del botón rojo más peligroso de todos.

Tuve la misma sensación entonces que la que tendría en la isla, y la que tendría después de mi regreso. Había una fuerza en movimiento y nada podía detenerla. Había demasiadas mentiras. Había mucho en juego. Me habría gustado salir de mi pellejo en todas aquellas ocasiones y correr a un lugar tranquilo donde las cosas estuvieran en calma. Después del Día de los Caídos sentía que la fuerza nos empujaba por detrás. Me convertí en esa fuerza en la isla de nuevo cuando regresé. Pero yo no quería ser una fuerza. Quería ser una chica. Nunca podría serlo teniendo a la señora Martin como madre. Por eso sentía deseos de ir a su habitación y estrangularla.

20
DOCTORA WINTER

El collar. Esa fue la única pertenencia de las chicas que encontraron. El equipo forense había tomado numerosas muestras en toda la casa, toallas del cubo de la ropa sucia, pelo de los muebles. Pasarían días hasta completar los análisis de ADN y de los fragmentos de huellas encontradas en distintos objetos y en superficies escondidas.

Pero sabían que Emma llevaba aquel collar el día en que desapareció. Lo llevaba todos los días, como para recordarle a Cass que su madre la quería más a ella.

Abby estaba sentada en el bar del motel de Damariscotta, saboreando un vaso de whisky escocés. El equipo se iba a quedar allí varios días, peinando la ciudad, revisando los archivos del ayuntamiento y registrando las tres hectáreas de bosque de la isla Freya. Ya era más de medianoche y todos se habían ido a dormir tras un día largo y emocionante. Todos excepto Abby.

En su cabeza daban vuelta los pensamientos del día. Imágenes de la isla, la casa, las habitaciones y los bosques habían dado vida a las historias que había contado Cass, y ahora se agitaban bajo los efectos del alcohol. Habían revisado todos los cajones y los armarios, habían encontrado los libros de texto que Cass había descrito, el vídeo de *ballet*, el libro de canciones de cuna. Habían rebuscado en la basura, habían encontrado restos de pescado blanco y pudin de arroz, y un cartón vacío de leche. Abby se representaba a Cass y a Emma sentadas a la mesa, sufriendo durante la comida, fingiendo ser felices y obedientes. Se las imaginaba también antes de ver lo que pasaba con la niña, sintiéndose parte de una familia, sintiéndose amadas. Riendo despreocupadas. Y en los bosques, por el camino del muelle, Abby imaginaba a Cass esperando al barquero, preparada para amarlo y odiarlo, y luego para odiarse a sí misma por lo que había hecho.

Aquello era lo que Cass había descrito. Pero en aquellos momentos, sola y mirando el océano por la pequeña ventana que había tras la pared de espejos y botellas, Abby se permitió dudar.

Tenía dudas sobre la versión de Cass. La lancha encontrada a la deriva en el puerto, en dirección norte, sin gasolina, dos días antes de su regreso. Las respuestas a la evaluación psicológica, que habían sido casi demasiado perfectas, no para el ordenador que las analizó, sino para Abby, que las había leído línea por línea, buscando la verdad.

No era fácil escapar de una madre narcisista. Lo sabía por las investigaciones que había hecho mientras preparaba la tesis doctoral, y lo sabía por experiencia propia, por su vida y por la vida que había creado su madre, y así hasta remontarse al pasado. Y hasta adentrarse en el futuro.

Siempre ocurría algo cuando Abby pensaba en su madre de esta forma, en el contexto del ciclo que había estudiado y sobre el que había escrito. Le habían contado historias sobre cómo su madre había sido marginada y maltratada de niña. Su padre había intentado hacérselo entender a Abby y a Meg. Cuando somos pequeños es fácil juzgar a las personas: «¿Por qué no deja de ser como es? ¿Por qué no puede limitarse a ser normal?» Pero era como pedirle al cielo que no fuera azul o a la tierra que fuera plana. Así que la empatía mezclada con la ira que sentía por lo que su madre les había hecho a Meg y a ella a veces le producía náuseas. Era mucho más fácil dar rienda suelta a la cólera, sin esta brusca interrupción.

¿Y Cass?, pensó Abby. *¿Se sentía así?*

¿Por eso volvió a casa de su madre?, se preguntó. *¿Por qué entonces quiere hacerla pedazos?* Si este era el caso, no parecía el momento más apropiado para vengarse. Abby no podía culparla por quererlo, por querer ver a su madre sufrir. Después de todo, su madre había creado un hogar que Emma tuvo que abandonar. Y fue ese abandono lo que las llevó a la isla donde las obligaron a permanecer, donde Cass se vio

obligada a pasar años de servidumbre como hija leal de los secuestradores, y donde Emma perdió a su hija ante sus propios ojos.

Pero ¿por qué ahora? Abby se devanaba los sesos. *¿Qué hemos pasado por alto en la declaración de Lisa Jennings? ¿En el romance de Jonathan Martin y ella? ¿En la isla?*

—¿Otro? —preguntó el camarero.

Abby asintió con la cabeza y levantó el vaso. Aquella noche no iba a dormir. Eso estaba claro. Y el alcohol le liberaba la mente.

Pensó en lo cauta que había sido con Leo, abriendo en su cabeza un archivo secreto sobre la historia de Cass, temerosa de lo que él pudiera pensar. Había trabajado en aquel caso con una mano atada a la espalda. Quizá fuera ese el problema.

Basta..., se dijo. Miró el agua que brillaba a la luz de la luna. Abrió la puerta de par en par y dejó que entrara todo lo que sabía, o sentía, o creía sinceramente.

Judy Martin tiene un trastorno narcisista de personalidad. Lo que había sospechado tres años antes ahora lo sabía sin abrigar la menor duda. *¿Qué es lo esencial?* Un *alter ego* perfecto pero frágil, siempre necesitado de alimento. Siempre hambriento. Pensó en Owen Tanner y en cómo había alimentado ese *alter ego* dando a Judy una posición y dinero tras una vida de pobreza y, probablemente, de algún tipo de maltrato al otro lado del río, en Newark, de donde ella procedía. Pero él había empezado a ser demasiado adaptable, demasiado maleable, demasiado débil. Ella empezó a verlo como indigno de su belleza, su inteligencia y su atractivo sexual. Para las mujeres con este trastorno, aquello era el beso de la muerte. Sus equivalentes masculinos medraban con mujeres sumisas, siempre que fueran atractivas y deseadas por otros hombres. Pero las mujeres narcisistas necesitaban a veces que sus hombres fueran poderosos. Una mujer capaz de seducir a un hombre poderoso es el no va más. Mantener despierto el interés masculino es la dieta perfecta para su *alter ego*.

Jonathan Martin había encajado como un guante. Era un hombre que tenía lo que había que tener, era arrogante y un triunfador. La gente se fijaba en él cuando entraba en cualquier ambiente. Las miradas le seguían, las de los hombres porque querían acercarse y subirse a su ola y las mujeres porque querían que se fijara en ellas, aunque fuera un segundo, para poder volver a casa sintiéndose atractivas en sus largos y aburridos matrimonios.

Ella se las había arreglado para mantenerlo a su lado, incluso mientras envejecía. Incluso después de perder a sus hijas. Pero ahora ¿qué repercusión iba a tener el haber conocido su aventura sentimental? Que ella empezaría a dudar no solo de él. Empezaría a dudar también de sí misma. La abrazadera se rompería. Su *alter ego* caería en un estado de pánico absoluto mientras su verdadero ser, el que era profundamente inseguro, saldría a la superficie de nuevo. Y eso sería insoportable.

En aquellos momentos se estaría librando una batalla dentro de ella. Los dos yoes lucharían por controlar su mente. La niña abandonada y herida gritaría que el mundo iba a destruirla y nadie podía ayudarla. Nadie podía salvar a aquella niña vulnerable e indefensa. Mientras que el *alter ego* perfecto trataría de convencerla de que todo iba bien. Que lo tenía bajo control. Que era tan perfecto que nadie podía tocarlo, y mucho menos hacerlo desaparecer.

Pero ¿qué prueba podía ofrecer a aquella niña además de aquella evidencia más que convincente, la evidencia de que su marido le miente? ¿Que su marido la engaña? ¿Que su marido ya no la encuentra atractiva? Ella no puede ser tan especial si ha ocurrido algo así.

¿Y en qué más le había mentido durante todos aquellos años?, preguntará la niña. ¿Qué más le había contado, le había susurrado en el oído en la oscuridad, o dicho a la cara a plena luz del día? ¿Y su hija Cass? ¿En qué mentía? Era indudable que Judy pensaba que estaba loca. Pero ¿y si no lo estaba? De un modo u otro, la niña volvía a gritar.

Abby cerró los ojos y respiró hondo. De repente, la imagen de la habitación de Cass pasó como una película por su cabeza. La cama. El tocador. Los libros de la estantería. La ventana que daba al patio.

Y además estaba la descripción que había hecho Cass cuando habló de los libros que había leído en la isla, *La mujer del teniente francés*.

¿Qué dijo de él? Las razones de Sarah Woodruff para mentir. *Porque la gente cree lo que quiere creer.*

Cass lo había enumerado, medido y contado todo, era el mecanismo de defensa que había desarrollado de niña y que ahora se le disparaba casi inconscientemente. Pero no había medido el tiempo que había esperado en el coche de Emma. Ni cuánto había tardado la lancha en llegar al muelle donde estaba esperando el camión. Y el parto de Emma…, seguro que un momento de tensión así habría activado su mecanismo contador. Contar era lo que le daba seguridad en situaciones como aquella. ¿Y dónde había estado aquellos dos días, los transcurridos entre el hallazgo de la lancha de Richard Foley cerca de Rockland y el momento en que apareció en la puerta de la casa de su madre?

Imaginó de nuevo la habitación mientras aspiraba, con la mano en el pecho. *Dios mío,* pensó.

Dejó un billete de veinte dólares y salió a toda prisa del bar, cruzó el vestíbulo hacia la escalera y subió al segundo piso. Estaba sin aliento cuando llegó a la puerta de Leo y llamó con energía.

Leo respondió medio dormido.

—¿Abby…?

La mujer entró en la habitación pasando por su lado.

—Cierra la puerta —exigió.

Leo hizo lo que le decía y se acercó a ella.

—¿Qué pasa? —preguntó.

—Si te digo que sé algo, ¿me creerás?

En el fondo de su mente sabía la respuesta. Crecer con un progenitor que no te quiere te abre los ojos a una verdad fundamental que la mayor parte de la gente se pasa la vida negando. Era exactamente lo que Cass había dicho. Ninguna relación era segura. No se podía confiar en ninguna relación. Todas eran vulnerables a otras fuerzas más poderosas que la amistad e incluso que el amor. Esa era la mentira que las personas se contaban a sí mismas…, que el amor podía hacer leales a las personas. Y ahora ella estaba delante de un hombre que había sido como un padre para ella y le pedía exactamente aquello. Lealtad.

Leo suspiró y se apoyó en el tocador.

—Ay, pequeña… —Su cara se puso más seria al observar la de ella—. Por supuesto —añadió—. Claro que te creeré. ¿Qué tienes que contarme?

Abby tragó haciendo un esfuerzo. No estaba tan lejos de ser como Judy Martin. De ser como su propia madre. Sabía lo que era la necesidad de protegerse de sí misma, de su miedo a ser traicionada. Pero no podía hacer aquello sola. Y tenía que hacerse. De eso sí estaba segura.

Así que lo dijo.

—Sé cómo encontrar a Emma.

21

CASS, SEIS DÍAS
DESPUÉS DE MI REGRESO

Mi padre quedó desolado por segunda vez cuando encontraron rastros de sangre en el muelle y en la proa de la lancha de Richard Foley.

Yo lo habría limpiado todo si hubiera podido. Pero me había faltado tiempo.

Fue el mismo día en que descubrieron quiénes eran los Pratt. La compañía propietaria de la isla estaba registrada a nombre de Carl Peterson. A partir de ahí, fue fácil. Carl Peterson era el nombre auténtico de Bill Pratt. Su mujer se llamaba Lorna Peterson. Ese era el nombre auténtico de Lucy Pratt.

Habían vivido en Carolina del Norte hasta siete años antes. Carl era carpintero. Lorna trabajaba en casa de costurera. Pero yo no puedo llamarlos así. Para mí son Bill y Lucy.

Vivían en los Outer Banks. Es un lugar del océano, en Carolina del Norte, donde hay mucha gente con embarcaciones y que conoce las mareas y las corrientes. Eso explica por qué se sentían a gusto viviendo en una isla, alejados del resto del mundo.

Según supe mientras estuve con ellos en la isla, no podían tener hijos. Habían adoptado un niño, Julian, a través de una agencia. Su madre vivía no muy lejos de ellos, y era muy pobre. Era una madre soltera con cinco hijos y no tenía dinero para ocuparse de otro más. Hubo un juicio, pero la mujer, la madre biológica, confesó después haber recibido dinero para elegirlos a ellos como padres adoptivos. Esa parte no era legal. Está bien pagar los gastos médicos y cosas así, pero no dar dinero en efectivo. Aunque se haga constantemente. Las personas que quieren hijos y no pueden tenerlos a veces no se preocupan por lo que dice la ley. Aquella mujer necesitaba dinero y ellos necesitaban un hijo.

Los padres de Bill habían muerto y le habían dejado todo lo que tenían. Era una pequeña fortuna, suficiente para comprar un niño. Y suficiente para desaparecer tras la muerte del niño. Y la madre de Lucy le había dejado la casa en los Outer Banks. Su padre había abandonado a la familia. Tenía un hermano mayor que vivía en Luisiana, estaba casado y tenía hijos propios. Así que la madre de Lucy legó a la pareja la casa en que murió. Quizá fuera una especie de compensación por no poder tener hijos. Tal vez se sentía culpable por haber dado a Lucy un cuerpo incapaz de concebirlos. Me he hecho muchas preguntas sobre los padres de Lucy porque no creo que ella fuese como era por casualidad. Y tampoco creo que fuera así solo por lo que le ocurrió al niño que compró a aquella mujer carente de recursos.

Aquel niño, Julian Peterson, fue arrebatado por el océano y tuvo una muerte trágica.

Acababa de cumplir dos años. Habían ido con la lancha a hacer una breve excursión. Llevaba un chaleco salvavidas. El agua estaba en calma.

No está muy claro lo que ocurrió, solo que la proa chocó con una roca y la lancha se detuvo en seco. Un cabo que había a popa salió despedido y se introdujo en el motor. El cabo atrapó la pierna de Julian y tiró del niño por encima de la borda, arrastrándolo hasta la hélice. Cuando supe lo del accidente, me pregunté si Lucy estaba en la lancha cuando su querido hijo quedó enredado en aquellos cabos sueltos.

Investigué la noticia nada más oírla. Utilicé el ordenador de mi madre. Estaba en los archivos del *Outer Banks Sentinel*. Había varios artículos. Los primeros describían un horrible accidente y describían a Bill y Lucy como víctimas de una terrible pérdida. Tras conseguir la paternidad por fin, Dios se había llevado a su hijo de la forma más brutal y horrible. Había fotos de ellos saliendo del cementerio, llorando, vestidos de luto. El pie de foto decía: LA COMUNIDAD PRESTA APOYO A LA PAREJA LOCAL QUE LLORA POR SU HIJO.

Pero los hechos empezaron a rezumar por las grietas de la historia que ellos mismos habían creado: el dinero pagado a la mujer, las mentiras que figuraban en la solicitud de adopción. Bill era un delincuente condenado (por fraude y desfalco mientras trabajaba de contable en una pequeña empresa de Boston). Y Lucy había sido despedida de un parvulario donde era profesora por observar una «conducta» no especificada, que, al preguntar a la gente, resultó ser un apego obsesivo por algunos niños. No, no eran personas sanas y temerosas de Dios que hubieran perdido a su hijo. Eran ladrones de niños, estafadores y embusteros, que habían sobornado a una madre sin recursos para que renunciara a su hijo y luego habían dejado morir al pequeño en aquel accidente náutico a causa de su negligencia.

No los acusaron de ningún delito por el accidente. Pero la fiscalía del distrito estaba investigando el pago realizado a la madre biológica.

No hubo titulares en los periódicos nacionales, y los Peterson se limitaron a hacer las maletas. No estaban detenidos, así que podían hacer lo que quisieran. Sacaron unos 500.000 dólares en efectivo de sus cuentas y desaparecieron.

Cuando supe esta historia por un agente del FBI y luego la leí por mi cuenta, imaginé de inmediato a Lucy en nuestra casa de la isla, en la salita, mirando al océano por la ventana. Creo que estaba buscando a su niño, al que vio morir. A Julian. Y entonces recordé cómo se comportaba con la niña, la niña a la que llamó Julia, segura de sí misma cuando la arrullaba, la hacía saltar en sus rodillas, se la apoyaba en la cadera mientras preparaba la comida. Me la imaginé en aquella lancha, con la cara llena de la satisfacción de ser madre. Sintiéndose vengada por la canallada que le había hecho Dios, su madre o el universo. Por eso no había asegurado el cabo de popa. Por eso no tenía al niño cogido de la mano. Por eso no había buscado rocas en el mapa. Me la imaginaba. Muy segura. Sintiéndose digna de tener aquel niño a su cuidado. Pensando que lo estaba haciendo todo bien. Creyéndose perfecta. Y siendo muy descuidada todo el tiempo.

Recordé las tarjetas que le hacía a mi madre de pequeña. *¡Madre número uno! ¡La mejor madre del mundo!*

Creo que había una razón para que Lucy Pratt no pudiera tener hijos.

Como también hay abogados en los que no debería confiarse para custodiar a los niños.

No tuve tiempo de considerar las implicaciones filosóficas de esta historia sobre Dios y el destino, ni si había una justicia divina en el universo, porque mi padre estaba desolado por la presencia de sangre y pensando que Emma estaba muerta.

—¡La ha matado él! ¡Lo sé! ¡Sé que Emma está muerta! ¡La mató y luego escaparon con la niña!

Continuó así toda la tarde, hasta que el análisis de la sangre encontrada en la lancha resultó que era de un varón. Pero antes de que llegara el resultado —nos parecieron horas— su desesperación era como un agujero abierto en su alma, y pude mirar por esa abertura y ver que para mi padre la esperanza es solo una palabra. Ni siquiera después de mi regreso y tras iniciarse la búsqueda de Emma era capaz de sentir alegría por verme ni esperanza de encontrar a su otra hija, porque tenía demasiado miedo a perdernos de nuevo a las dos, o de ver que nos habían hecho daño, o de que el mundo llegara a su fin en un feroz apocalipsis. Ni siquiera podía permitirse estar contento. No sé si este rasgo de mi padre se fue formando porque mi madre se lio con el señor Martin y lo abandonó, o si fue este rasgo de mi padre lo que la indujo a ella a abandonarlo.

Witt también vio la abertura. Nos habíamos reunido en casa de nuestro padre al enterarnos de la noticia. Witt es muy fuerte y apretaba a mi padre contra sí mientras lloraba. Estábamos sentados en la cocina y Witt se arrodilló delante de su silla y lo abrazó. Cuando dejó de llorar, fue a su habitación a acostarse. Estoy segura de que fumó un poco de marihuana o se tomó una pastilla, porque estaba muy ansioso por irse y sé por experiencia que, cuando alguien está tan nervioso, no puede echarse a dormir sin más si no toma alguna clase de droga. No lo juzgué. Yo me había tomado las pastillas del doctor Nichols.

Cuando se fue, Witt se sentó conmigo a la mesa. Me preguntó directamente por la noche en que escapé de la isla y si estaba mintiendo sobre lo que pasó.

Lo que le había contado a él era verdad. Durante el tiempo que pasé adquiriendo poder sobre Rick, también estuve perfeccionando la otra parte de mi plan dentro de la casa. Lucy tomaba píldoras para dormir y las guardaba en el cuarto de baño. Tenía que hacerme con ellas. Así que fui una buena chica. Contenta de estar con los Pratt. Contenta de haber comprendido que intentar escapar había sido un error. Finalmente, dejaron de vigilarme. Dejaron de preocuparse por mí. Se distrajeron.

Me cuesta recordar la locura que se apoderó de mí la noche en que conseguí hacerme con las pastillas de Lucy. Interminables días de miedo. Interminables días de sueños. Interminables días de fingir y de odiarme a mí misma por los sentimientos auténticos que tenía por cualquiera o cualquier cosa de aquel lugar malvado, por mirar a tierra firme, tan cercana y tan imposible de alcanzar. Interminables días de mantener relaciones sexuales con un hombre al que fingía amar y cuyas huellas borraba en la ducha.

La idea de ser libre me llenaba de felicidad. La idea de ser atrapada me llenaba de miedo. Rachas de júbilo y temor recorrían mi cuerpo como olas del océano, cada una se estrellaba contra un muro y cedía el paso a la siguiente.

Con el corazón acelerado, el sudor corriéndome por la cara a causa del miedo y el calor de aquella noche de verano, me senté en el sofá con Bill para ver una película. Lucy se había ido a la cama y no la vimos ni oímos durante media hora. Se había tomado su pastilla. Serví a Bill su vaso de vino. Yo había disuelto la pastilla en él. Al cabo de un rato, Bill dijo que se sentía mal. Se supone que no hay que mezclar las pastillas con alcohol. Le dije que quizá fuera el calor. Le dije que le llevaría agua y fui al cuarto de baño.

Allí esperé unos minutos. Esperé a que todo estuviera en silencio. Y cuando abrí la puerta, mi mente estaba llena de presentimientos horribles en los que Bill aparecía esperando al otro lado, con sus manos dirigiéndose a mi cuello desnudo para matarme porque había advertido lo de la pastilla y se había dado cuenta de lo que le estaba haciendo. Casi grité al mover el picaporte y ver que al otro lado de la puerta estaba Bill en el sofá, inconsciente.

Ahogué una exclamación e hice un esfuerzo para moverme. Bill tenía un teléfono antiguo y barato en el bolsillo del pantalón. Lo utilizaba para enviar mensajes a Rick cuando necesitaba la lancha. Busqué en el bolsillo y saqué el teléfono. Envié el mensaje y supe que Rick acudiría. Rick siempre acudía, de día o de noche. Así que recogí todo el dinero que encontré en su billetera y en los cajones del dormitorio donde lo guardaban y fui al muelle; allí esperé hasta que vi las luces en el interior del puerto.

22

DOCTORA WINTER,
SIETE DÍAS DESPUÉS
DEL REGRESO
DE CASS TANNER

Encontraron el cadáver de Richard Foley a la mañana siguiente. Estaba encajado entre las rocas del extremo más occidental de la isla de Freya. La causa de la muerte parecía ser el ahogamiento, ya que tenía agua salada en los pulmones, pero también tenía contusiones en la parte superior del torso y un amplio corte en la nuca. En su piel encontraron astillas de madera.

No habían determinado el momento exacto de la muerte, pero la descomposición coincidía con el periodo transcurrido entre el hallazgo de la lancha y el del cadáver.

Abby y Leo no cambiaron sus planes de volver a Connecticut. Recibieron llamadas de la comisaría local mientras iban en el coche.

Se barajaban teorías sobre Cass y sobre si había matado a Richard Foley para escapar:

—Eso explicaría por qué mintió sobre el horario…, la laguna de dos días… Ella lo mató y luego tuvo que arreglárselas para llegar a casa… No hubo ningún camión.

Pero otros preferían echar la culpa de la muerte a los Pratt, que ahora habían sido identificados como los Peterson:

—Les entró el pánico y se enfrentaron a él. Quizás él los amenazó con revelarlo todo. Una discusión acalorada que se volvió violenta.

Abby también quería creer eso, pero le resultaba imposible pasar por alto lo que Cass les había contado.

—¿Qué fue lo que dijo ella, Abby? ¿Qué dijo de aquella primera noche que subió al bote de remos?

Abby estaba pensando lo mismo.

—Dijo que sabía que era peligroso caer al agua entre el bote y el muelle. Dijo que su padre le había dicho años antes que la embarcación podía dar un bandazo y aplastarte contra el muelle.

Leo agachó la cabeza.

—Joder.

—¿Aún estás de acuerdo con esto? —preguntó Abby mientras aparcaban en el camino de vehículos de los Martin.

Abby tenía un plan, un medio para encontrar a Emma. Pero tendrían que mentir, ambos, y muy bien.

Leo no vaciló.

—Adelante.

CASS

El séptimo día fue el último que conté desde mi regreso. Fue el día en que la doctora Winter nos dijo que habían encontrado a Emma.

Nos lo dijo en cuanto el agente Strauss y ella volvieron de Maine y de la isla de Freya, donde habían encontrado el collar de mi hermana pero ni rastro de Emma ni de los Pratt.

Tengo una imagen clarísima de la doctora Winter aquella tarde. Llevaba un pantalón vaquero y una camiseta azul clara que hacía juego con el color de sus ojos. El sol entraba por la ventana de la salita y le daba en el pelo, que como era rubio resplandecía. Pero también hacía que su rostro pareciera oscuro y con sombras en la nariz y los pómulos, y tuve que repetirme que era el contraluz lo que causaba aquello. No yo. Tampoco era la confianza en mí lo que la inducía a revelarnos lo de

Emma. Me sentía responsable de esas cosas, y el peso de la responsabilidad casi me aplastaba.

La doctora Winter dijo que habían encontrado al hermano de Lucy Pratt, o de Lorna Peterson, y que había cooperado voluntariamente. Les contó que su familia tenía otra propiedad, una pequeña cabaña al norte, cerca de Acadia. Lo confirmaron con el testamento de su madre y con la escritura del traspaso de la propiedad. Tenían una dirección y los equipos de vigilancia habían hecho una identificación positiva. La doctora Winter y el agente Strauss nos contaron que Emma y su hija estaban dentro de aquella casa. Y los Pratt también.

Estuve a punto de explotar. Ni siquiera sé qué fue, alegría, alivio, nervios. Brotó todo junto como una poción tóxica que me corriera por las venas y por todo el cuerpo.

El agente Strauss estaba con la doctora Winter cuando nos contó estas cosas, y dijo que no podíamos contárselo a nadie, ni siquiera a mi padre, porque no querían alertar a los Pratt. Iban a continuar la vigilancia para confirmar la situación, quizá durante un par de días. Querían asegurarse de que no había armas en la casa y averiguar dónde dormían Emma y su hija por la noche. Tenían tiempo. No parecía haber un peligro inmediato, y lo peor que podía ocurrir era que irrumpiesen en la vivienda y que alguien resultara herido. Me lo contaban a mí porque necesitaban mi ayuda…, querían que yo interpretara lo que ellos veían, las conductas y los horarios, sobre todo de la pequeña. ¿Cuándo dormía la siesta? ¿Cuándo la bañaban? No lo ocultaron al señor y la señora Martin porque yo estaba viviendo allí y querían que tuviera apoyo emocional. Nos dijeron que no podíamos contárselo a nadie.

Mi madre se había alterado mucho al enterarse de que habían encontrado el collar, así que ya podéis figuraros cómo reaccionó en aquel momento. No quería creer que Emma hubiera estado conmigo en la isla. Quería creer que yo estaba loca, aunque fuera la única persona de su vida que aún le decía que era hermosa, inteligente y perfecta.

Había empezado a preguntarme si me había vuelto loca. Pero finalmente, después de tantos días de espera, fue ella la que se desquició.

Esperó a que se fueran y luego corrió a su dormitorio y cerró de un portazo. El señor Martin me dijo que estaba furiosa porque, si esta historia era cierta, Emma estaba evitando volver a casa, y mi madre no podía aceptar una cosa así.

Todo era mentira. Pero fingí que no lo era. Fingí creerlo. Y contuve el aliento.

DOCTORA WINTER

Fue el paisaje que se veía por la ventana lo que delató a Cass. Había sido muy cuidadosa con sus anécdotas, con los detalles y las descripciones. Todas las emociones y las reacciones que había descrito eran exactamente como habrían sido si su versión hubiera sido cierta.

Pero la vista desde la ventana…, ese había sido el único error de Cass.

Había contado su primera noche en la isla con precisión. La pelea por el collar. Esconderse en el coche de Emma. Los focos que iluminaban a Emma, que le daban en la cara, allí en la arena, a la luz de la luna.

Luego el largo viaje en coche, con la música puesta. Aparcar al lado de un pequeño embarcadero en el bosque. Sintiéndose poderosa y limpia como si pudieran volver a empezar. Y luego Rick, el barquero, y el viaje hasta la isla. Lucy, que era muy amable, aunque la mantuviera apartada de Emma. Dijo que podía ver a Emma por la ventana, al otro lado del patio. La misma ventana por la que Abby había mirado cuando encontraron la isla.

Cass había descrito lo que vio en la expresión de Emma: *Se limitó a mirarme con una sonrisa de complicidad, como si supiera exactamente lo que estaba haciendo y como si estuviera segura de que estaba haciendo lo mejor que podía hacerse.*

El problema era que la habitación de Emma estaba al final del segundo pasillo. Y todas las ventanas daban al este, al océano. La ventana que daba al patio estaba en el pasillo.

Cass no pudo ver a su hermana desde la ventana de su habitación.

Cuando Abby se lo dijo a Leo, este asintió con la cabeza sin decir nada y la dejó proseguir.

—Había otras cosas, pequeñas cosas. —Explicó lo de su tendencia a contar, medir y enumerar, y que Cass no había estado en el coche de Emma aquella noche, porque, si hubiera estado, habría contado el tiempo, les habría dicho los minutos que habían transcurrido mientras esperaba. Y lo mismo con el parto. Y con el viaje en lancha para llegar al camión.

Y luego estaba la aventura de Jonathan Martin con la orientadora escolar. Cass necesitaba que ellos se lo contaran a su madre. Porque sabía lo que Abby había descubierto en aquel bar mientras se representaba la distribución de los dormitorios de arriba.

Emma nunca había estado en aquella isla.

CASS

Hunter fue a la Universidad de Hamilton a finales del verano. Se fue cinco semanas antes de que Emma desapareciera. Había roto con aquella guapa chica y al parecer disfrutaba de su libertad, y del acceso que ahora tenía a mujeres con ganas de sexo. Supimos esto por el señor Martin, que de nuevo hablaba con orgullo de su hijo. Esto ponía muy furiosa a la señora Martin.

Algo había cambiado en nuestra madre tras el episodio del bronceador de aquella primavera, dos años antes, en San Bartolomé. No es que se sintiera repentinamente atraída por Hunter, sino que más bien la atraía la idea de que él se sintiera atraído por ella. Esta idea calmaba probablemente su ansiedad cuando sentía celos de Emma por ser tan guapa y por ser simplemente Emma, la chica por la que suspiraban todos los hombres. Creo que su necesidad de pensar en Hunter de este modo creció hasta convertirse en un monstruo rebelde cuando Hunter le confesó que el señor Martin le había hecho aquellas fotos a Emma.

Fue muy sutil, pero yo lo percibí. Lo percibía todo. Cuando Emma y yo regresamos de Europa aquel mes de julio anterior a nuestra desaparición, yo de Inglaterra y Emma de París, Hunter y la señora Martin se habían hecho muy amigos. Tenían bromas y chistes propios y veían juntos la televisión. La señora Martin siempre estaba esperándolo, preparándole comida, lavándole la ropa, y él le daba las gracias educadamente y le decía cosas como *¡Ah, no es ningún problema!* Por muy desagradable que fuera verlo, y por muy furiosa que pusiera a Emma, no tenía mayores consecuencias. Parecía una de esas relaciones de película en las que una abuela se ruboriza cuando un joven la encuentra atractiva. La gente suele pensar que es algo bonito, pero si la abuela fuera la señora Martin lo encontrarían repulsivo. Emma me habló de eso una noche en mi cuarto.

Es que da pena, Cass. No se da cuenta de que es simpático con ella para ponerme furiosa y para fastidiar a Jonathan. Ya sabes que le dice cosas como «¿Por qué no puedes ser tan simpático conmigo como tu hijo?» Hunter es un mierda, pero un mierda listo. ¡Está consiguiendo que la detestemos y que su padre la deteste, y ella ni siquiera se da cuenta! Cuando él se vaya y ya no le dedique su tiempo, se quedará sin nada.

Hunter había empezado las clases aquel agosto, pero vino a casa un fin de semana de finales de septiembre. Empezaba a hacer frío; las hojas empezaban a cambiar de color. Lo recuerdo muy bien porque fue el fin de semana anterior a nuestra desaparición.

Mi madre se moría por verlo, pero él había hecho lo que Emma predijo y no le prestaba la menor atención. Se veía la confusión y la decepción girando como un tornado cuando llega a las llanuras y adquiere fuerza. Los platos caían de golpe sobre la encimera. De la boca de mi madre brotaban bufidos y gruñidos. Y se sentaba con las piernas cruzadas y los brazos doblados para poder apoyar la barbilla en una mano y mirar al vacío con los labios fruncidos y cara de indiferencia mientras él nos hablaba de la universidad.

El sábado por la noche, Emma salió con su coche para reunirse con sus amigos en el centro de adolescentes. La señora Martin la obligó a llevarme con ella, lo que no hizo feliz a Emma. El señor Martin había ido al club, a jugar al póquer. Hunter y la señora Martin se quedaron solos en la planta baja.

Él había dicho que había quedado con unos amigos del instituto alrededor de las diez, así que podía quedarse a ayudarla con los platos de la cena. Antes de irnos, Hunter susurró a Emma: *¿A cuántos encargados de establecimientos de comida preparada te vas a tirar esta noche, puta?* Emma le respondió entre susurros: *A todos los que quiera, perdedor.* Emma había dejado de salir con Gil meses antes, pero no podría superar la vergüenza de haber estado con el encargado del establecimiento de comidas preparadas.

El centro de adolescentes estaba atestado. Encontré a algunas amigas y fingí disfrutar estando con ellas, hablando de nuestros profesores, de películas y de chicos. Pero yo no dejaba de pensar en Hunter y la señora Martin. En Hunter y Emma. Estaba muy irritada.

Me acerqué a Emma y la aparté de un chico con el que estaba flirteando. Le dije que tenía que llevarme a casa si no quería que hiciera venir a nuestra madre, lo que le crearía problemas por causarle tal molestia. Se puso furiosa, pero creo que en el fondo quería ir a casa para ver a Hunter, para comprobar si realmente se había ido a ver a sus amigos o si podía seguir peleando con él, aunque solo fuera para desviar su atención de la señora Martin.

No entramos en la casa. Nos habíamos estado gritando y las dos necesitábamos calmarnos. Emma dijo que iba a ir al sótano por la puerta de atrás porque allí era donde escondíamos el vodka y el tabaco. Emma esperaba también que Hunter hubiera dejado algo de hierba. La luz estaba encendida en la cocina, así que nos detuvimos antes de llegar a la ventana. Emma estiró el cuello para asomarse. Yo hice lo mismo detrás de ella. Si la señora Martin estaba allí, nos agacharíamos para pasar por debajo de la ventana.

DOCTORA WINTER

Dejaron a los Martin en un estado de incredulidad. Judy había acabado por confiar en Abby, que era lo que Abby había planeado. Había sido amable con ella, la había halagado. No era difícil ganarse su confianza por aquel medio. Abby sabía qué hacer y qué decir. Y Judy la creyó. No tenía ninguna razón para no hacerlo.

Se esforzó por aparentar júbilo por la aparición de su hija, pero no fue convincente. Oyeron la conmoción desde el exterior, mientras se dirigían al coche de Abby. Judy gritaba a su marido. Un portazo.

Se quedaron al lado del coche, mirando hacia el dormitorio principal. Las persianas estaban echadas.

—A ver qué pasa —dijo Leo.

Abby estaba mareada. Su respiración era rápida. Se apoyó en la puerta y agachó la cabeza.

—Eh. —La voz de Leo parecía preocupada—. Todo va a salir bien.

Abby levantó la cabeza y normalizó la respiración mientras la ola de pánico retrocedía.

—¿Y si estoy equivocada? —preguntó.

Leo se encogió de hombros. Luego sonrió.

—¿Y si no lo estás?

CASS

Emma y yo miramos por la ventana de la cocina al mismo tiempo. Y vimos lo que vimos al mismo tiempo. La señora Martin apoyada en la encimera, con las bragas en los tobillos. Hunter follándosela por detrás, con las manos en las desnudas caderas femeninas. El horror que ambas sentimos fue indescriptible, aunque no podíamos dejar de mirar. Nuestra madre se asía al borde de la encimera con ambas manos. En su boca bailaba una sonrisa de labios apretados, como la del gato de Cheshire, mientras daba culadas para recibir los embates de Hunter. Tenía los ojos muy abiertos y nos miraba directamente, aunque solo veía la oscuridad de la noche reflejada en la ventana. En cuanto a nuestro hermanastro, tenía los ojos cerrados. Y la boca abierta. Parecía satisfecho de sí mismo, y entendí por qué había venido a casa. Por qué había estado tratando a nuestra madre con lo único que ella no podía soportar. Indiferencia. Sabía que ella haría cualquier cosa para volver a recuperar la atención a la que tan adicta se había vuelto durante el verano.

Y, una vez que ella hizo lo necesario, dispondría de algo que mataría a mi hermana por dentro: él tendría la kriptonita de Emma en su arsenal.

Nos sentamos en el suelo cuando ya no pudimos seguir mirando. Observé el rostro de Emma, no muy segura de lo que iba a hacer. Llorar, reír, gritar. Se quedó sentada allí, mirando la oscuridad y sacudiendo la cabeza. Luego me cogió la mano y tiró de mí hacia la puerta del sótano para que bebiéramos, fumáramos y tratáramos de olvidar lo que acabábamos de ver.

DOCTORA WINTER

Esperaron en el coche de Abby cerca de la entrada del camino de vehículos, hacia el final del callejón sin salida. Unos arbustos silvestres que sobresalían entre los árboles impedían que se viera el coche.

Tenían provisiones: bocadillos, patatas fritas y café. Estaban preparados para esperar toda la noche, y la noche siguiente, y la otra.

Hablar de la investigación los entretuvo las primeras horas. La sangre encontrada en el muelle y en la proa de la lancha era de Richard Foley. Los agentes estaban interrogando a empleados de las estaciones ferroviarias y de autobuses más importantes, y se había hecho una petición pública para encontrar a la pareja perdida, Emma Tanner y su hija.

Al cabo de un rato se impuso el silencio. Había muchas cosas que Abby quería decir, cosas sobre el pasado, su precipitación al juzgar, su alejamiento de Leo y su familia, que tan buenos habían sido con ella. Para ella tenía lógica, pero cuando las palabras empezaron a formarse en su cabeza, palabras que podían explicar lo que ella había sentido en circunstancias anteriores en que él no la había apoyado, y lo que sentía ahora, cuando él ponía su puesto laboral en peligro por seguir una corazonada irracional…, sonaban absurdas y no se atrevía a pronunciarlas.

Así que siguieron en la oscuridad. Vigilando. Esperando.

Cass

La noche en que nos dijeron que habían encontrado a Emma, mi madre perdió al fin el control de sí misma. Una pérdida que había ido creciendo desde mi regreso.

Emma habría estado orgullosa de mí.

Cuando Emma venía a mi cuarto de noche, me hablaba sobre el futuro. *Algún día, cuando seamos mayores, le diremos a ella la verdad. Le diremos que no es tan guapa ni tan lista, y que no es una buena madre. Le diremos que es vieja y fea, estúpida, horrible y mezquina. Y al principio no nos creerá, pero nuestras palabras la corroerán como ácido hasta que no quede nada.*

Cuando decía estas cosas, sentía los acelerados latidos de su corazón contra mí y sentía el calor de su aliento como si procediera de un incendio. Oía su grito en la noche cuando venía a mi cuarto. Y luego sentía romperse mi propio corazón porque nada de lo que yo pudiera hacer o decir podía mejorar las cosas.

La noche en que mi madre se vino abajo, la oí discutir otra vez con el señor Martin. No pude distinguir sus palabras, solo *¡idiota de mierda!* El señor Martin lo gritó varias veces antes de que sus voces bajaran de volumen y luego cesaran. Asomé la cabeza y los vi desaparecer en el vestidor de atrás, el señor Martin tirando de mi madre por el codo.

Cuando oí abrirse la puerta del garaje, corrí al vestidor de atrás y encontré las llaves de mi madre en el estante. Esperé a que el coche del señor Martin desapareciera por el camino de vehículos y entonces fui a buscar el coche de mi madre y los seguí. No encendí las luces hasta que llegamos a North Avenue. Me mantuve a suficiente distancia para que no me vieran, aunque no creo que aquella noche hubieran visto ni un platillo volante aunque los hubiera sobrevolado. Estaban perdidos en su cólera. Perdidos en su miedo. Perdidos en el pasado.

DOCTORA WINTER

—Allá vamos —murmuró Leo cuando vieron el coche salir por el camino de vehículos. Abby encendió el motor y se dispuso a poner en marcha el coche, pero entonces vieron el segundo coche.

—¿Cass? —preguntó.

Leo estaba mirando los coches que ya desaparecían por la arteria que tenían delante.

—Vamos.

CASS

Aparcaron en el barranco del río y bajaron del coche. El señor Martin llevaba una pala en una mano y con la otra arrastraba a mi madre por el brazo. Ella gritaba: *¡No te creo! ¡Me estás mintiendo! ¡Has mentido todo este tiempo!* Hervía de cólera. *¡Nos has destruido a los dos, idiota de mierda!*

Yo aparqué en la calle y tuve que correr para alcanzarlos. Pero llegué a la arboleda y, como no vi el menor rastro de ellos, tuve que detenerme porque el suelo crujía bajo mis pies. Anduve unos metros y me escondí tras un árbol, atenta al rumor de sus voces y a los sollozos de mi madre. No hacían caso de los crujidos, así que no era difícil seguirlos.

El barranco del río está en un parque de treinta hectáreas que pertenece al municipio contiguo. En él hay pantanos y senderos. Nuestro padre solía llevarnos allí cuando éramos pequeñas porque opinaba que debíamos estar en contacto con la naturaleza. Pero nosotras odiábamos los bichos y el terreno blando que nos succionaba las zapatillas y las cubría de barro. No habíamos estado allí desde que éramos niñas.

Cuando el señor y la señora Martin se detuvieron, yo hice lo propio y me agaché tras unos arbustos espinosos. Ahora hablaban entre susurros y el señor Martin cavaba la tierra blanda con la pala, cerca de los pantanos. La señora Martin lloraba con más fuerza que antes.

Fue entonces cuando una mano me cubrió la boca y me echaron a tierra. Pensé que así era como iba a morir, que la señora Martin no estaba con el señor Martin, o que quizá Richard Foley no había muerto sino que estaba allí y que iba a matarme por hacer aquello. Pensé: *Bueno..., así es como termina todo.*

La noche en que Emma y yo desaparecimos hacía una semana que la señora Martin había tenido relaciones sexuales con Hunter. Hunter había vuelto a Hamilton, orgulloso de su victoria sobre todos nosotros, pero especialmente sobre Emma. Ni siquiera sabía que nosotras lo sabíamos, pero él tenía la kriptonita y pude ver que obtendría un gran placer planeando cuándo y cómo iba a usarla contra mi hermana.

Emma vino a mi cuarto después de cenar. No había recuperado la calma desde aquella noche. Ni el vodka ni el tabaco ni la marihuana que le robó a Hunter la habían ayudado. Estaba perdiendo la cabeza.

Voy a contárselo esta noche. Voy a decirle lo que vimos.

Yo le supliqué: ¡No! Le dije que podíamos utilizar la información de alguna manera mejor para obtener algo, por ejemplo vivir por fin con nuestro padre. Pero Emma no quería vivir con papá. Se había vuelto tan adicta a la guerra con Hunter y a la competencia con la señora Martin como ellos adictos a sus guerras y sus celos.

Dile cualquier otra cosa, Emma. ¡Dile que estás embarazada! ¡Dile que ha sido Hunter!

Emma dio un chillido.

¡Eres un genio, Cass! ¡Ah, Dios mío! Eso la matará. ¡Morirá por dentro!

Salió de mi cuarto riendo, aunque no estaba contenta. Yo no la seguí. Me fui al otro extremo de mi cuarto, cerca de la puerta. Unos momentos después, oí murmullos en el pasillo, salían del dormitorio de la señora Martin. Los murmullos subieron de volumen hasta convertirse en gritos. Entonces entendí lo que se decía.

¡Arruinarás esta familia! ¡Puta estúpida!

¿Yo? ¿Y tú? ¡Follabas con Jonathan cuando aún estabas casada con papá! ¡Tú los trajiste a nuestra casa y mira lo que han hecho!

¡Mira lo que has hecho tú, Emma! ¡TÚ!

Por el camino de vehículos llegaron luces que bañaron los cristales del balcón interior del piso de arriba. El señor Martin estaba en casa. Los gritos cesaron un segundo y aproveché para asomarme por la puerta. Las luces también habían entrado en la habitación de la señora Martin..., las vi iluminando el rostro iracundo de la señora Martin. Emma salió corriendo, pero la señora Martin la cogió por el pelo y mi hermana volvió a gritar, primero de dolor y luego de rabia.

¡Suéltame, zorra! ¡Voy a contárselo! ¡Voy a contarle lo que me hizo su hijo, que me violó y me dejó embarazada!

La señora Martin tiró con más fuerza. Emma sacudió el brazo como si fuera a darle una bofetada, pero solo alcanzó un retrato enmarcado colgado en la pared, que cayó y se estrelló contra el suelo. La señora Martin le sujetó los dos brazos antes de que Emma pudiera volver a intentarlo. Emma se retorció y giró sobre sí misma y las dos cayeron sobre la barandilla del balcón, Emma con la espalda en el antepecho y la señora Martin empujándola con el ímpetu del forcejeo. Emma gritó por última vez cuando advirtió que perdía pie y pasaba por encima de la barandilla. Sé lo que se siente cuando estás a punto de caer de manera inesperada, cuando el cuerpo te envía una alarma para que te sujetes a algo, o afirmes los pies, o bracees con las manos abiertas. Su espalda se arqueó. Sus brazos buscaron a nuestra madre. Pero la señora Martin la empujó como si fuera una mosca molesta y luego dio un paso atrás para que Emma no tuviera donde agarrarse. Nada que la salvara.

Me encontraba en el suelo del parque, con la mano ajena sobre mi boca, mirando a los ojos de la doctora Winter mientras recordaba el ruido sordo que produjo mi hermana tras caer por encima de la barandilla del balcón interior y dar en el suelo, y mientras evocaba al mismo tiempo la imagen de mi madre mirando el cuerpo inmóvil, cubriéndose la boca con las manos y, finalmente, en silencio.

DOCTORA WINTER

Cuando Cass vio quién la sujetaba, dejó de forcejear. Abby le puso un dedo en los labios para decirle que tenían que estar en silencio y la muchacha asintió con la cabeza. Entonces se sentó al lado de Abby y ambas miraron a Jonathan Martin, que seguía cavando la tierra con la pala, y a Judy a su lado, que sollozaba como una niña pequeña.

El agente Strauss estaba en la parte alta del barranco, agachado tras los arbustos, observando sus movimientos.

CASS

Aquella noche me colé como un ratoncito silencioso en mi habitación. Estaba temblando. No podía pensar. Oí entrar al señor Martin y me asomé por la puerta hasta que lo vi. Gritó de horror al ver a Emma caída en el suelo e inmóvil. Yo no la vi con mis propios ojos, pero sé que estaba inmóvil. Sé que no había sangre porque la buscaron por toda la casa cuando desaparecimos, y no encontraron nada. Pero por la urgencia de sus voces, supe que había ocurrido lo peor.

La señora Martin gritaba desde arriba que había sido un accidente. ¡Que se habían peleado y Emma la empujó, y ella empujó a Emma y Emma cayó!

El señor Martin se agachó al lado de Emma.

¡Llama al 911, por el amor de Dios! ¿Por qué te quedas ahí parada? ¡Dios mío!

La señora Martin bajó la escalera a toda velocidad. Emma le había contado que Hunter la había violado y que ahora estaba embarazada. Le dijo que estaba decidida a dar a luz y que destrozaría la vida de Hunter, porque iría a la cárcel y sería un agresor sexual durante el resto de su vida. Dijo que le contaría a todo el mundo de quién era el niño para que el mundo supiese qué casa era aquella.

Oí que mi madre daba esta explicación con voz aterrorizada cuando el señor Martin preguntó: *¿Qué ha pasado, Judy? En el nombre de Dios, ¿qué ha pasado aquí?* Luego se bombardearon con cosas como *¿Qué hacemos? ¿Qué le pasará a mi hijo? ¡Encontrarán el niño en su vientre! ¡Descubrirán quién es el padre! ¿Qué le pasará a él? ¿Qué me pasará a mí? ¡Dios Santo! ¿Qué hacemos?* Yo estaba demasiado asustada para llorar y apenas podía ver entre la nube de miedo que velaba mis ojos como un sudario blanco. Pero vi lo suficiente para distinguir el collar pegado a la pared donde mi madre colgaba las fotos nuestras que tanto le gustaban. Se había roto la cadena en el cuello de Emma y había caído hecho un nudo entre la pared y el borde de la alfombra.

Recogí el collar y corrí a mi habitación. Solo podía oír susurros, porque se habían calmado y estaban decidiendo qué hacer. Y luego oí rumor de pies, resoplidos y gemidos de mi madre y del señor Martin, y luego pasos, y luego la puerta del vestidor trasero, y luego la puerta del garaje, y luego un coche que se iba por el camino de vehículos. El coche de Emma. Luego oí de nuevo la puerta del vestidor de atrás y el llanto de mi madre y sus balbuceos mientras permanecía inmóvil en el punto del vestíbulo donde había caído Emma.

En algún momento cayó en la cuenta de que no me había visto ni oído en toda la tarde. Subió la escalera, recorrió el pasillo y entró en mi cuarto. La luz estaba apagada.

¿Cass? Cass, ¿dónde estás?

No respondí. Estaba escondida bajo la cama.

Cuando salió a buscarme por el resto de la casa, me quedé allí unos minutos tratando de asimilar la nueva situación. De todas las cosas que había llegado a entender, y a pesar de lo adulta e inteligente que me creía, nunca había pensado que algo así pudiera ocurrir. Nunca había imaginado que mi madre pudiera matarme.

Doctora Winter

Jonathan Martin cavó durante casi una hora. La tierra se desprendía con facilidad porque era como barro, pero estaba cavando muy hondo. Cuando se detuvo, Judy ya no lloraba y alumbraba el hoyo con la linterna del teléfono móvil. Lo miraba con cara inexpresiva. Jonathan hundió la mano para tirar de algo. Parecía una lona de las que utilizan en jardinería, de un brillante color verde. Le limpió la tierra con las manos. Parecía frenético, como si quisiera acabar con aquello, como si estuviera desesperado por apartar la tierra y encontrar lo que buscaba.

Abby, que ya sabía qué era, abrazó con más fuerza a Cass.

CASS

De la tierra salió algo verde. El señor Martín siguió excavando. No podía ver bien, pero sí lo suficiente. Cavaba y cavaba, de rodillas, hasta que finalmente sacó otra cosa del agujero. La sostuvo en el aire y miró a la señora Martin el tiempo suficiente para que ella se diera cuenta de que eran los huesos de la mano de mi hermana.

Cuando aquella noche se fue con el coche de Emma, yo rezaba para que fuera camino del hospital. Aunque había temido que mi madre me matara cuando fue a buscarme, no podía creer que Emma estuviera muerta. Incluso mientras escapaba por la ventana de mi habitación, sin abrigo, ni monedero ni nada, y luego me descolgaba desde el tejado y me alejaba corriendo de aquella casa, y me adentraba en la noche, seguía sin creérmelo. El señor Martin había transportado a Emma al coche de ella. Eso es lo último que supe. Y era muy posible que se la hubiera llevado para buscar ayuda.

Anduve seis kilómetros hasta la estación de ferrocarril. Me escondí en un tren con destino a Nueva York y luego fui andando hasta Penn Station. Recordaba haber estado allí una vez con nuestro padre, que dijo que allí podías coger un tren para ir cualquier sitio. Vi un anuncio en una pared de uno de los pasillos. Decía que llamaras si eras adolescente y necesitabas ayuda. Llamé al número de cobro revertido tal como se decía. Respondió un hombre. Se llamaba Bill. Habló conmigo un rato y dijo que podía ayudarme, pero yo le dije que no estaba segura y colgué. No sabía adónde ir. Pensé en llamar a Witt. Pensé en llamar a mi padre. Me quedé dormida antes de decidir nada.

Al despertar había a mi lado un hombre llamado Bill. Tenía una taza de chocolate caliente, un dónut y una sonrisa amable. Con él había una mujer y parecía simpática. Preguntaron si tenía hambre. Y sí tenía. Mucha hambre.

DOCTORA WINTER

Cuando Cass vio los huesos de Emma, se soltó de Abby y echó a correr hacia la tumba. El agente Strauss bajaba a toda prisa por el terraplén pistola en mano. Fue el primero en llegar y los obligó a ponerse de rodillas. Estaban atónitos, pero Judy se las arregló para empezar a defenderse allí mismo, gritando entre sollozos que no tenía ni idea de que su hija estuviera muerta.

Más tarde afirmaría que tampoco sabía cómo había muerto. Testificaría que había llegado a casa y encontrado a Emma al pie de la escalera, ya muerta, y que su marido había insistido en que escondieran el cuerpo porque estaba embarazada de su hijo y no quería que destruyeran la vida de Hunter. Fue con el coche de Emma hasta el bosque y la enterró allí, luego dejó el coche en la playa para que todo el mundo creyera que se había ahogado en el mar. Se volvió contra su marido con perversidad, para salvarse, aduciendo que estaba obsesionado por su hijo, que la había maltratado emocionalmente a ella y que se había sentido atraído por su hija.

Tras hablar con sus abogados, Jonathan Martin contó una historia diferente, la historia que finalmente sería creída por los fiscales y se convertiría en la base de un acuerdo judicial. Contó que había llegado a casa y encontrado a su hijastra muerta. Admitió haber temido por su mujer, que había matado a su propia hija, y también por su hijo, debido a que Emma había dicho que estaba embarazada. Aseguró que lo había dominado el miedo a lo que aquello podía representar para su hijo, así que escondió el cuerpo y dejó el coche en la playa para que pareciera que se había ahogado. Suplicó comprensión y la compasión de todos los padres que cometen estupideces para proteger a sus hijos.

Jonathan Martin pasó la prueba del polígrafo. Judy se negó a someterse a ella.

La autopsia de los restos de Emma Tanner no pudo determinar si había estado embarazada.

CASS

Durante los días y las semanas que siguieron a mi huida vi todos los programas de televisión que pude en los que se informaba de Emma y de mí, y se afirmaba que habíamos desaparecido. Hablé con los Pratt sobre el particular, pero no les conté la verdad sobre Emma. Les dije que había escapado tras pelearse con nuestra madre y que yo no podía quedarme en casa sin ella.

Al principio recé para que el señor Martin la hubiera llevado al hospital, para que un día despertara yo y viera en los informativos que se había producido un accidente doméstico y la chica que había resultado herida se recuperaba con normalidad. Cuando oí lo del coche encontrado en la playa, supe que habían fingido su desaparición y utilizado mi fuga para darle credibilidad. E incluso entonces esperaba, sin razón alguna, estar equivocada…, que Emma estuviera a salvo en alguna parte. Que el señor Martin le hubiera pagado para que se fuera y no volviera nunca, y que le había dado dinero suficiente para no tener que volver. Que a lo mejor pensó que siempre podía volver a pedir más y chantajearlos hasta el fin de los tiempos. O que quizá se había ido a algún lugar exótico y estuviera viviendo con un guapo nativo, o adorada por una isla entera de nativos, feliz al fin. Aunque era una locura pensar así, fue suficiente para impedirme volver a casa, para esconderme en la estación del ferrocarril para meditar mis siguientes movimientos. Allí fue donde conocí a Bill y a Lucy. Subí al coche de Bill y me fui con ellos a Maine. Y luego subimos a la lancha de Rick y me sentí libre y poderosa mientras cruzábamos el puerto y desembarcábamos en el lugar más hermoso que había visto en mi vida.

Volví después de mi huida para buscar a mi hermana. Todavía tenía la esperanza de que estuviera viva en alguna parte y estaba convencida de que ellos conseguirían que saliera de su escondite. O de que la prensa la hiciera aparecer. No sabía el resultado. Pero sí sabía que iba a conseguir que mi madre dudara de su marido, y cuando se convenciera de que él le había mentido todo aquel tiempo, porque la había engañado y porque todo el mundo me creía cuando contaba que Emma estaba en la isla, sabía que ella se desmoronaría. El verano se convertiría en invierno en su mente y amenazaría con revelar lo que habían hecho aquella noche, fuera lo que fuese, y el señor Martin se vería obligado a enseñarle la prueba. Es lo que ocurre cuando perdemos la fe en una persona. Tenemos que ver las pruebas. Las palabras y las promesas ya no bastan.

Sabía que si podía hacer eso, si podía romper sus defensas, la verdad saldría a la luz.

Corrí hacia la tumba de mi hermana, hacia mi madre y mi padrastro. Corrí hacia Emma por fin, después de todos aquellos años.

El señor Martin y mi madre estaban de rodillas mientras el agente Strauss les apuntaba con el arma. Levantaron los ojos al oírme y la señora Martin empezó a suplicar con más fuerza que alguien la creyera sobre lo ocurrido aquella noche. El señor Martin guardaba silencio. Tuvo la sensatez de esperar a su abogado.

Y mientras ocurría todo esto, yo solo tenía ojos para los huesos inánimes de la mano de mi hermana que sobresalía del suelo. Y solo tenía oídos para el grito que vibraba en mi interior y resonaba en la oscuridad.

23
DOCTORA WINTER

Encontrar a Emma Tanner no fue el final de la historia. Solo fue el principio.

La investigación quedó a cargo de las autoridades locales. Agentes y funcionarios judiciales, al igual que el FBI, interrogaron a Cass y a la familia Martin con objeto de recomponer y entender los sucesos de los últimos tres años.

Dos equipos de abogados defendieron a Judy Martin y a Jonathan Martin. Unieron sus fuerzas para llevar a cabo un ataque conjunto, contra el FBI, el agente Leo Strauss y la doctora Abigail Winter. Presentaron una moción para que se retiraran los cargos, alegando que habían sido los propios agentes de la ley los que habían incitado a la comisión de un delito, en un esfuerzo por anular las pruebas y las declaraciones relativas a la noche en que los Martin los habían conducido a la tumba de la adolescente muerta. Era un recurso legal frívolo, porque los Martin no habían sido coaccionados para cometer ningún delito, sino más bien todo lo contrario, ya que habían conducido a las autoridades a las pruebas de un delito ya consumado. Pero hubo que rebatir el recurso.

Leo fue categórico en su declaración.

—Lo hacemos constantemente. Mentimos a los sospechosos sobre cosas que sabemos y sobre detalles que hemos descubierto. Tuvimos una corazonada y la obedecimos.

Hizo algo más que eso. Cuando lo presionaron sobre las posibles causas de la corazonada, mencionó la incoherencia relativa a la situación de los dormitorios.

—Abby dedujo que Emma no había estado en aquella isla, y sabía que Cass estaba contando cosas que no encajaban. No…, no sabíamos qué le había pasado a Emma Tanner. Solo sabíamos que no había estado en aquella isla y que alguien de la familia tenía que tener la respuesta. —No dio más detalles. Pero se hizo responsable de la táctica. Dijo que había sido idea suya. Que era su caso. Él era el investigador jefe y el que sugirió seguir aquella pista sin implicar a nadie más en el equipo, salvo, por supuesto, a la doctora Winter—. ¿Por qué? Porque ella conocía a la familia mejor que nadie. Porque yo la necesitaba.

Abby había sopesado las razones por las que Cass les había contado cosas que no eran ciertas en el marco de una teoría que hiciera imposible que la acusaran.

—Creo que Cass Tanner estaba en un estado de tensión emocional profunda, lo que le causó un trastorno disociativo a corto plazo. Es común en casos de estrés severo como este. En mi opinión, el trauma de su huida y su regreso a casa, cuando revivió la muerte de su hermana y se enfrentó al conflicto extremo de estar en casa con su madre, sabiendo lo que esta había hecho, fue demasiado para ella. Creó una falsa realidad que le permitiera soportarlo. Una realidad en la que su madre no era responsable de la muerte de su hermana y en la que la casa, en consecuencia, era un lugar seguro para ella. Necesitaba sentirse a salvo de nuevo.

Expuso a continuación lo que era la patología del trastorno disociativo a corto plazo y opinó que Cass ya se encontraba bien, que recordaba todo lo que le había ocurrido a su hermana y ahora entendía que estaba muerta. Había insistido en que las demás historias de la isla eran ciertas, en que le habían ocurrido realmente, y que la joven no sabía cómo había muerto Richard Foley. Había acabado por recordar que conoció a Bill y Lucy Pratt en Penn Station, que le habían ofrecido chocolate, y después, tras enterarse de que se había fugado, un lugar donde quedarse.

Y el episodio de la playa, que describió con gran detallismo, como la luz de la luna y la rastrilladora de las playas, formaba parte del delirio. Su mente no podía aceptar la realidad de la desaparición de Emma, así que incorporó todo aquello a su fantasía.

Por supuesto, nada de aquello era verdad. Cass sabía exactamente lo que estaba haciendo al contar aquel episodio. Lo había preparado perfectamente, mezclando detalles ficticios con hechos reales para que el FBI la creyera, dejando que su madre lidiara con teorías sobre lo que había ocurrido realmente aquella noche, después de que su marido se llevara el cadáver de Emma.

No se presentaron cargos contra Cass. Su abogado utilizó la simpatía del público y el testimonio de la doctora Winter para influir en el fiscal y bloquear cualquier intento de volver a evaluar psicológicamente a Cass. Aparte de una visita al pediatra, Cass se libró de un nuevo reconocimiento físico.

Al final, Jonathan Martin fue exculpado por su obstrucción a la justicia a cambio de una declaración. La autopsia confirmó que Emma tenía el cuello roto. Emma había muerto por el impacto de la caída. Utilizaron la teoría de Abby para explicar la conducta de Cass y convencer al jurado de que estaba cuerda. Ambos testificaron contra Judy Martin, que al final fue condenada por obstrucción federal. Pero sin otros móviles, sin conocer la verdad sobre lo ocurrido en aquella casa, y con dos teorías posibles sobre la caída de Emma —por la mano de Judy Martin o la de Jonathan Martin—, el jurado no pudo decidir si había habido homicidio.

Abby y Leo no habían estado en la misma habitación hasta el día de la sentencia, casi siete meses después de encontrar el cadáver de Emma en el bosque. Tenían que cuidar las apariencias. Pero Abby se había reunido con Cass para colaborar en la evaluación de su estado mental. Y Leo había escrito informes, había declarado y se había reunido con los altos cargos de la policía de New Haven para explicarles todo lo que había sucedido.

La investigación no había terminado, ni siquiera después de que se condenara a Judy Martin. Quedaba la muerte del barquero, Richard Foley, que estaba siendo investigada por la policía estatal de Maine en colaboración con el FBI. La teoría sobre la que trabajaban se centraba en los Peterson. Encontraron el bote de remos en Christmas Cove, en una zona boscosa cercana a la orilla, lo que confirmaba que habían abandonado la isla apresuradamente. No encontraron a la pareja. El

FBI encabezaba la búsqueda de los dos —de Carl y Lorna Peterson, alias Bill y Lucy Pratt—, y posiblemente de una criatura sin identificar cuyas ropas habían encontrado en los cajones del tocador.

Había dos piezas del rompecabezas que habían pasado inadvertidos. La primera era esta criatura.

Aparte del libro de nanas, unas ropas en un cajón y una cuna hallada en el sótano de la casa de la isla, no había pruebas de que hubiera ningún niño. Platos, desagües y ropa de cama se examinaron en busca de restos biológicos, pero la búsqueda sufrió un brusco frenazo tras encontrar el cadáver de Emma. Con la ayuda de Abby, Cass consiguió procesar lo que ocurrió y finalmente informó de que la niña había sido en realidad parte de su delirio. La teoría ahora era que las ropas, la cuna y el libro eran recuerdos del niño que los Peterson habían perdido años antes…, aunque se había tratado de un varón de dos años y las ropas pertenecían a una niña. Sin embargo, no había motivo para gastar más recursos en evaluaciones forenses hasta que encontraran a los Peterson y tuvieran conocimiento de la comisión de algún delito.

La segunda pieza consistía en la dinámica familiar previa al fatal incidente en el balcón de la casa de los Martin. Tenían noticia de que Emma y su madre mantenían una relación con altibajos. Owen Tanner testificó sobre las peleas entre ellas. Y también Witt. Pero Owen no podía aceptar que Judy hubiera matado a su hija. Torció su testimonio para desviar las dudas hacia Jonathan y Hunter. La defensa presentó pruebas sobre las fotos de los desnudos, lo que representaba un motivo para Jonathan Martin y un menoscabo de su credibilidad. Asimismo, la acusación presentó como testigo a Hunter Martin para apoyar el testimonio de su padre y volver a cubrir de dudas el comportamiento de Judy. Habló de la promiscuidad de Emma y de los celos de Judy, cosas que observaba meramente como un inocente espectador. Negó haber dejado embarazada a Emma. Y mientras Cass contaba otra vez la anécdota del pelo de Emma y, por supuesto, lo que recordaba de la noche en que su hermana murió a consecuencia de la caída, su testimonio se analizó con feroz minuciosidad. Después de todo, había estado delirando. Había explicado a todos, con muchos pormenores, que su hermana estaba viva y había dado a luz a una niña que nunca había nacido.

¿No había nada más? Los fiscales le habían pedido que diera más detalles sobre su infancia con Judy Martin, cualquier cosa que ayudara al jurado a salvar los obstáculos que necesitaban despejar para encontrar culpable a Judy y no a su marido. Pero Cass insistió en que no tenía nada. Así que el jurado no estaba seguro de nada y fue incapaz de condenarla por algo más que por obstrucción a la justicia, y un conjunto de pequeños delitos relacionados con la desaparición y el entierro del cadáver.

—Hay algo más. Lo sé.

Abby estaba sentada con Leo en un banco del parque cercano al juzgado. Los medios de comunicación habían desaparecido. Los abogados habían vuelto a sus bufetes. Y Judy Martin acababa de ser sentenciada e iba camino de la cárcel federal de mujeres de Aliceville, Alabama.

Cass había preferido no asistir a la lectura de la sentencia.

—No le importa. Esto no tiene que ver con la justicia —comentó Leo.

Abby suspiró y sacudió la cabeza. El sistema no había hecho justicia a Emma Tanner. Y Cass había formado parte de aquello. Sus anécdotas podían haber inclinado la balanza. Pero no quería que saliera a la luz del día la verdad sobre lo que había ocurrido en aquella casa.

—Solo quería encontrar a su hermana, Abby. Eso es todo.

Abby sabía que tenía razón. Ver a Cass testificando contra su madre había sido exasperante, tanto que Abby había forcejeado con la decisión de seguir protegiéndola y mintiendo por ella. Y con la de pedir a su vez a Leo que también mintiera.

—Nadie está buscando en el pasado, en las cosas malas que ocurrieron en esa casa, así que nadie busca a la niña. Esas dos piezas van de la mano —le recordó Leo—. ¿Recuerdas lo que dijo Cass? La gente cree lo que quiere creer, y nadie quiere creer que una madre sea capaz de matar a su propia hija. Es mucho más fácil tragarse la versión de un malvado padrastro controlador que protege a su hijo que la de una madre desnaturalizada. Nadie quiere ver así a una madre. Una madre tan despiadada, aunque todo proceda de una enfermedad. Nos sacude hasta la médula.

Abby lo miraba.

—Y nadie miraba en esa dirección. Ni Owen Tanner. Ni el jurado. Ni la escuela. Ni siquiera las chicas, hasta que fue demasiado tarde.

—¿Lo entiendes ahora? ¿Entiendes por qué no quería que siguieras hace tres años? Te habría destruido, Abby.

Aquello era difícil de tragar para Abby. Incluso después de haber descubierto la verdad y encontrado el cadáver, la fiscalía no había querido utilizar el testimonio de un perito ni realizar una evaluación psiquiátrica de Judy Martin sobre la teoría del trastorno narcisista de la personalidad. No tenían suficientes pruebas para respaldarlo. Era demasiado subjetivo. Demasiado inusual. Y, dado el pasado de Abby y la tesis que había escrito sobre el tema, la atención volvería a la trampa que habían tendido a Judy y su marido. Y nadie del FBI quería algo así.

—No sé qué sentir en relación con todo esto. No me siento aliviada. No me siento reivindicada por tener razón.

Abby miró los juzgados. Era un hermoso día de invierno. Cielos azules. Nubes algodonosas. El aire era frío y traspasaba su abrigo de lana. Se estremeció y Leo la rodeó con el brazo.

Él la había salvado de lo que habría podido ser un resultado desastroso. Si hubiera contado la verdad sobre la decisión de mentir a los Martin, que había sido Abby la artífice de la trampa, el caso y su puesto de trabajo se habrían ido al garete.

Pero no había sido su único engaño.

En algún lugar del expediente Tanner había un papel con un nombre y un número, ahora enterrado profundamente, por si lo necesitaba alguna vez en el futuro. Era una testigo de la estación ferroviaria de Portland. Leo podía decir que no la había llamado porque el caso se había resuelto antes de que tuviera oportunidad de declarar. Podía decir que lo había olvidado o que parecía pertenecer al pelotón de chiflados que llamaban para contar infundios cuando el caso estaba en pleno auge. A fin de cuentas, solo había dicho que una mujer que se parecía a Cass Tanner iba en un tren hacia Nueva York y le había pedido utilizar el teléfono para buscar una dirección. Y no iba sola. A su lado, acurrucada y profundamente dormida, había una niña.

Tanto Abby como Leo creían que Cass había pasado aquellos dos días perdidos poniendo a salvo a su hija antes de volver a casa. Y apostaban a que Witt era el cómplice. No habían dicho ni hecho nada al respecto.

—¿Qué crees que hará ella ahora? —preguntó Leo.

—No lo sé con seguridad. Pero sí sé que hará todo lo que pueda por su hija.

—¿Y el padre? ¿Hunter? Dios me perdone, ¿Jonathan?

—Joder…, yo apuesto por Hunter. Lo que Emma contó a su madre es lo que la puso furiosa, tanto como para tirarla del balcón interior. Las mejores mentiras son las que más se acercan a la verdad.

—Si nos hubiera contado lo que realmente ocurrió en aquella casa, yo creo que habría bastado. Habrían podido demostrarse todas las acusaciones. Cass ayudó a su madre a librarse del asesinato para proteger a su hija.

—Sí, es verdad.

—¿Y sabes lo que eso significa? —Leo rebuscó en su bolsa y sacó un desgastado fajo de papeles sujetos por un clip. Era una fotocopia de un trabajo titulado *Hijas de madres narcisistas: ¿puede romperse el ciclo?*

Abby sonrió y asintió. Notó las lágrimas que querían brotar, pero las retuvo. Leo la miró. Le apretó el hombro y la acercó hacia él.

Era irónico que supiera tanto y aun así siguiera tan afligida por el pasado. El ciclo era una fuerza que la seguía reteniendo. Pero entonces pensó en Cass y en la capacidad que aún tenía para amar desinteresadamente. Había escapado del ciclo. El amor a su hija había sido más importante que la venganza contra su madre.

Cass no era totalmente libre. Nadie lo era después de recibir una educación así. Quizá siempre enumeraría y contaría las cosas, como Meg. Y tal vez se hubiera rodeado de una coraza invisible que dificultaría la posibilidad de ser amada, como la que Abby notaba que empezaba a resquebrajarse bajo el peso de las pruebas que ahora tenía ante ella. Por primera vez en su vida, se sintió esperanzada.

—Pareces cansada, pequeña —dijo Leo.

Abby rio y entonces brotaron las lágrimas.

—Creo que no he dormido durante casi cuatro años.

Leo asintió lentamente con la cabeza.

—Lo sé. Esos malditos fantasmas siempre llegan por la noche, ¿verdad?

Dejaron transcurrir unos momentos. Leo se levantó y cogió a Abby de la mano.

—Ven a cenar esta noche. Susan quiere hacerte un pastel.

—Pero si no es mi cumpleaños —respondió Abby.

Leo sonrió con la cabeza inclinada y enarcando una ceja.

—Sí lo es.

24
....

CASS

El verano anterior a mi fuga fue muy caluroso. Se batieron todas las marcas. Todo el mundo se quejaba. La gente empezaba a hablar otra vez del calentamiento global, aunque el invierno anterior también había batido las marcas de nieve y frío. Creo que a veces tener demasiada información puede ser muy malo. Fuerza nuestra atención a vagar sin rumbo, hasta que ya no sabemos dónde tenemos la cabeza y no somos capaces de ver lo que tenemos delante de las narices. No somos búhos, y nuestras cabezas no están hechas para dar vueltas.

Cuando veo y oigo que explotan ciertas noticias, como la ola de calor de aquel verano, y cuando acabo preocupándome por cosas, recuerdo algo que aprendí en la escuela primaria. Estábamos estudiando el sistema solar y supimos que la Tierra tenía 4.500 millones de años y que el sol moriría más o menos dentro de la misma cantidad de años. Es muy fácil pensar que somos importantes y que lo que ocurre a nuestro alrededor es importante..., pero la verdad es que somos muy pequeños, insignificantes incluso en nuestro sistema solar, que a su vez es insignificante desde el punto de vista del universo. La verdad es que nada importa realmente si no decidimos que importe. Podríamos arrojar todas las bombas nucleares que hemos fabricado y matar toda la vida del planeta y el universo se limitaría a encogerse de hombros y a bostezar, porque durante los cinco mil millones de años que el sol seguirá brillando aparecerá alguna nueva clase de vida que hablará de nosotros como nosotros hablamos de los dinosaurios.

Después de mi fuga, habría podido subir a aquel tren en cualquier parte del mundo. O al menos en cualquier lugar donde se detuviera, camino de Florida. Habría podido irme para siempre. Mi padre estaba triste, pero su tristeza tenía tres años de edad, y se había convertido más en una cicatriz que en una herida abierta. Y lo mismo pasaba con Witt. Él había ido a la facultad de derecho y se había casado. Estoy segura de que me echaba de menos, pero su vida había llenado cualquier vacío que mi ausencia hubiera creado, como cuando dejas huellas en la arena y luego el agua llega con más arena y más arena hasta que desaparecen.

No era necesario que volviera a casa. No era necesario que encontrara a Emma. Causó mucha agitación a mucha gente, incluida yo misma, y desde el punto de vista del universo era irrelevante e insignificante. Pero durante mis años en la isla ideé una teoría propia sobre el significado de la vida. Llegué a la conclusión de que la vida consistía en escoger cosas que tuvieran importancia aunque no la tuvieran ni la pudieran tener. Ideé esta teoría y empecé a hacer una lista de cosas que fueran importantes y que cumpliría. Decidí ponerme a prueba con la lista y si había sido sincera al elaborarla.

Encontrar a Emma estaba en esa lista.

El verano anterior a nuestra desaparición, Emma había ido a París a principios de junio. Yo no me fui a Inglaterra hasta dos semanas después. Hasta aquel momento nunca había estado sola en casa con Hunter, el señor Martin y mi madre. Jamás. Cuando Emma no estaba, siempre iba a casa de mi padre.

La verdad es que podía haber ido a casa de mi padre. Mi padre quería que estuviera con él y, con la guerra que se libraba en casa de los Martin, yo era como un pajarillo en el campo de batalla. Sabía que me encontraría bien solo con levantar el vuelo cuando regresaran los soldados. También sabía que nadie ve un pájaro en el campo de batalla cuando los soldados van a la caza de enemigos. Era difícil ser el pájaro que nadie veía y que sería aplastado si no echaba a volar cuando la lucha se reanudara.

Yo tenía quince años aquel mes de julio. Pero eso no es excusa. Me sentía invisible e impotente en mi familia y en mi vida. Pero eso no es excusa. No hay excusa para lo que hice aquel mes de julio.

La idea se me ocurrió una noche, a la hora de la cena. La señora Martin quiso ir al club, así que todos nos vestimos para la ocasión: Hunter, la señora Martin y el señor Martin, la novia de Hunter y yo. Hunter seguía flirteando de forma irritante con mi madre, así que ella se puso un vestido provocativo y se maquilló más de la cuenta. Vi que los ojos de Hunter la recorrían de arriba abajo cuando se dio cuenta de que su padre lo miraba a él. No cejaba en su esfuerzo por mantenerlos apartados hasta que Emma volviera de Francia. Era parte de su plan para destruirla. O quizá para recuperarla. Ni siquiera en la actualidad sé todavía qué era, con aquel amor que nunca dejaba de odiar y aquel odio que quería ser amor.

Me vestí en la habitación de Emma. Me puse uno de sus vestidos y utilicé su plancha especial para el pelo y me puse su maquillaje. Sabía lo que me proponía. Nada de esto era inconsciente. No quería seguir siendo invisible ni impotente más tiempo.

La novia de Hunter no dejó de hablar en toda la cena, y además fue muy amable conmigo, lo que era casi tan irritante como el flirteo entre mi madre y Hunter.

En realidad, en aquella cena no ocurrió nada, solo una pequeña mirada. Emma me había explicado cómo puedes saber que le gustas a alguien y cómo hacerle saber a alguien que le gustas, y tuve problemas para creerla porque yo nunca lo había hecho ni me lo habían hecho a mí.

Cass, es difícil de explicar, había dicho una noche en mi cuarto, rodeándome con los brazos.

Es una mirada que llega de forma diferente o que tú diriges de forma diferente. Es ligeramente más larga de lo normal. Y es totalmente inmóvil, no se altera con una sonrisa, ni hablando, ni siquiera se entornan los ojos ni se enarcan las cejas ni ninguna de esas cosas. Es totalmente inmóvil, como un ciervo cuando se queda pasmado ante los faros de un coche. Está paralizada por un pensamiento que ha secuestrado tu cerebro en ese preciso momento y por eso dura demasiado, porque tienes que rescatar tu cerebro de ese secuestro.

Le pregunté qué pensamiento era ese que podía secuestrar el cerebro y paralizar la expresión de esa manera.

Es la idea de que deseas a esa persona.

En la cena de aquella noche comprendí al fin qué quería decir. Mi madre se había fijado en mi vestido, en mi maquillaje y en mi pelo y no le habían gustado ni pizca. No le gustaba que yo intentara ser como Emma y desviara la atención de su persona. Me había hecho algunos comentarios al salir de casa y yo no había hecho caso, pero en mi fuero interno sonreía porque mi plan estaba funcionando. Estaba saliendo de mi estado de invisibilidad. Estaba encontrando cierto poder propio.

Sentados ya a la mesa del club, la novia de Hunter me dijo que estaba muy guapa. Cuánto había crecido. Mi madre me sonrió y preguntó: *¿Ese no es el vestido de Emma?* Respondí que sí, pero que Emma ya no lo quería. Mentí y dije que Emma me había dicho que podía quedármelo. Mi madre sonrió de nuevo y dijo: *Bueno, recuérdame el lunes que te lleve a la modista. Hay que arreglarlo a la altura del busto. Definitivamente, en esa parte has salido a la familia de tu padre. Todas las mujeres son planas como una tabla.*

La sangre me subió a las mejillas, que se me pusieron como tomates. Sentí que la adrenalina corría por mis venas. La novia de Hunter parecía horrorizada, pero porque no sabía la clase de madre que era la señora Martin ni que yo había despertado su furia por querer atraer hacia mi persona la atención que ella se creía con derecho a monopolizar. De todos modos, abandonó la expresión de horror y repitió que creía que yo estaba muy guapa.

En aquel momento, en el caos del horror, la sangre y la adrenalina, fue cuando percibí que me miraban de un modo especial, cuando percibí la mirada de la que me había hablado Emma. Procedía del otro lado de la mesa. Procedía de Hunter.

Desvié la mía tan rápido como pude, pero pronto supe que no había sido lo bastante rápida. No había rescatado mi cerebro del secuestrador a tiempo, y ahora había visto el cerebro secuestrado de Hunter y él había visto el mío.

Sabía que nuestros secuestradores eran delincuentes de distinta clase. No fingiré que esto lo supe después, con más años y más experiencia. Lo supe entonces, en aquel preciso momento, en aquella cena. Hunter vio que yo ya no era irrelevante en la guerra. Con un vestido y un poco de maquillaje, me había convertido en un arma que él podía utilizar contra mi madre, y también contra Emma cuando regresara de Europa. Y también comprendí que Hunter podía convertirme en un arma y que yo quería ser un arma porque un arma es, como mínimo, algo que siempre ven todos los que están en el campo de batalla. Estaba cansada de ser un pájaro.

Tres días después, cuando ya habíamos intercambiado más miradas secuestradas, Hunter vino a mi cuarto. Yo estaba dormida. Eran más de las dos de la madrugada. Se subió a mi cama. Se metió bajo las mantas. No dijo nada y yo no dije nada. Empezó a tocarme y no solo no dije nada, sino que tampoco hice nada. Nada para ayudarlo mientras forcejeaba con los botones de mi pijama y con las mantas, y luego con los botones de su pijama. Y nada en absoluto para detenerlo cuando se subió encima de mí. Me quedé quieta, muy quieta, todo el tiempo que pude. Negando que estuviera permitiendo que aquello ocurriera. Mintiéndome a mí misma con la idea de que parase. Porque no quería. Odiaba a Hunter Martin. Pero había aspectos de mi vida que aún odiaba más. Cuando terminó, se quedó dormido a mi lado. Olí el alcohol de su aliento. No dormí en toda la noche. Me quedé allí acostada, mirando al techo. Pensando.

Solo ocurrió tres veces más mientras Emma estaba fuera. Era todo lo que él necesitaba. Era todo lo que yo necesitaba. No me importó que siguiera saliendo con su novia. No me importó que no hubiera más miradas secuestradas. Y no me importó que, al regreso de Emma, siguieran tratándome como si aún fuera el pájaro. No me importó porque sabía que ya no era ese pájaro. Sabía que era un arma y que tenía poder, y saberlo era suficiente para mí.

También sabía que estaba embarazada cuando empezó el curso. Al principio no hice caso, pero luego vimos a nuestra madre con Hunter, y Emma quería enfrentarse a ella por esto. Era mi oportunidad de ver qué pasaría si se enteraba de lo que él había hecho. Era mi oportunidad de ver si me ayudaría si yo le contaba que la embarazada de Hunter era yo. Si estaba dispuesta a ayudar a Emma, entonces quizá (quizá) me ayudaría a mí.

Recibí la respuesta.

Di a luz a mi hija en la isla. Fue horrible y no voy a fingir lo contrario. Pensé que iba a morir. Quería morir. Pero luego tuve a mi hija, mi niña, y pasó a ser el primero de la lista de puntos que había decidido que fueran importantes.

Pasados los primeros meses me la quitaron poco a poco, no como conté que habían hecho con Emma. Pero el resto era verdad. Como me resistí y lloré, me dejaron verla una vez al día. Habíamos sido inseparables hasta entonces. Ella dormía en mi cama. La tenía en brazos todo el día. Dábamos largos paseos por el bosque. Y le cantaba nanas de un libro que Lucy nos compró. A través de mis manos, mi corazón volcaba todo su amor en mi hija. Todo el amor que había sentido por Emma. Todo el amor que había sentido por mi padre y por Witt. Y todo el amor que había querido que me diera mi madre cuando era pequeña.

Cuando me quitaron a mi hija, escondí el libro debajo de la cama; lo abrazaba todas las noches y lloraba hasta dormirme. Esperaba al otro lado de la puerta por la noche y escuchaba los sonidos del sueño. Y en las noches en que estaba segura de poder hacerlo, me arrastraba por el suelo y me sentaba al lado de la cama de mi hija. A veces le ponía la mano en la espalda, que subía y bajaba con su respiración.

Cuando finalmente me liberé de la influencia de aquellas personas, añadí a mi lista escapar de la isla con mi hija.

Ahora tengo miedo. Tengo miedo de mí misma y de lo que soy capaz de hacer. Tengo miedo de mi propia mente.

Los Pratt eran personas enfermas. Ahora entiendo por qué acabaron psicóticos de tanto desear descendencia y que su aislamiento en la isla empeoró su estado mental, así que ya no podían distinguir la realidad ni entender que lo que hacían estaba mal. La doctora Winter me lo explicó antes de saber que había contado muchas mentiras. No habían conseguido ninguna adopción durante quince años y encima perdieron el único niño que les dieron. A mí me aceptaron para poder ser mis padres. Pero luego llegó mi hija. Era el regalo de Dios que habían pedido en sus oraciones. Y yo solo era una fuerza del mal que quería interponerse en la voluntad de Dios.

Pero la doctora Winter me dijo algo más aquella noche en el bosque. Quería que estuviera preparada. Me dijo que cuando encontraran a los Pratt, o los Peterson, si alguna vez los encontraban, contarían una historia diferente. Contarían la historia de una adolescente asustada que apareció en su casa pidiendo ayuda. Pidiendo ser salvada de una familia de canallas. Explicarían que siempre fui libre para irme. Utilizarían las cosas que hice en mis momentos de debilidad, reír con ellos, comer con ellos, cambiar besos y abrazos mientras decían que me querían. Pero había sido muy mentirosa. Y eso lo utilizarían contra mí.

Pero no importaba. Yo encontraría la forma de que lo pagaran.

No fue fácil esperar aquellos dos años para escapar. Ser nada más que una hermana para mi propia hija, anhelando volver a casa para poder encontrar a la hermana que había desaparecido…, así que me cebé en su bondad hasta que me sentí llena y harta. Estaba muy hambrienta, y esa hambre me asqueaba. Me decía que solo estaba trabajando para hacer realidad mi plan, para hacer que confiaran en mí. Pero eso también era mentira.

Aún fue más difícil hacer que Rick me viera, me deseara y me convirtiera en su amante. Y cuando fingía amarlo me alimentaba de su amor, de lo que yo creía que era amor, de lo que yo fingía que era amor. Me alimenté de eso hasta que también sentí hartazón y náuseas de forma incontenible.

La noche en que le di las pastillas a Bill, mandé una señal a Rick con el teléfono. Saqué a la niña de la cama del dormitorio de Lucy, mientras Lucy roncaba y su gorda barriga subía y bajaba entre las mantas. Cogí todo el dinero que encontré en la billetera de Bill y en el cajón de Lucy. Llevé a mi hija al muelle y la puse en el bote de remos bajo una manta. Le dije que esperase allí, bajo la manta, y que si era muy buena, estaba muy callada y permanecía escondida, la llevaría a un lugar muy especial y mágico. Estuve atenta a la llegada de la lancha motora. Y cuando la vi acercarse, llamé a Rick.

¡Ayúdame! Por favor. ¡Sácame de este lugar!

Acercó la lancha al muelle. Vio la manta en el bote de remos y a mi hija agitándose debajo y gritó: *¿Qué hay ahí? ¿Es la niña?*

No respondí porque él ya lo sabía. Me di cuenta por la ira que vi en su rostro. Yo llevaba meses plantando semillas en su cabeza y me había convencido de que había destruido su confianza en los Pratt y que la había reemplazado por mi amor. Sabía que creía que me habían contado lo de Alaska y lo que había hecho allí. Y le había hecho creer que ellos pensaban que era un hombre inmoral. Un ser poco menos que deleznable

Creía haberlo interpretado bien. Pensaba que le había dado tiempo suficiente. Vería lo desesperada que estaba y nos llevaría a tierra firme. Pero estaba equivocada. Cuando subí a la lancha, no accedió a ayudarnos a escapar. Por el contrario, hizo exactamente lo que había hecho antes. *Vas a llevar a la niña a la casa,* dijo.

Aquella respuesta me aturdió y me sentí mareada. Creía haber sido una buena discípula de Emma y la señora Martin. Que lo había hecho todo bien. Había descubierto lo que él deseaba y me había convertido en eso. Había entendido su compleja relación con los Pratt y la había desenredado, con lentitud, paciencia y lo que creí que era astucia y artimañas. Y en esos momentos robados en el bosque o en la lancha, cuando su cuerpo estaba encima del mío, cuando nuestra piel estaba en contacto y nuestros brazos y piernas estaban enlazados en un nudo que no parecía poder deshacerse, yo pensaba que me comportaba como una persona calculadora. Cada suspiro. Cada gemido. Cada beso. Cada roce. Todo estaba calculado para ser el objeto de su deseo. La mujer que necesitaba ser rescatada. Me sentí tan inteligente que percibía la confirmación de su amor en la intensidad y la fuerza con me devoraba, aunque luego me abrazaba con mucha ternura. Eso era lo que pensaba.

Fui una estúpida. Fui débil. No tenía el mismo atractivo que tenían Emma y la señora Martin. Necesitara Rick de mí lo que necesitase, se desintegraba fácilmente bajo el peso de su deuda con Bill y Lucy. No había conseguido neutralizarla. Ni con mi astucia ni con mi poder sexual. Ni siquiera con mi amor, que se había vuelto real, mezclado con el odio.

Esto lo diré rápido y no volveré a repetirlo. La ira se apoderó de mí. Fue más fuerte que mi razón y más poderosa que las corrientes que siempre intentaban hacerme retroceder. Mi hija me esperaba en el bote de remos. Y aquel hombre iba a impedir que la salvara. Que nos salváramos. Mi cólera era un ejército y soldados de todos los rincones de mi vida esperaban el grito de guerra. Soldados de la época en que buscaba a mi madre y ella me rechazaba. Soldados de la época en que mi padre no consiguió protegernos. Soldados de Hunter y Emma y aquella mujer del juzgado. Y soldados de la alegría que me permití sentir en brazos de aquellos monstruos, Bill, Lucy y Rick. Uno tras otro, los soldados de la ira formaban un ejército imparable.

Cogí un bidón metálico de gasolina y golpeé a Rick en la cabeza, tirándolo por la borda. Tiré el bidón al agua y no esperé ni un segundo para empuñar el timón y darle al acelerador. Enfilé la lancha hacia el cuerpo flotante y lo aplasté contra el muelle. Di marcha atrás y repetí la embestida. Dos veces, tres veces. Los soldados impulsaban cada golpe y el último lo dejó inmóvil, flotando boca abajo en las crueles y frías aguas que no me habían mostrado ninguna compasión.

Saqué a mi hija del bote de remos y nos alejamos en la *Lucky Lady* —tan rápido que tuvimos que sujetarnos con todas nuestras fuerzas—, adentrándonos en la oscuridad, lejos de la costa. No pensé que así me costaría más concretar la situación de la isla. Solo pensaba en alejarme, alejarme todo lo posible. Cuando nos quedamos sin combustible, la corriente nos empujó hacia un puerto. Dejé que la lancha encallara entre los arbustos y luego la solté para que se alejara hacia el puerto, con la llave de contacto en posición de encendido pero con el motor calado. Llevé a mi hija hasta una gasolinera y llamé a un taxi para que nos llevara a Portland. Tenía cuatrocientos dólares de los Pratt y los utilizaría para llegar a casa. Anoté el nombre de la ciudad para enviar luego a alguien en busca de los Pratt. Rockland. Pero no fue suficiente, y mi estupidez les dio el tiempo que necesitaban para huir.

Subí al tren con mi hija. Fuimos de Portland a Yonkers. Luego cogimos otro tren rumbo a Rye. Fuimos a casa de Witt. Él no sabía que íbamos a aparecer. No sabía que lo había localizado gracias al teléfono de una desconocida que iba en el tren y que había memorizado su dirección para poder llevarle a mi hija y que estuviera a salvo mientras yo me ocupaba de mi lista de prioridades. Mientras me dedicaba a buscar a Emma. Era sábado por la tarde. Witt estaba en el patio, arrancando malas hierbas, y me eché a reír. No puedo describir lo que sentía. No me sentía libre, ni después de ver morir a Rick, ni mientras veía desfilar el paisaje por la ventanilla del tren, con mi hija dormida en el regazo, ni siquiera cuando caminaba por la calle sin que nadie me lo impidiera. No me sentía totalmente libre. Todavía no. Hasta que vi a mi hermano en su patio, y hasta que él me vio y me rodeó con sus brazos, y me levantó en el aire, con las mejillas arrasadas de lágrimas, no sentí que había recuperado mi vida.

Witt me escuchó, aunque al principio no estuvo de acuerdo conmigo. Su mujer quería llamar a la policía y que detuvieran al señor Martin y a mi madre. Ambos dijeron que encontrarían a Emma. De un modo u otro, la encontrarían, ¿por qué no? Fue Witt el que al final lo entendió. Fue Witt quien se dio cuenta de que Emma no sería encontrada nunca y que mi madre y el señor Martin nunca serían castigados por lo que había hecho ella. La señora Martin no recibiría nunca el menor castigo por nada que hubiera hecho en toda su vida. Era una ilusionista de primera. Nadie vería nada, ni siquiera personas adiestradas para ver, ni siquiera quienes buscaran exactamente lo que estaba allí para ser visto. Por el contrario, yo sería la loca, la que tenía una hija de su hermanastro. Hunter intentaría quitarme a la niña y yo lo perdería todo, mi dulce niña, mi libertad y mi hermana, lo perdería todo de nuevo. Así que se ocuparon de mi hija, mintieron y fingieron y se guardaron su culpa.

Entonces fui a ver a mi madre. Conseguí que se preguntara si el señor Martin le había mentido, si Emma estaría viva y si él había conspirado conmigo para esconderla. Para conseguirlo hizo falta tiempo. Hizo falta la investigación del FBI. Hicieron falta las pequeñas piezas que fueron encontrando. Hizo falta el collar. Hizo falta Lisa Jennings y la aventura que tuvo con el señor Martin. Pero también hizo falta la colaboración de la doctora Winter —la mentira de que habían encontrado a Emma— para que el interruptor cambiara de posición por última vez.

El fiscal del distrito acarició la posibilidad de presentar cargos contra mí porque había obstaculizado la acción de la justicia y porque había mentido a las autoridades. Pero había demasiada simpatía por mí en nuestra comunidad y pensaron que aquello daría pie a que la defensa de la señora Martin alegara incitación a la comisión de un delito.

No habría sido una injusticia acusarme a mí. Le había mentido a todo el mundo, incluido mi propio padre, mi pobre padre, que nunca superaría la muerte de su hija mayor y la culpa que sobrelleva por habernos dejado en la casa en que la mataron. Mentí a mi madre, a Hunter y al señor Martin. Mentí a la doctora Winter, al agente Strauss y a los otros agentes a propósito de Emma y la niña y, finalmente, en lo tocante a quién había matado a Richard Foley. Y a propósito de mi hija. Mentí, mentí y mentí.

Pero contar la verdad no está en mi lista.

Cuando finalmente se cerró el caso, dejé la casa de mi padre, donde me había quedado desde la noche en que encontraron la tumba de Emma. Le dije que quería vivir con Witt y su mujer, y estudiar en Nueva York. Le dije que necesitaba estar lejos de la ciudad en la que había muerto mi hermana. Le dije que lo vería siempre que él quisiera. Y algún día, pronto, le hablaría de mi hija. Tendría que contárselo a todos porque mi pequeña no puede vivir en la sombra. Les contaré que es la hija de un desconocido, un hombre que conocí en Nueva York después de huir. No importa. Ella no será la hija de Hunter Martin.

Witt me dio un fuerte abrazo cuando entré en su casa. Rompió a llorar y me dijo que a partir de aquel momento solo miraría hacia delante. Se había acabado el mirar atrás. Asentí y le dije lo agradecida que estaba porque me hubiera guardado el secreto y por ocuparse de mi hija mientras yo engañaba a mi madre. Se echó a reír y dijo que, después de todos aquellos meses, su mujer quería tener un hijo propio, así que yo ahora le debía «el gran momento», porque él había planeado disfrutar unos años más de libertad.

Oí un grito diferente al final de la escalera. Oí el rumor de unos piececitos que corrían y acto seguido vi unos rizos rubios flotando sobre una carita redonda que sonreía.

Cogí a mi hija en brazos y la estreché con todas mis fuerzas. Le cubrí la cara de besos, apreté mi mejilla contra la suya, sentí su piel, olí su aroma y toda ella me llenó de esperanza.

Sabía que tenía que aprender a convivir con aquello, con la trabazón insoluble de la esperanza y el miedo.

Tener esperanza es fácil. Creo que los niños la tienen por nosotros. Hacen que la tengamos porque sin ella, Dios mío, ¿podéis imaginarlo? Mirar a tu hijo sin esperanza en el futuro sería como sentir el sol en la cara dentro de cinco mil millones de años.

Es el miedo lo difícil. Es difícil porque sé lo que hay dentro de mí. El grito que mi madre me introdujo y que no hizo más que aumentar de volumen. El grito que sus padres pusieron dentro de ella. El grito que temo que esté dentro de mi hija después de todo lo que ha sufrido, y que quizá yo haya puesto en su interior.

También me han explicado que mi madre es una narcisista patológica, lo que significa que el grito que lleva dentro ha crecido tanto que ella se ha convertido en otra persona, en la chica más guapa del mundo, la mujer más inteligente del mundo y la mejor madre del mundo. Y tiene que conseguir que todo el mundo la ame así utilizando todas las armas que tiene. Sexo. Crueldad. Miedo. Para mí, tiene sentido y lo entiendo. Pero no me supone ningún consuelo.

Dicen que los sociópatas se forman en la más tierna infancia. Dicen que todos estamos ya hechos a la edad de tres años. Me gusta pensar que yo he liberado a mi hija a tiempo. Sé lo que le hice a mi hermana por desear el poder e intensificar la guerra que condujo a su muerte. Sé lo que le hice a Rick el barquero. Sé lo que le hice a mi madre y a Jonathan Martin. Y sé lo que le hice a la doctora Winter, obligándola a mentir y a vivir para siempre con esa mentira, arriesgando su profesión. He añadido a mi lista reparar el daño que le hice porque ella me vio, me entendió y supo qué hacer para encontrar a Emma. Es un regalo que nunca podré pagarle.

Sé todas las cosas que he hecho, así que sé lo que hay dentro de mí y cómo ha llegado ahí. Así que cuando miro a mi hija, esta hermosa niña, tengo esperanzas, pero también miedo.

—Mami —dijo. Y yo miré a mi hermano, sorprendida. Porque desde que nació, para ella yo solo era Cass.

—Le he estado enseñando tu foto —dijo él con una amplia sonrisa—. Le he dicho que tu nombre, tu auténtico nombre, es *Mami*.

La besé de nuevo. Las lágrimas me bañaban las mejillas.

Mi lista es ahora muy larga. Está llena de las cosas que haré y las que no haré para protegerla de lo que pueda tener dentro de sí y para protegerla de lo que sé que hay dentro de mí. Dedicaré mi vida a esta lista. Lo haré por mi hija y para honrar a mi difunta hermana.

—¿Y cómo debería llamarte yo? —le pregunté. Ella se había llamado Julia y yo la había llamado así, porque me parecía cruel no hacerlo.

Pero entonces respondió:

—¡Emma!

—Eso también se lo he enseñado yo —apuntó Witt.

—¡Emma! —exclamé—. Está bien. Te llamas Emma. Y yo me llamo Mami. Antes solo jugábamos a un juego. Pero ya se ha terminado. Ahora hemos vuelto a casa.

Por una vez, mi corazón estaba pletórico.

—¡Te quiero! —dije. Y sabía que lo decía de verdad, con toda pureza y perfección. Cuando la abracé, sentí a mi hermana, mi primera Emma, cuando acudía a mí por la noche, cuando nos sentíamos seguras y el amor parecía posible.

Ahora me aferraré a eso y será como la embarcación que finalmente me condujo a casa.

Agradecimientos

Escribir una novela sobre una familia psicológicamente trastornada es un esfuerzo peligroso y la pregunta más obvia que se plantea es si está basada en mi propia vida. Así que he de decir, de una vez para siempre, que tengo una madre generosa y cariñosa que no se parece en nada a Judy Martin. Terrilynne Walker no solo es mi mayor admiradora, sino además una visitante asidua de las librerías locales en las que mis novelas a menudo (y misteriosamente) aparecen en los expositores al poco de publicarse. Si hay algo en mi vida que se parezca a *Emma en la noche* es el lazo entre las hermanas Walker que nuestra madre ayudó a forjar y que se convirtió en la inspiración de la relación entre Cass y Emma. Como siempre, estoy eternamente agradecida a mi familia.

He sido muy afortunada al tener una guía y apoyos increíbles en la redacción y la reelaboración (¡y la reelaboración!) de *Emma en la noche*. Mi brillante editora en St. Martin's Press, Jennifer Enderlin, trabajó sin descanso en la corrección y el perfeccionamiento de la historia —leyendo borrador tras borrador— hasta que finalmente lo conseguí. A mi lado todo el tiempo, leyendo también muchos borradores y minimizando las inevitables dudas que surgen cuando se escribe una historia, estuvo mi agente, Wendy Sherman. Sin estas dos hábiles (y pacientes) mujeres, este libro no se habría llevado a buen término.

A todo el equipo de St. Martin's Press, a saber, Lisa Senz, Dori Weintraub, Brant Janeway, Erica Martirano y Anne Marie Tallberg: gracias por vuestro entusiasmo y el ímprobo trabajo que habéis realizado publicando y promocionando mi libro.

Gracias también a Jenny Meyer por ocuparse de la venta de los derechos de la novela en países de todo el mundo, y a Michelle Weiner de la agencia CAA, que nunca abandonó la idea de llevar mi trabajo al cine y a la televisión.

En la parte técnica, tuve la gran suerte de contar con expertos que me enseñaron todo lo que sé sobre el trastorno narcisista de la personalidad y sobre los técnicos forenses del FBI. Como siempre, me tomé algunas libertades para que la historia funcionara, pero todos me ayudaron a no cometer muchos errores. Muchas gracias a la doctora Felicia Rozek, al doctor Daniel Shaw y a los agentes especiales Robert y Beth Iorio, del Servicio de Investigación Criminal de la Marina de Estados Unidos (retirados).

Ha sido un placer viajar promocionando mi obra con otros autores y profesionales de la industria. Sobre todo, con Carol Fitzgerald de Bookreporter.com. Gracias por tu energía infinita y tus consejos expertos sobre navegar por las redes sociales y el mundo del comercio minorista. Barbara Shapiro, gracias por tu generosidad y tu amistad mientras viajabas por todo el planeta promoviendo tus hermosas novelas. Me siento bendecida por formar parte de la industria del libro.

A Andrew, Ben y Christopher, mis queridos chicos: gracias por llenar mi vida de alegría todos los días del año.

ECOSISTEMA DIGITAL

NUESTRO PUNTO DE ENCUENTRO

www.edicionesurano.com

2 AMABOOK
Disfruta de tu rincón de lectura
y accede a todas nuestras **novedades**
en modo compra.
www.amabook.com

3 SUSCRIBOOKS
El límite lo pones tú,
lectura sin freno,
en modo suscripción.
www.suscribooks.com

DISFRUTA DE 1 MES
DE LECTURA GRATIS

1 REDES SOCIALES:
Amplio abanico
de redes para que
participes activamente.

4 APPS Y DESCARGAS
Apps que te
permitirán leer e
**interactuar con
otros lectores.**